La respuesta de Julieta

GLENN DIXON

La respuesta de Julieta

Un hombre en busca del amor
y del remedio para un corazón roto

ESPASA

Edición original: *Juliet's Answer.* Simon & Schuster, Toronto, 2017

Diseño de la cubierta: Elisabeth Whitehead
Imagen de cubierta: © Alamy Stock/ACI y Shutterstock
Fotografías de interior: © Glenn Dixon, Desirée Bilon,
Shutterstock, Jane Baker/*The Guardian*,
Mapa de Verona: Tony Hanyk, tonyhanyk.com.

Preimpresión: M.T. Color & Diseño, S. L.

Depósito legal: B. 5.184-2017
ISBN: 978-84-670-4978-7

www.espasa.com
www.planetadelibros.com

Impreso en España / Printed in Spain
Impresión: Rodesa, S. A.

Editorial Espasa Libros, S.L.U.
Avda. Diagonal, 662-664
08034 Barcelona

El papel utilizado para la impresión de este libro es cien por cien libre de cloro y está calificado como papel ecológico.

Para mis padres,
que ya llevan juntos
sesenta y dos años.

1. Casa di Giulietta – Casa de Julieta
2. Arena Di Verona – Antiguo anfiteatro romano
3. Ponte Nuovo – Puente Nuevo, construido en 1334
4. Via Galileo Galilei, n.º 3 – Antiguas oficinas del Club de Julieta
5. Cimitero Monumentale – Cementerio de Verona
6. Corso Porta Bosari
7. Vicolo Santa Cecilia
8. Fiume Adige – Río Adigio
9. Gelateria Savoia
10. Tomba Di Giulietta – Tumba da Julieta
12. Piazza Delle Erbe – Mercado de verduras
13. Porta Leoni – Puerta de los Leones
14. Casa di Romeo – Casa de Romeo
14. Tomba di Cangrande della Scala – Tumba del Príncipe della Escala
15. Via dei Montecchi, n.º 7 – Hotel de Glenn, posible casa auténtica de los Montesco
16. Castelvecchio
17. Basilica di San Zeno Maggiore
18. Pizzeria Leon d'Oro
19. Torre dei Lamberti – Torre de los Lamberti

PLANO DEL CASCO ANTIGUO DE

VERONA

Nota para el lector

En la ciudad italiana de Verona una pequeña oficina recibe más de diez mil cartas al año, todas ellas dirigidas a Julieta, el personaje de ficción de la tragedia de Shakespeare *Romeo y Julieta*. Las cartas hablan de grandes penas y de la eterna búsqueda del amor. Llegan de todo el mundo y todas ellas reciben respuesta, gracias a un grupo de mujeres que se autodenominan «las secretarias de Julieta». Llevan décadas contestando esas cartas. Hay quienes creen que la de Romeo y Julieta es la historia real de dos amantes, fatalmente marcados por el destino, que vivieron en Verona en el año 1302. Puede que nunca sepamos la verdad, pero la figura de la joven Julieta pervive como símbolo de un amor que una vez fue perfecto.

Índice

Acto primero

1

En la hermosa Verona, donde transcurre nuestra historia

Querida Julieta:
Ya no soy joven, pero hubo un tiempo, sí, hubo un tiempo en el que creía en el amor. Puedo evocar los nombres de amantes y recordar sus rostros, cada uno de ellos, con tanta claridad. Pero luego desaparecen. ¿Por qué será que el amor les llega tan fácilmente a unos pero se niega a permanecer con otros? ¿Por qué tiene que ser así? ¿Por qué tiene que retorcer nuestras almas de manera tan penosa?

Leí la carta hasta el final. Se parecía a las otras que había en el montón, no destacaba por nada especial. Todas esas cartas se escriben a mano —las cosas tan cercanas al corazón no se pueden teclear—, luego se doblan e introducen en sobres llenos de esperanza y se envían a «Julieta, Verona».

Giovanna apareció en el hueco de la puerta.

—*Ciao* —dijo—. ¿Te apetece un café?

—No..., gracias.

Giovanna llevaba sus perlas hasta por la tarde. Irrumpió en la habitación, le echó una mirada a la carta que tenía delante de mí y me leyó la mente.

—Algunas son bastante conmovedoras, ¿verdad?

—No estoy seguro de cómo contestar esta.

—Ah —dijo ella, arrastrando una silla de madera para sentarse a mi lado.

Se inclinó sobre la carta y se recolocó ligeramente sus gafas de leer.

—Muchas de estas cartas están llenas de tristeza. A veces, también son poéticas.

—Entonces, ¿cómo debería contestar?

Ella me escrutó con la mirada.

—Algunas veces a la gente le basta con escribir.

—Esta mujer escribe de una manera tan hermosa. No estoy seguro de que yo...

—La respuesta —continuó, mientras daba golpecitos a la carta— se encuentra a menudo en sus propias palabras.

—Pero...

—Tienes que ser como un echador de cartas. Tienes que estar atento a las señales. La persona que escribe te dirá lo que quiere oír.

—No sé.

Giovanna me miró como si fuera medio bobo.

—Ella necesita saber que su vida está bien, que ella vale, que es importante. Necesita saberlo. Eso es lo que tienes que escribir.

—¿Y al final firmo como «Julieta»?

—Si quieres... O puedes firmar como «el secretario de Julieta».

—Vale.

Giovanna se puso de pie y se alisó el vestido.

—Nos tomamos muy en serio esta responsabilidad —me dijo.

Y, acto seguido, giró sobre sus tacones y se dirigió hacia la puerta, donde se detuvo un momento apoyando su delgada mano en el marco.

—Sí, claro —respondí yo.

—Entonces, seguro que no quieres café, ¿no?

Me dirigió una penetrante mirada final.

—No, gracias. Me voy a poner con esto.

—*Va bene.*

Dudó un momento, sin dejar de observarme, y luego se apresuró a salir de la habitación.

No hay ninguna Julieta, por supuesto, aunque a la oficina de turismo de Verona seguro que le gustaría que la gente creyera que sí existe. Verona es una ciudad antigua. Está rodeada por los campos de Valpolicella, el valle de las bodegas, con algunos de los viñedos más antiguos del mundo. Julio César pasaba aquí los veranos. Dante, exiliado de Florencia, acabó aquí su *Divina Comedia*. Pero nada es tan propio de esta ciudad como la leyenda de Romeo y Julieta.

La primera vez que entré en el casco antiguo, pasé por una puerta de la imponente muralla medieval. En una placa de bronce atornillada a la piedra se podía leer THERE IS NO WORLD WITHOUT VERONA WALLS, BUT PURGATORY, TORTURE, HELL ITSELF ('No hay mundo tras los muros de Verona, solo tormento, purgatorio, el mismo infierno').

Esa era una frase de Romeo. Él tampoco existía; al menos, no exactamente.

Placas de ese tipo, en las que se recuerdan los momentos principales de la obra de Shakespeare, las hay por todas partes en Verona; de una historia que no se escribió aquí, que se hizo famosa hace siglos, en un idioma y en un país distintos.

Llegué a Verona a finales de julio, hace dos años, con un puñado de preguntas. Había venido aquí para aprender algo. Algo sobre el amor y, tal vez, algo sobre Shakespeare. Pronto pude ver a la muchedumbre, amontonándose y armando ruido, con las cámaras preparadas; yo sabía exactamente hacia dónde se dirigía. Se apretujaba, formando un embudo, y pasaba por delante de relucientes escaparates, con jerséis de cachemira y zapatos de quinientos dólares, arrastrándome a mí con ella. Luego la calle desembocaba en una plaza, que quedaba a la izquierda, pero el gentío decidió girar a la derecha y, de pronto, nos encontramos con un arco por el que se entraba en un pasaje y un letrero que decía CASA DI GIULIETTA. Ahí estábamos, por fin. Todos guardamos un silencio reverencial. Aunque debo admitir que yo lo vivía con bastante cinismo. Pero a muchas de las chicas más jóvenes se las veía emocionadas, arrastrando a novios que intentaban desesperadamente fingir interés. «¡Que no es real!», quería gritar. «¡Que solo es una historia de ficción!».

Poco a poco fuimos pasando por un pasaje abovedado que daba acceso a un patio. Y ahí estaba: el famoso balcón. Sobresalía del muro, a tres metros por encima de nuestras cabezas. Una parra, perfecta para escalar, subía adherida a la piedra. Todo era un poco demasiado perfecto. El balcón, por ejemplo, es en realidad un antiguo sarcófago romano. Se colocó en el muro en 1937, para atraer a turistas crédulos como nosotros. También se puede visitar el interior de la casa —es una especie de museo— y varias parejas jóvenes salen al famoso balcón para que les tomen fotos. Abajo, en el patio, la multitud los vitorea y aplaude cuando se besan. Las cámaras hacen clic. Se mandan mensajes de texto.

Junto a los escalones de la entrada, un cartel informativo cuenta la historia del pequeño palacete medieval. Me abrí paso entre la gente para poder acercarme a leerlo: ESTA CASA, decía, HA SIDO PROPIEDAD DE LA MISMA FAMILIA DESDE EL SIGLO XIII. Sobre el arco se puede ver su escudo, el de la familia Capuleto: un sombrero redondo parecido a un bombín, pues, al parecer, los Capuleto eran sombrereros.

Eso me sorprendió. El apellido Capuleto derivaba claramente de *cappello* ('sombrero'). ¿Cómo pudo saberlo Shakespeare? Miré a mi alrededor. ¿Estuvo ahí? En su biografía existen una serie de años sobre los que no sabemos nada; años durante los cuales pudo haber viajado por Europa. Aunque la creencia general es que nunca llegó a estar en Verona.

Como suele suceder, la respuesta es más sencilla. Es casi seguro que para escribir *Romeo y Julieta* Shakespeare se inspiró en un texto que ya existía anteriormente. Y ese texto —un poema épico— era a su vez la adaptación de una leyenda italiana que se remontaba, aproximadamente, al año 1530.

Así pues, ese antiguo patio ha sido lugar de peregrinación durante, al menos, doscientos años. Charles Dickens vino a conocerlo y a escribir sobre él. No le gustó demasiado. En esa época la casa señorial había degenerado hasta convertirse en una pensión de mala muerte, con un perro feo y agresivo a la puerta y gansos alborotando por el patio. Hoy el revuelo lo provocan los turistas. Probablemente, esto, a Dickens, tampoco le habría gustado. En un rincón hay una estatua de bronce de Julieta, en actitud recatada, con la mirada baja y recogiéndose el vestido con una mano de largos dedos.

Por razones que no entiendo del todo, se supone que uno debe cubrir suavemente el pecho derecho de la estatua con la mano y pedir un deseo a los dioses del amor. Uno por uno, los peregrinos se acercan a tocar el pecho de Julieta. En esa zona, el bronce así pulido se ha vuelto dorado y reluciente. Mientras, la cara se ha ido oscureciendo con una pátina negra como el carbón.

Estuve mirando al gentío durante un rato, hasta que reparé en una anciana que deambulaba por el patio, ensimismada. Iba de un detalle a otro, examinando cada uno de ellos, leyendo los carteles, deteniéndose ante la estatua.

Entonces, justo antes de marcharse, algo la detuvo. Volvió a echar un último vistazo al balcón, asintió con la cabeza y luego desapareció bajo las piedras del pasaje abovedado. Y donde había estado la mujer unos minutos antes, apareció un buzón de madera pintado en un color rojo brillante. Hasta ese momento no me había fijado en él. Estaba hecho a mano, los motivos decorativos parecían bastante elaborados y se encontraba colocado en la pared de ladrillo junto a la entrada de la casa. Me fui abriendo paso para llegar hasta él. POSTA DI GIULIETTA, ponía. Cartas para Julieta.

Cuando las cartas dirigidas a Julieta empezaron a llegar a Verona, en 1937, nadie sabía qué hacer con ellas. Las dejaban apoyadas en las lápidas del monasterio de San Francisco, donde hacía mucho que se decía que estaba el sepulcro de Julieta, y el encargado de aquel lugar había asumido la responsabilidad de responderlas. En los años cincuenta un poeta tomó el relevo y, en 1989, un panadero llamado Giulio Tamassia había dado un paso al frente para hacerse cargo de responder el flujo constante de correspondencia. Giulio se acabó retirando del negocio de la confitería e inauguró la primera oficina oficial para las cartas de Julieta. Para entonces ya eran cientos las cartas que llegaban a Verona y Giulio se puso él mismo a contestarlas; y así estuvo los siguientes veinticinco años.

En un momento dado, Giovanna, la hija de Giulio Tamassia, relevó a su padre en ese cometido y actualmente dirige el Club di Giulietta, cuyo personal clasifica las cartas por idiomas, las responde y luego archiva los originales. Giovanna se queja de que la ciudad no les paga lo suficiente para cubrir lo que se gastan en sellos, que no los ayudan con el alquiler de la oficina, pero las riadas de cartas siguen llegando, desbordando cajas y derramándose encima de las mesas.

Yo le había enviado un correo electrónico a Giovanna meses antes para preguntarle si podía venir a Verona y trabajar como voluntario respondiendo cartas dirigidas a Julieta. Naturalmente, mis motivos eran más profundos. Yo tenía mi propio problema, un problema que estaba intentando resolver; pero no fue eso lo que le conté a Giovanna. Le dije que era escritor. Había sido maestro durante mucho tiempo. Había tocado el tema de Romeo y Julieta en mis clases y tal vez por eso podría echar una mano con las cartas; al menos con las que estuvieran en inglés.

El día que llegué ella me recogió en mi hotel, apenas una hora después de haberme arrastrado yo hasta allí desde la estación del tren. Aparcó cerca y caminó por la acera hasta donde yo estaba esperando.

—¿Tú eres Glenn Dixon?

—¿Giovanna?

—Sí. Vamos, voy de camino a la oficina.

No dijo mucho más. Me pregunté si ya había pasado por eso muchas veces; si era muy normal que aparecieran voluntarios extranjeros, serios y dispuestos, pero quizás poco capacitados para ese trabajo; si aquello no sería en realidad una molestia para ella.

—Ese es el anfiteatro romano —dijo, en un determinado momento, rompiendo el silencio y señalando con la mirada a través de los cristales del coche hacia una espaciosa plaza que teníamos delante.

—Ah, sí —disimulé, pero estaba demasiado recién llegado a la ciudad como para saber a qué se refería.

Me removí, incómodo, en el asiento del copiloto y giramos a la derecha, bajo almenas medievales color ocre quemado. Cruzamos el Ponte Nuovo, bordeamos un cementerio y nos internamos en una zona industrial de almacenes y oficinas. En el número 3 de la Via Galileo Galilei, nos detuvimos. Había una bicicleta azul apoyada contra la pared y la puerta principal estaba calzada con algo para mantenerla abierta. Al entrar me encontré con una recepción como la de cualquier oficina, con una planta en una maceta y un mostrador de cara a la entrada.

Giovanna me hizo una seña para que pasara y me sentara en una silla junto a una mesa redonda, justo en frente del mostrador. Ella se sentó a mi lado y empezó a hablar. Primero, lo hizo de su padre —que todavía vive— y yo le pregunté un poco más sobre la historia del club.

—Es larga —me dijo, echando una mirada al mostrador y a los montones de papeles que ahí se acumulaban—. Pero todo sucede aquí.

—¿Todas las cartas se responden desde aquí? —insistí.

—Sí, por supuesto. Estamos muy ocupadas.

El lugar parecía estar en un estado de frenesí organizado. Pósters de ópera y fotografías enmarcadas ocultaban las paredes. Libros y papeles, en altas y alineadas columnas, como escuadrones militares a punto de derrumbarse, cubrían casi cualquier superficie disponible.

—Así que —pregunté—, ¿cuántas cartas se reciben al mes?

—Ven —dijo ella, levantándose como un resorte.

La seguí por un pasillo hasta una oficina más pequeña en la parte de atrás. Lo de *oficina* es un eufemismo. Era más una especie de almacén. Dos de las paredes estaban ocupadas por estanterías vencidas por el peso de, aproximadamente, una docena de cajas de cartón. Todas las cajas rebosaban de cartas, y cada una de ellas estaba etiquetada por idiomas: ruso, chino, sueco, francés. A lo largo de la tercera pared había un tablero con sillas, a modo de escritorio improvisado. Alguien ya había puesto ahí una caja con cartas en inglés y me había preparado una especie de puesto de trabajo, con sobres y un montón de cuartillas. Incluso había colocado cuidadosamente un bolígrafo, en paralelo con las hojas en blanco.

—Te llevará algún tiempo leerlas todas —dijo Giovanna, señalando la caja.

Había varios cientos de cartas solo en esa caja. Quizás incluso mil. Mi sonrisa se desvaneció. Agarré un puñado de cartas. Muchas venían en sobres de color lila o en densos y cremosos tonos pastel, como si se tratara de invitaciones de boda. Pero también había trozos de papel sueltos, cartas escritas con prisa que alguien, me imaginé, había metido en el buzón de la casa de Julieta en el último momento. Escogí una que estaba simplemente garabateada en el reverso de un billete de tren. La dirección del remitente: Brasil. La devolví a la caja.

—¿Quieres empezar ya? —me preguntó Giovanna—. Te puedes sentar aquí.

Hice lo que me decía. Iba a ser una tarde muy larga.

—Escribe tus respuestas en estas hojas —dijo, dando una palmadita al montón de cuartillas que me había preparado—. Luego las metes en los sobres; pero no los cierres.

Miré esos sobres en los que tenían que ir las respuestas. Tenían impreso un diseño que representaba a Julieta en su balcón, los cabellos azotados por el viento y una implorante mano extendida. Parecía más una *pin-up* de los cincuenta que un personaje de Shakespeare.

—Estaré ahí delante por si tienes alguna pregunta.

Me observó durante un instante y luego abandonó la oficina con aire resuelto, antes de lo que me habría gustado. Yo creía que iba a haber un poco más de formación sobre la marcha, tal vez algo de entrenamiento. No estaba seguro de estar preparado.

Tiré de la caja con las cartas en inglés para acercármela un poco y estas se deslizaron como si fueran arena. Unas pocas se derramaron sobre el tablero y cogí la que me quedaba más próxima. La carta venía de Estados Unidos, California. Abrí el sobre y comencé a leer: «George nos dejó el 7 de abril de 2014. Estuvimos casados durante veinticinco años».

Ah. La historia de una pérdida trágica. Pero luego seguí leyendo.

«Hace poco me he reencontrado con un antiguo amor, Harry. ¿Es demasiado pronto? ¿Es demasiado pronto para volver a experimentar estos sentimientos?».

¿Qué podía contestarle? Yo ni siquiera conocía a Harry.

Empujé hacia atrás la silla, dispuesto a ir a buscar a Giovanna, pero lo pensé mejor. ¿Iba a reconocer mi derrota ante la primera carta? La leí hasta el final, reflexioné un momento, y luego cogí papel y bolígrafo.

«Querida Jane», escribí. «Encontrarás la respuesta en tu corazón».

Miré lo que había escrito. Vaya tontería. Descarté esa hoja y empecé de nuevo. Recurrí a otro manido tópico, lo leí y volví a descartarlo. Decidí volver a poner la carta de Jane en la caja.

Tal vez esa era especialmente difícil. Era mejor empezar con algo más sencillo, algo que no fuera tan complicado. Cogí otra carta del montón.

Querida Julieta:
Me han exceptado [sic] *en una universidad que está muy lejos de donde yo vivo. Es una universidad muy buena y una oportunidad muy buena para mí. Lo que pasa es que acabo de conocer a un chico. Él vive aquí. Por favor, ¿qué debo hacer?*

Ja, pensé, esta la puedo contestar. Le di las gracias por su carta y luego la animé a que fuera a la universidad. Le dije que el chico la esperaría... si realmente merecía la pena. Después añadí una frase de Polonio, el personaje de *Hamlet*: «Sé fiel a ti misma». Me pareció que sonaba bien. Puse mi respuesta en un sobre y cogí otra carta.

«Querida Julieta», decía. «Tengo dieciséis años. Llevo esperando tanto tiempo para encontrar a mi Romeo. ¿Cuándo va a aparecer?». *Ay, cariño. Solo tienes dieciséis años. Te queda todavía mucho por sufrir.* No se preocupen, no escribí eso. Lo que le dije fue que tenía que ser paciente. Que tenía que hacer las cosas que le gustaran y que tal vez encontraría a su amor haciendo lo mismo y que, ¿acaso no sería eso perfecto?

Carta a carta, respuesta tras respuesta, acabé adquiriendo un cierto ritmo. Cada contestación ocupaba dos o tres párrafos. Me aseguraba de que transmitieran mucha confianza en que el amor llegaría, incluso si lo habían perdido. Utilizaba la frase de «Sé fiel a ti misma» con una frecuencia vergonzosa. Me ayudaba a responder, aunque la verdad es que, la mayor parte del tiempo, me sentía como un orientador escolar de instituto, repartiendo consejos que resultaban probablemente poco útiles.

El resto de la mañana la pasé contestando cartas —treinta, quizás— y leyendo muchas más. Casi todas procedían del Reino Unido, de Estados Unidos y de mi país, Canadá. Respondí cartas de lugares tan alejados como China, India, México y Polonia. Algunas veces el inglés era torpe y básico, pero los sentimientos eran los mismos. Todas ellas hacían preguntas sobre el amor. Sobre esa experiencia que nos retuerce el alma y que puede constituir tanto nuestra mayor tristeza como nuestra mayor alegría.

Yo había tenido mis propios problemas con el amor. Y parte de la razón por la que había ido a Verona era que quería aprender algo más sobre esa fuerza que lo abarca todo en nuestras vidas. Aprender algo, lo que fuera, que pudiera ayudarme a entender a mi propio corazón malherido y, tal vez, a confiar en el amor, una vez más.

Hasta hace relativamente poco se pensaba que el amor romántico era una construcción cultural. La idea del amor romántico surgió, supuestamente, en la Alta Edad Media, probablemente en Francia. Llegó a nosotros a través de la cultura del amor cortés, inmortalizada en las canciones de los trovadores y en los ideales caballerescos.

Pero, evidentemente, eso no es así. El amor existe desde hace mucho más de lo que podemos imaginar. Y no es exclusivo de una determinada cultura. Todo el mundo, en todas partes, siente amor. Nadie tuvo que inventarlo. En un estudio reciente realizado con quince mil personas de cuarenta y ocho países distintos, el amor romántico aparecía como rasgo cultural en todos ellos. Actualmente se cree que el amor es una de las doscientas características universales de los humanos; como la capacidad de usar el lenguaje para comunicarnos, la de componer música y disfrutar de ella, o la risa. Los científicos estudian realmente este tipo de cosas. Parece que la capacidad de amar es algo fundamental para ser humano.

Todos nos sentimos atraídos por los demás, lo cual es algo que va más allá del deseo sexual. En otro estudio, niños y niñas de cinco años decían estar enamorados con la misma frecuencia que lo hacían los chicos y chicas de dieciocho, y no se referían a sus ositos de peluche. Los pequeños experimentaban los mismos síntomas que los adultos: mariposas en el estómago, un anhelo impotente y una irrefrenable necesidad de que el objeto de su afecto se fijara en ellos.

Yo recuerdo muy bien a mi primer amor. En cuanto Shannon Mahoney entró por la puerta de la clase de matemáticas de la señora Acton, en séptimo curso, caí perdidamente enamorado. No sé por qué. Solo recuerdo que fue instantáneo. Ella tenía trece años, yo doce, y durante los dos cursos siguientes estuve loco de amor; aunque no creo que le dijera nunca nada, más allá de «¿Me puedes pasar los lápices de colores?», a aquella presencia angelical en la tierra. Tuve todo tipo de fantasías con ella, la mayor parte recargadas aventuras en las que yo la salvaba de situaciones de angustia o de peligro, en escenarios en los que solía haber agua de por medio, porque yo era un nadador verdaderamente bueno.

Y de repente, un buen día, mis sentimientos se desvanecieron.

La razón de que pase todo eso no se conoce bien. ¿Por qué me enamoré de esa niña en concreto? ¿Por qué Shannon Mahoney? ¿Por qué me obsesioné con ella por encima de todas las otras chicas de mi clase del instituto? ¿Fueron las feromonas? ¿Fue por su físico? ¿Fue por algo relacionado con nuestra particular configuración genética? ¿Qué demonios fue?

Mientras leía una carta tras otra, sentado ante aquella mesa improvisada, en Verona, décadas —y numerosas tragedias amorosas— después de la inolvidable Shannon Mahoney, me sorprendió comprobar que tanta gente hiciera, con ligeras variaciones, esas mismas preguntas intentando que «Julieta», una supuesta gran fuente de sabiduría romántica, les explicara cómo funciona el amor.

Una efusiva mujer escribía diciendo que estaba en Verona de luna de miel: «Gracias, Julieta. ¡Gracias, gracias, gracias!». Otras cartas —diría que la mayoría de ellas— ardían con la angustia del rechazo. «¿Por qué?», preguntaban. «¿Por qué me está pasando esto a mí?».

«Tu momento llegará», escribía yo una y otra vez. Pero no estaba seguro de que fuera cierto. Mi momento nunca había llegado. A menudo me sentía como un impostor que estaba mintiendo cuando escribía esas respuestas «de Julieta». Cuando pensaba en mi propia vida, sabía perfectamente que no me había ido bien en el juego del amor. Estaba tan perdido como cualquiera de esos corazones tristes y, en realidad, ¿quién era yo para darles consejos? ¿Quién era yo para decirles nada sobre el amor?

Sonó el teléfono en el despacho principal. Contestó Giovanna y empezó a hablar en italiano. No podía entender nada de lo que estaba diciendo. Sonaba un poco irritada. Poco después apareció en la puerta.

—Ha telefoneado el Korean Broadcasting System.

—¿El Korean... qué?

—Va a venir un equipo de la televisión coreana.

—¿Cómo? ¿Ahora? —Solté el bolígrafo.

—Sí. En quince minutos. Quieren filmar lo que hacemos aquí.

—Vale.

—*Va bene* —dijo ella—. Saldrás en cámara.

Se dio la vuelta y desapareció por el pasillo.

Fui ascendido a la oficina de la entrada antes de que llegara el equipo de televisión. Giovanna llamó, además, a dos secretarias —ambas jóvenes— y nos sentó a todos alrededor de la mesa del recibidor, por lo que parecíamos una especie de club de lectura improvisado. Cuando llegó el equipo del Korean Broadcasting System resultó que solo estaba formado por dos personas y una pequeña cámara de vídeo. Aquello me hizo sospechar de inmediato: nada de Korean Broadcasting System. Por su aspecto cualquiera pensaría que lo que estaban haciendo era un vídeo de YouTube.

El más alto de los dos parecía estar al mando. Se presentó, muy desenvuelto, hablando un perfecto italiano, lo que nos pilló a todos por sorpresa. Empezó a desplazarse alrededor de la mesa, cámara en mano, planeando sobre nosotros y haciendo planos en picado mientras contestábamos cartas con nuestros agitados bolígrafos entre los dedos. Su compañero no era tan alto. Permanecía en un segundo plano y no decía gran cosa. Supuse que no entendía italiano. Canturreaba algo todo el rato y cuando hablaba lo hacía con frases cortas —en coreano— con el que llevaba la cámara.

—Mmm —dijo el más bajo sin dejar de mirarme, como si acabara de tener una idea.

Le comentó algo al más alto y la cámara giró para acercarse y ponerse al acecho, flotando en el aire frente a mi cara.

—¿Qué hace aquí? —me preguntó el más alto, desde detrás del objetivo de la cámara.

Giovanna ya les había explicado que yo era un voluntario de Canadá. La luz roja no dejaba de parpadear, expectante, frente a mí.

—¿Se refiere a por qué he venido aquí, a Verona?

—Sí, ¿por qué?

—Para responder las cartas que le envían en inglés a Julieta. Soy profesor. Enseño *Romeo y Julieta*, así que...

—Ah, ¿es usted profesor?

—Sí, y ahora estoy aquí, de vacaciones. Estoy... interesado en aprender algo sobre el amor.

—¿Usted conoce el amor?

—Mmm. Algo sé al respecto. Espero.

—¿A usted le gusta el amor?

Aquello no estaba yendo a ningún sitio. Me volví hacia Giovanna y ella le dijo algo a mi entrevistador en italiano. La cámara giró en su dirección y empezaron a hacerle a ella la entrevista principal. Cuando llevaban un rato, Giovanna nos liberó a los demás de aquel compromiso y yo volví corriendo a mi pequeño cubículo de la parte de atrás y a las filas de cajas de cartón.

Media hora más tarde, el coreano bajito asomó la cabeza.

—Hola —le dije.

—Creo que estás interesado en aprender cosas sobre el amor —dijo él.

Hablaba en un inglés casi perfecto.

—Mmm, sí —eché mi silla hacia atrás—. Esa es la idea.

—Muy interesante.

Se produjo un silencio. No sabía bien qué decir.

—Oye, ¿sois realmente del Korean Broadcasting System?

—Sí —dijo él; tarareó, más bien—. Yo soy el productor del programa. Y el presentador. Todas las semanas nos ocupamos de una ciudad distinta. Ahora estamos haciendo Verona.

—¿Tú eres el presentador?

—Sí. Yo no hablo italiano, así que Hyun-ki es mi ayudante aquí. Mi programa se llama *Backpack Travels*. Este capítulo se emitirá a finales de septiembre.

—¿Y se verá en toda Corea?

—KBS Global, sí —ahora miraba los montones de cartas desparramadas encima del tablero—. Mmm. ¿Os llegan cartas de Corea?

—Creo que sí —contesté—. Pero la que yo he visto está escrita en inglés.

—Muchos coreanos hablan inglés —comentó.

Metí la mano en el montón de papeles que tenía frente a mí. Había estado sacando puñados de cartas, de diez en diez. También tenía algunas notas de trabajo. Montañas de papeles se levantaban a mi alrededor.

—Aquí está —exclamé, exhibiendo una hoja de papel blanco que crujió levemente cuando el coreano la alisó sobre el tablero para leerla. En la zona de la entrada, el ayudante del productor charlaba con Giovanna animadamente.

—¿Qué dice? —pregunté.

—Es un problema familiar coreano.

—¿Qué es «un problema familiar coreano»?

Dejó de examinar la carta para contestarme.

—Un problema derivado del choque de dos culturas. La chica se enfrenta a su padre sobre el tema de con quién debería casarse. Las generaciones más jóvenes quieren ser como ustedes, los estadounidenses.

—Yo soy canadiense.

—Es lo mismo.

—En realidad no lo es, pero vale.

—En mi país, la gente joven quiere casarse por amor. El padre quiere un matrimonio entre dos familias.

—¿Un matrimonio concertado?

—No, no exactamente. Pero tampoco un matrimonio estrictamente por amor. Un matrimonio por la familia. Un matrimonio por los negocios. Por muchas razones.

—¡Oh! —exclamé.

—Escucha —continuó él, leyendo la carta en alto—. «Una vez intenté decir te quiero y papá me dijo: "¿Qué pasa, que ahora eres americana? ¿Te crees que esto es la *La tribu de los Brady*? Demostrarás que me quieres cuando me puedas mantener con tu matrimonio».

—¿Has visto *La tribu de los Brady*?

—Todo el mundo en Corea ha visto *La tribu de los Brady* —dijo, y empezó a cantar el tema de la serie—. «*It's the story of a lovely lady...*».

—Sí, sí — dije yo, y lo corté enseguida—. Hace años que no veo esa serie.

—¿Has visto la película?

—¿La película? ¿De *La tribu de los Brady*?

—No. *Cartas a Julieta* —dijo—. ¿La has visto?

—Sí. La vi antes de venir.

Él asintió con la cabeza.

En la película, una mujer escribe una carta a Julieta, pero se pierde y solo reaparece muchos años más tarde. Una de las secretarias más nuevas insiste en que, a pesar del tiempo transcurrido, tienen que responder esa carta, lo cual, por supuesto, lleva a que los enamorados, ya bastante mayores, se encuentren de nuevo después de todos esos años.

—Así es vuestro Hollywood —dijo el coreano—. Siempre el final feliz.

—Yo tampoco creo en eso —dije—. La vida no es tan sencilla.

Hyun-ki apareció por la puerta con la cámara colgando. Los dos coreanos comentaron algo y luego filmaron la carta de *La tribu de los Brady*, mientras el que hacía de presentador la sostenía con la mano y fingía leerla.

Y entonces, con la misma precipitación con la que llegaron, los coreanos anunciaron que se iban. Yo los acompañé hasta la zona de recepción, ahí nos agradecieron efusivamente a todos el tiempo que les habíamos dedicado y luego se dirigieron a la puerta, canturreando y haciendo inclinaciones de cabeza. Giovanna, con una sonrisa mecánica, los escoltó hasta la salida. «*Ciao*», les dijo una vez; «*Ciao*», repitió, cuando se detuvieron en la entrada para dirigirnos una reverencia a cada uno de nosotros. E iba por su tercer «*Ciao*», cuando los coreanos se escurrieron finalmente por la puerta hacia la calle y todo volvió a la tranquilidad. Giovanna me lanzó una mirada y yo me apresuré a volver a mi cubículo.

Aproximadamente una hora más tarde, ya no podía más. El número interminable de cartas me nublaba la vista. Recorrí los metros que me separaban de la recepción y ahí encontré a Giovanna sentada, sola, en la mesa redonda. Tenía delante un pequeño montón de cartas.

—¿Todavía contestas cartas? —le pregunté.

—Veinte o treinta todos los días.

Lleva haciéndolo más de dos décadas. Hice unos rápidos cálculos mentales: esas eran, al menos, tres mil cartas al año y tal vez más de cien mil cartas durante el tiempo que llevaba ahí. Empecé a considerar que mi ridículo esfuerzo no era más que un susurro en mitad de un huracán, o un guijarro en la cumbre de una montaña.

—*Arrivederci* —dije, tocando suavemente con los nudillos en la puerta de salida.

Giovanna levantó la mirada y me dedicó una sonrisa espontánea, la primera que le había visto en todo el día.

—¿Te veré mañana? —preguntó, poniendo la carta a un lado.

—Me verás —contesté—. Me verás.

A la mañana siguiente me dirigí hacia la oficina yo solo. El casco antiguo de Verona se asienta en un meandro del río Adigio y, recorriendo sus calles estrechas, lo fui atravesando. Agujas de iglesias y techos de teja jalonaban mi recorrido, allá en lo alto, hasta que atravesé la muralla por una de sus puertas y aparecí en una gran plaza. A lo lejos podía ver el antiguo anfiteatro romano, con su aspecto de corona semiderruida. Me dirigí hacia el este, crucé el puente, atravesé un paso subterráneo y me encontré en Via Galileo, un largo y rectilíneo bulevar que me llevó, por fin, a las oficinas del *Club di Giulietta*.

Giovanna estaba detrás del mostrador principal.

—Ah —se sorprendió, cuando me vio entrar por la puerta chirriante—. *Buon giorno.*

—Hola.

—Tu oficina te espera —fue lo siguiente que dijo, acompañando sus palabras con un leve movimiento de cabeza.

Yo entendí que aquello significaba que quería que me pusiera a trabajar. Le sonreí y me dirigí por el pasillo a la pequeña habitación de la parte de atrás. Durante la mayor parte de la mañana estuve contestando cartas ininterrumpidamente.

En ese segundo día ya empecé a descubrir algunos patrones en ellas. La inmensa mayoría eran de chicas jóvenes, pero también había excepciones. Una mujer mayor decía que no pedía consejos para ella. Tenía tres hijas, dos de ellas felizmente casadas, pero la mayor estaba sola. ¿Podía ayudarla Julieta?

«Todas las hijas y, también, todos los hijos», contesté, «deberían tener una madre tan buena y considerada como usted».

Solo alguna que otra vez me encontraba cartas escritas por hombres y, en esos casos, podía detectar la diferencia de tono y sentimiento de manera casi inmediata. Sergei escribía desde Rusia: «No gusto a las mujeres. No consigo llegar a intimar con ellas para luego tener relaciones sexuales». *Ay, Sergei. Estoy seguro de saber cuál es tu problema.* Le contesté diciéndole que al haber escrito a Julieta ya estaba demostrando un lado más amable y sensible de sí mismo y que tal vez debería intentar mostrárselo a las chicas.

«Querida Julieta», escribió un chico más joven, «siento mucho que todo el mundo te toque una teta. Es algo realmente estúpido. Tú eres adorable y haces que la gente crea en el amor verdadero. Gracias».

Y eso venía a ser lo más encantador que eran capaces de escribir los chicos.

También había problemas de traducción. Una chica china escribía sobre su novio inglés y lo difícil que le resultaba comunicarse con él. Ella hablaba bien inglés, pero los matices se le escapaban. «Hablar en inglés», decía, «es como estar bajo el agua, y hablar mandarín es como salir y respirar».

Casi al final de la mañana, Giovanna apareció en la puerta. Me estudió en silencio unos instantes y luego me dijo:

—Glenn, estoy teniendo problemas con esta.

Dejó una carta en el tablero, frente a mí, y comprobé, con cierto orgullo, que procedía de Canadá. La primera línea decía: «Estoy casada con un hombre que a veces es bastante *doofus*».

—Esta palabra —dijo Giovanna, dando golpecitos en el papel—. No la entiendo.

—Es argot —expliqué.

Sonreí a Giovanna, pero ella permaneció impasible.

—Es una especie de, bueno... —empecé a ponerme nervioso—. Yo puedo contestar esa, si quieres, y a lo mejor tú puedes encargarte de esta.

Entresacándola del montón cogí la primera carta de todas las que había leído, esa de una mujer cuyo marido había muerto, la que hablaba de Harry. Giovanna le echó un rápido vistazo.

—Sí —dijo—. Yo contesto esta.

Y desapareció por el pasillo con la carta mientras repetía en voz baja la palabra *doofus,* para incorporarla a su considerable vocabulario en inglés.

Trabajé toda esa tarde, sin dejar de sentirme desbordado por la tristeza de la mayoría de las cartas. Se suponía que eso iba a ser divertido, algo que podría contar a mis alumnos cuando volviera a Canadá. Pero aquello iba más allá. Yo estaba buscando patrones en mi propia manera de pensar, estaba intentando aprender de esas cartas. Estaba buscando alguna pista de lo que tenía que hacer con mi propio problema. Aunque tenía que reconocer que, hasta ese momento, no parecía haber avanzado demasiado.

A las cuatro, ya no podía más. Recogí mis cosas y enfilé el pasillo. Giovanna levantó la vista de sus papeles en la mesa de la entrada. Había estado sentada, otra vez sola, respondiendo cartas.

—Ah —dijo, levantándose—. Estás todavía aquí. ¿Me puedes ayudar con una cosa?

—Mmm..., vale.

Pasó detrás del mostrador principal.

—Con esto —dijo, señalando una caja de cartón—. ¿Podrías sacarla fuera?

La caja estaba llena de cartas, como todas las demás. En uno de los lados, escritas en rotulador negro, se podían leer las palabras SENZA INDIRIZZO. Deslicé los dedos por debajo de la caja para levantarla. La condenada caja debía de pesar 50 kilos.

—¿Dónde quieres que la ponga?

—En mi coche. Espera, tengo que buscar las llaves —dijo, mientras revolvía el bolso.

Me las arreglé para cruzar la oficina sin que se me cayeran las cartas de la caja. Fuera, Giovanna abrió una de las puertas de su coche y me indicaba:

—Aquí, aquí.

Dejé caer la caja sobre el asiento.

—¿Qué significa *senza*? —le pregunté, mientras estiraba y recuperaba mis dedos entumecidos—. *Senza* algo.

—*Senza indirizzo*. Significa «Sin remitente». Esas no las podemos contestar.

—Pero —le dije, mientras la seguía al interior de la oficina—, ¿a dónde te las llevas?

—Al *inferno* —contestó.

—¿Al infierno? ¿Las llevas al infierno?

Giovanna negó con la cabeza.

—No, no. Al..., ¿cómo se dice... incendiario?

—¿A la incineradora?

—Sí, eso es. No las tiramos a la basura. Son... demasiado importantes.

—Pero seguro que tiene que haber...

Giovanna me lanzó una mirada fulminante y, por un momento, enmudecí. Luego recordé una cosa.

—En *Romeo y Julieta* —dije— hay una carta que nunca se entrega. Es lo único que podía haber evitado toda la tragedia.

Su expresión se hizo más amable.

—Siéntate —me dijo—. Te voy a contar algo.

Me dejé caer en una de las sillas de la mesa redonda.

—Es triste —comenzó— que toda esta gente piense que no pueden contarles sus preocupaciones a las personas que quieren. En lugar de eso le escriben a Julieta.

—Julieta no es real —le dije.

—No, no lo es. Pero es un símbolo.

—Sí, ya, eso lo entiendo.

—¿Qué te dije el primer día?

—¿Qué tenía que ser como una echadora de cartas?

—Antes de eso.

—Que a la gente le bastaba con escribir.

Giovanna asintió.

—Somos humanos —continuó—. Todos sentimos amor. Quizás los remitentes sienten que no pueden mandar su mensaje a las personas que más necesitan oírlo, pero les basta con que alguien, cualquiera, escuche sus declaraciones.

—Pero necesitan una respuesta. ¿No hay nada que podamos hacer?

—Si no ponen su dirección no podemos contestarles. Si la ponen, podemos comunicarles que hemos leído sus cartas.

—¿Y eso es suficiente?

—En este momento están sobrepasados, ¿entiendes? Todos están sintiendo amor y lo único que podemos hacer es escucharlos.

—Supongo que sí.

—Es una labor importante y algo de lo que podemos sentirnos orgullosos.

Sabía lo que me estaba intentando decir, aunque toda esa historia de contestar cartas parecía a veces un esfuerzo algo desolador.

—Sí —contesté

Y pensé que tal vez debería añadir "señora", pero no lo hice.

—Bueno —dijo, señalando con la mano el montón de cartas que tenía delante—. Tengo trabajo que hacer. ¿Sí?

—Vale.

—*Va bene.*

Giovanna frunció los labios y recolocó sus gafas para examinar otra carta. Yo me escurrí hacia la puerta.

—¿Te veremos mañana? —me preguntó, levantando la vista para mirarme justo antes de que desapareciera.

—Por supuesto —dije—. Aquí estaré.

2

Enséñame a olvidarme de pensar

Enseñé Shakespeare a adolescentes (casi siempre) obedientes durante más de veinte años. Empezaban con una actitud del tipo quitémonos-esto-de-en-medio, pero generalmente, a las pocas líneas, ya estaban enganchados —especialmente con *Romeo y Julieta*—, y eso era porque les decía, nada más empezar, antes incluso de la primera escena, que había algunos chistes muy verdes.

No les decía cuáles eran, pero en la línea 26 hablaba más despacio, levantaba un poco las cejas, y uno o dos alumnos lo pillaban. Oía risitas extrañamente pudorosas —sofocadas antes de que pudieran hacerse demasiado audibles— y veía a los otros alumnos de décimo curso girarse y removerse en su sitio, intentando entender lo que se habían perdido. Después de eso, todos se sentaban muy rectos y escuchaban con atención.

Solía decir a mis alumnos que Shakespeare ponía esos ganchos a propósito (lo mismo que yo hacía con ellos). En el Londres de finales del siglo XVI, todo lo que quedaba al sur del río Támesis era territorio de dudosa reputación. Ahí estaban las tabernas, los fosos donde se practicaba el hostigamiento de osos (un espectáculo popular en el que se azuzaban perros contra un oso encadenado) y —no me hagáis decirlo, chicos— las mujeres de la noche. Prostitutas. Muchos de los alumnos me miraban horrorizados. Es curioso, se puede pensar que los adolescentes son más rebeldes o, al menos, afectadamente indiferentes, pero esa no fue nunca mi experiencia. Eran, casi todos ellos, moralistas estrictos.

Los chicos eran los más difíciles de enganchar. Pero tenía mis métodos. Al principio de *Romeo y Julieta* hay una pelea callejera entre los Montesco y los Capuleto.

—Devin —llamé a uno.

Devin era un muchacho ruidoso que se sentaba en la zona intermedia de la fila más cercana a la puerta. En las discusiones que teníamos en clase debatía como un político y tendía a monopolizar la palabra, aunque su aspecto era parecido al de Woody, el vaquero de *Toy Story*.

—Devin —lo llamé otra vez—. Ven aquí.

Él me miró como si se tratara de algún tipo de truco. Su cara era un mar de pecas, pero estaba en esa fase de la adolescencia en la que uno piensa que es más adulto de lo que realmente es. Me echó una mirada de pistolero. En un aula tradicional, como él bien sabía, la zona delantera de la clase es el escenario del profesor. Los alumnos eran el público, sentados pasivamente en sus pupitres. Cogí una vara de madera del portatizas de la pizarra, la elevé y la blandí en el aire a modo de espada.

—Venga —insistí.

Devin se acercó con cierto recelo.

—Hagamos la escena de la pelea — le dije, fingiendo que esgrimía la vara contra él.

Sus ojos se iluminaron.

—¿En serio?

—Sí, venga.

Cuando le cedí mi vara de madera se produjo un murmullo de excitación entre el resto de los chicos de la clase. Entonces proferí a gritos el insulto que desencadenaría la pelea.

—¿Se muerde usted el pulgar por mí, señor?

—¿Qué? —preguntó Devin.

Cogí una regla de mi mesa, bastante más corta que la vara de madera de Devin.

—Repito, ¿se está usted mordiendo el pulgar por mí, señor?

Devin permanecía ahí de pie, con la yarda de madera colgando de la mano.

—Di que sí —le apunté en voz baja.

—Sí...

—Pues entonces, ¡adelante!

Le lancé una estocada y los alumnos prorrumpieron en vivas y risas. Avanzamos y retrocedimos unas cuantas veces, entrechocando nuestras reglas de madera. Entonces llamé a Sadia.

Sadia se sentaba en la primera fila. Llevaba hiyab, el velo musulmán en la cabeza. Su familia había emigrado a

Canadá cuando ella era muy pequeña. Era una de las estudiantes más brillantes —y más heterodoxas— de la clase.

—Sadia, tú eres el Príncipe —le dije—. El Príncipe della Scala.

—El Príncipe es hombre —gritó alguien.

—¿Quién lo dice? —repliqué, en el mismo tono, usando mi regla para desviar una estocada de Devin—. Príncipe Sadia, sal aquí y detén esta pelea. ¡Rápido!

Sadia se puso de pie. Sujetando con ambas manos su ejemplar de *Romeo y Julieta* frente a ella, y con voz titubeante, dijo:

—Alto.

Devin y yo paramos.

—Mmm —dijo Sadia, mientras buscaba su línea en el texto—. «Súbditos rebeldes» —dijo—, «enemigos de la paz... Arrojad al suelo vuestras mal templadas armas».

—«Mal templadas» —se burló alguien.

Devin soltó la vara de madera y esta repiqueteó en el suelo.

—Bien —dije—. Bien.

Miré el reloj.

—Por hoy no tenemos más tiempo —dije.

—Pero, ¿qué pasa después? —preguntó Devin.

—Es que está a punto de sonar el timbre —me justifiqué.

—Venga, señor Dixon. Denos solo una pista. ¿Qué pasa después?

Y entonces fue cuando supe que los tenía en el bote.

La primera noticia que tuve sobre Verona y las cartas a Julieta me llegó a través de la contraportada de la edición de *Romeo y Julieta* que utilicé durante años con mis alumnos. Como muchos textos de Shakespeare, este tenía las palabras y los pasajes difíciles explicados en los márgenes. Incluía ilustraciones de cosas como las partesanas (armas medievales de aspecto bastante amenazador), el romero (cuyas pequeñas flores azules son el símbolo del recuerdo) y Cupido, el querubín que disparaba sus flechas del amor. En la cubierta del libro había un dibujo del Shakespeare's Globe Theatre y, en las páginas finales, una pequeña selección de poemas y pasajes de ensayos sobre amantes con mala estrella. Uno de esos ensayos se titulaba «A New Career for Juliet: Advice to the Lovelorn» ('Una nueva profesión para Julieta: asesoramiento para enfermos de amor'), y había sido publicado en la revista *Smithsonian* en 1979.

Aquel ensayo me llamó la atención. El artículo citaba un par de cartas bastante empalagosas y, por un momento, acaricié la idea de proponer a mis alumnos que escribieran cartas a Julieta. Pero nunca lo hice. Pensé que serían asuntos privados y no estaba seguro de querer enfrentarme con eso. Y, después de haber estado realmente en Verona, tampoco quería dar más trabajo a las secretarias de Julieta. Decidí que, más adelante, simplemente les hablaría a mis alumnos de la oficina que tienen ahí montada y de la cantidad de cartas que les llegan todos los años. De hecho, estaba deseando hablarles de la verdadera Verona: de sus plazas adoquinadas y las fortificaciones medievales del casco antiguo, del rojo de sus tejados y de los ladrillos cocidos al sol del brillante cielo italiano. Pensaba que eso les gustaría.

Aquel día, ese mismo sol picaba con rabia, aunque apenas eran las diez de la mañana. Pensé que sabría llegar a las oficinas del Club di Giulietta. Lo había conseguido, sin problemas, el día anterior, pero en esta ocasión, tras cruzar el puente, zigzagueé hacia un lado cuando tenía que haber zigzagueado hacia el contrario y de pronto me di cuenta de que estaba perdido y que había ido a parar al cementerio municipal.

Napoleón tuvo la culpa. Él decretó que, en sus dominios, todos los cementerios se establecieran fuera de las murallas de las ciudades para evitar epidemias de peste. Este cementerio era enorme. Fui tropezando entre las tumbas, caminando deprisa bajo columnas de cipreses que proporcionaban parches de sombra. El sol se reflejaba con tanta intensidad en el mármol blanco y caliente de las lápidas que era imposible distinguir los nombres y las fechas. Seguí avanzando hacia el este y acabé saliendo por el otro lado. No había caminado demasiado por la carretera cuando oí el *mec mec* de un coche, un coche pequeño, un coche europeo, que me seguía furtivamente. Se puso a mi lado.

—¿Te has perdido? —me preguntó Giovanna mientras se estiraba y abría la puerta del acompañante.

—No, es que...

—Te has equivocado de dirección. Nuestra oficina está por allá.

—Sí, lo sé. Pero...

Me caían chorros de sudor por la frente. Llevaba la camisa adherida a la espalda y todavía faltaba mucho para llegar a las horas más calurosas del día. Giovanna me echó una mirada fría.

—Te llevo a la oficina —dijo.

—Gracias.

Trepé a su coche. Del asiento trasero oí llegar una risita sofocada. Me giré y vi a una niña pequeña, de once o doce años. Balanceaba un paquete envuelto para regalo que tenía sobre las piernas.

—Llevo a mi hija a un cumpleaños. Se llama Margherita —dijo Giovanna, mientras miraba por el retrovisor antes de reincorporarse lentamente a la carretera.

—Hola —fue todo lo que fui capaz de decir.

Margherita jugó con el lazo del regalo y consiguió esbozar una tímida sonrisa.

—Tengo que recoger algo en la oficina —continuó Giovanna—. Pero no me voy a quedar. Estará Anna.

—Muy bien.

No tenía ni idea de quién sería esa tal Anna. Cuando paramos en la zona de aparcamiento, ahí estaba la misma bicicleta azul del día anterior apoyada en la pared de ladrillo y las puertas principales abiertas y calzadas. Margherita se quedó esperando en el coche y yo seguí a Giovanna al interior, hasta la oficina que estaba en la parte trasera. Enfrente había otro despacho, y en él estaba sentada una mujer más joven. Anna, supuse. Hablaba por su teléfono móvil pero saludó con un gesto. Mantuvo su conversación unos segundos más y luego tapó el teléfono con la mano.

—Hola —nos dijo—. Lo siento, pero tengo que atender esta llamada.

—Sí —dijo Giovanna, dirigiéndome hacia mi propio despacho—. Ya conocerás a Anna más tarde. Ahora —continuó—, ¿sabes lo que tienes que hacer?

—Creo que sí —contesté.

—No tardaré mucho en volver. ¿Estarás aquí?

—Sí. Aquí estaré —respondí, contemplando la caja de cartón con las cartas en inglés que me esperaba con aire amenazador—. Estaré aquí todo el día.

Giovanna frunció el ceño. Yo creo que todavía no acababa de saber qué pensar de mí y a mí me pasaba lo mismo con ella.

—*Ciao* —dijo, y desapareció por el pasillo.

Después de eso el ambiente se quedó bastante tranquilo.

Me sequé la frente con la manga, cogí una capa de cartas de la caja y las esparcí sobre el tablero. En realidad venían de todo el mundo: Brasil, Ucrania, Hong Kong, Argentina. Y esas eran solo las que estaban escritas en inglés.

«Querida Julieta», decía la primera del día, procedente de Australia, «estoy enamorada de alguien pero él no me corresponde. Es la primera persona en la que pienso por la mañana y la última en la que pienso por la noche. Por favor, ayúdame».

Le di una respuesta hueca del tipo «esto también pasará». Fácil de decir, pero esa chica estaba sufriendo realmente y no me parecía que mis palabras la fueran a ayudar demasiado. Hice girar el bolígrafo entre los dedos. Estaba intentando hacer lo que Giovanna me había dicho —ofrecer un oído amigo— pero sentía que eso no era suficiente. Durante los dos días anteriores había estado respondiendo con tópicos y sintiendo que había algo falso en todo ello. ¿No había nada más que pudiera decirle a esa gente?

Yo había investigado un poco sobre el amor antes de viajar a Italia, y empecé a pensar en eso. En los últimos años han ido apareciendo una serie de estudios verdaderamente interesantes sobre el tema. Estudios que explican cómo se estrella contra nosotros, nos agarra y no nos deja escapar. Según esas investigaciones, el amor forma parte de la zona de nuestros cerebros en la que se generan las recompensas, dice la doctora. Helen Fisher, una de las mayores expertas en este campo. Gran parte de los estudios actuales se concentran en la psicología evolucionista, en la manera en que nuestros cerebros han evolucionado a lo largo de cientos de miles de años y en las sutiles formas de conducta que aseguran que nuestros genes se transmitan a generaciones sucesivas. El amor está relacionado con la poderosa necesidad de aparearse, por supuesto, pero, más exactamente, se trata del deseo de encontrar a alguien que se quede el tiempo suficiente para ayudar a criar a un niño. Y eso, aunque parezca muy primario, está en la raíz del amor. El amor es, en ese sentido, nuestro destino biológico. Ese tipo de amor se ve impulsado por la dopamina. En presencia de la persona amada, la dopamina inunda nuestro núcleo caudado, exactamente el mismo centro del cerebro que se activa en los adictos al *crack*, al alcohol o al juego. El amor, por tanto, es una adicción; como cualquiera que haya estado verdaderamente enamorado puede confirmar. Se apodera de nosotros, con toda su fuerza, y nos empuja a hacer cosas bastante absurdas. Las cartas que había estado leyendo eran prueba de ello, como lo era mi propia experiencia.

Me había enamorado de mujeres y esperado años, literalmente, para que la relación evolucionara hacia lo que yo, en realidad, necesitaba. Había sido todo tan estúpido. Y una pérdida tan grande. Pero basta de recuerdos. Me empujé hacia atrás con la silla para separarme del tablero. ¿Qué decirle a esa pobre y desconsolada Aussie? Merecía algo mejor que lo que mi poca experiencia podía ofrecerle. Al final, me encorvé sobre el papel y escribí: «Sé lo que es eso. Duele como un demonio, ¿verdad?».

Oí los pasos de Giovanna acercarse por el pasillo. Realmente no había estado fuera demasiado tiempo. Entró, muy activa, en el despacho de Anna y, si me estiraba un poco, podía verlas. Estaban inclinadas sobre un libro que tenía Anna sobre su mesa. Giovanna levantó la vista y me sorprendió mirándolas.

—Glenn —me llamó—. Me habías dicho que eras un buen conocedor de Shakespeare.

—Mmm, bueno, algo sé, sí.

—¿Nos puedes ayudar? —dejé mis cartas a un lado y me levanté.

El despacho de Anna era mucho mejor que el mío. Ella se sentaba detrás de un sólido escritorio de roble colocado sobre una alfombra azul cobalto. Todo estaba perfectamente ordenado, a diferencia del huracán de papeles desparramados en mi pequeño cubículo. Anna me miró a través de unas gafas con montura verde que conjuntaban con su estilosa media melena. Calculé que debía de estar aproximándose a los treinta.

—Seguramente conocerás esta línea de texto —dijo—: «Cualquiera que sepa escribir puede contestar una carta».

—¿De *Romeo y Julieta*?

—¡Sí! —le brillaron los ojos; se veía que Anna era una persona muy vivaz y dedicada, de voz aguda y sonora, como un clarinete—. Claro que es de *Romeo y Julieta*.

—Hemos usado esa frase en nuestro correo electrónico —explicó Giovanna—, pero no estamos seguras de saber lo que significa exactamente.

Ambas se volvieron a concentrar en el libro y pude comprobar que se trataba del texto de la obra. En una página estaba en inglés y en la página opuesta en italiano.

—Ah —dije, acercándome—. Esa puede ser la escena en la que un sirviente de los Capuleto está invitando gente a la fiesta, solo que no puede leer la lista de invitados.

Anna examinó el libro.

—¿Dónde está eso?

—Aquí. ¿Puedo...?

Los tres nos pusimos a buscar en el texto.

—Aquí esta Benvolio —dije—. No, esperad, es más adelante. Es Mercucio. El momento en el que se está burlando de su enemigo, Tebaldo. Es justo antes de la escena de la gran pelea.

—¿Gran pelea? —preguntó Giovanna, con gesto desaprobatorio.

—Aquí —dije—. Sí, lo dice Mercucio.

—Ah —exclamó Anna, apuntando las referencias del acto y escena.

—¿Esa frase aparece en vuestros correos electrónicos? —pregunté.

—Sí —dijo Anna.

—¿Ya contestáis cartas por correo electrónico?

—Claro. En la Casa de Julieta. Hay ordenadores y desde ahí la gente puede mandarnos una carta por correo electrónico, en lugar de una carta real.

Anna se encogió de hombros.

—Aunque no es lo mismo —dijo.

Giovanna frunció la boca con gesto de desagrado.

—Casi diría que escribir un «correo electrónico de amor» es hacer trampa —continuó Anna—. Pero estamos en el siglo XXI. Hay que permitirlo.

—Tenemos muchos problemas en la actualidad —intervino Giovanna—. En la casa hay problemas con los chicles.

—¿Chicles?

—En las paredes —dijo Giovanna—. La gente pega sus mensajes con chicle en los muros de piedra.

—Probablemente —razonó Anna—, el chicle es bueno para pensar. Mientras mastican y mastican piensan lo que van a escribir.

—Sí, pero es un asco —dijo Giovanna—. Ahora en la ciudad se ha promulgado una nueva ley y han puesto *carabinieri* en el patio. Policías.

—La policía del chicle —comenté.

Anna reprimió una sonrisa.

—Ahora ya no tenemos tantos chicles en la Casa de Julieta —dijo Giovanna—. Pero tenemos otro problema, ¿lo has visto?

La verdad era que sí. Me había dado cuenta el día anterior. En las paredes del pasaje abovedado que lleva al patio había cientos y cientos de tiritas con mensajes cortos —como tuits en Twitter— escritos con rotulador.

—¿Y qué pasa con los policías? —pregunté—. ¿No pueden hacer algo?

—No pueden impedirlo. Es demasiada gente. La gente siempre encuentra la manera —dijo Giovanna, poniéndose en pie y permaneciendo muy erguida.

—Es mejor que el chicle, supongo —dije.

—Las tiritas son para heridas de la carne —dijo Giovanna.

—Heridas de la carne —repetí.

—Sí —dijo Anna—. Pero nosotras tratamos heridas del corazón. No es lo mismo.

Solo era el segundo día que estudiábamos *Romeo y Julieta* cuando Sadia se removió en su asiento y dijo:

—Hay algo que no entiendo.

Estábamos aún en la primera escena del primer acto, cuando se nos presenta a los Montesco y a los Capuleto. Ni siquiera hemos visto a Romeo todavía.

Miré con curiosidad a Sadia, preguntándome a qué se referiría.

—Profesor, ¿cómo se supone que se sabe que esta obra trata realmente del amor verdadero?

Tiró un poco de su hiyab hacia delante, bajándoselo medio centímetro sobre la frente. Me había dado cuenta de que era algo que hacía cuando estaba especialmente concentrada.

Se oyeron resoplidos y exclamaciones ahogadas entre los demás alumnos.

—¿A dónde quieres ir a parar, Sadia?

—Romeo y Julieta. Los dos son jóvenes, ¿no? ¿No ha dicho que Julieta tenía unos trece años?

«No ha vivido aún el cambio de los catorce años», declara su ama en un momento anterior de la obra. Ya lo habíamos visto. De hecho, la edad de Julieta iba a ser una de las preguntas que les iba a aparecer en el cuestionario al final del primer acto.

—Así que, a ver, ¿cómo sabe que no es solamente un capricho pasajero o algo así?

Un chico, al final de la clase, alzó la voz:

—Pero bueno, Sadia, porque mueren el uno por el otro, ¿vale?

—Cualquier idiota puede morir —dijo Sadia—. Y gracias por arruinar el final.

—Ya sabemos el final —la corregí—. Lo dice claramente en el prólogo.

Sadia, con rostro inexpresivo, examinó su ejemplar del libro y pasó algunas páginas hacia atrás.

—«Una pareja de enamorados con mala estrella se quita la vida» —leí del prólogo—. Está aquí mismo, en la sexta línea de la obra.

Varios alumnos asintieron con la cabeza.

—Eran tan jóvenes —dijo Sadia, con tristeza.

—¿Qué edad tenía Romeo? —preguntó otro alumno.

—En el texto no se dice —contesté—. Pero seguramente quince o dieciséis, algo así.

—Adolescentes, como nosotros.

—Sí —dije, con especial énfasis—. Exactamente como vosotros.

El sobre tenía un dibujo de *Winnie the Pooh*. Saqué la carta escrita en papel de color rosa. «Me llamo Audrey y tengo catorce años», comenzaba. «Estoy viviendo una verdadera tragedia. He perdido a mi mejor amigo porque creía que estaba enamorada de él. Y ahora he perdido para siempre el valor para enamorarme otra vez. Porque si intento querer a alguien solo siento dolor y no lo entiendo. Querida Julieta: dime por qué el amor duele tanto».

De nuevo una pregunta, la misma pregunta que me habían hecho una y otra vez. ¿Qué podía decirles a todas esas adolescentes? ¿La verdad? Sí, el amor duele y probablemente haya un montón más de dolor esperándote. Pero no podía decirles eso. Me di un golpecito con el bolígrafo en los labios. La chica tenía solo catorce años; aproximadamente la edad de Julieta. Merecía una respuesta auténtica tanto como cualquiera. También estaba seguro de que Giovanna me echaría a patadas si empezaba a ponerme sarcástico con la gente.

«Querida Audrey», empecé. «El amor es tan perenne como la hierba». Eso lo copié de *Desiderata*. Sonaba bien y pensaba que, en general, era verdad. Habría otros chicos en su vida. Probablemente ya habría otro. Ya está, pensé, y cogí otra carta.

«Querida Julieta», escribía la siguiente chica, «por favor, mándame a mi Romeo. Mándalo a San Antonio, Texas».

«No está en mi mano», contesté, «mandarte a alguien, pero si realmente quieres encontrar el amor solo necesitas estar abierta a él y acabará apareciendo».

Me recliné en la silla y examiné mi caligrafía, mi mala letra de chico. Las palabras estaban bien, pero no estaba seguro de los sentimientos. Sonaba un poco a galleta de la fortuna, pero eso era lo que había en ese momento.

Unas cuantas cartas más tarde di con una un poco rara, de un chico: «Mi profesora me ha obligado a escribir esta carta, aunque yo pienso que es una estupidez. Pero», empezó, dubitativo, «está esta chica...» Y a partir de ahí se lanzó a hacer una completa y detallada confesión de casi dos páginas con una letra desgarbada y sinuosa. Me lo imaginé deteniéndose al final y respirando hondo antes de añadir la última frase: «Así que, en serio», escribió, «échame una mano con esto».

Yo sabía lo que quería decir. A mí se me está haciendo cada vez más difícil escarbar en el tiempo para recordar realmente cómo era ser más joven. Es difícil imaginar incluso que soy la misma persona que era cuando tenía catorce. Pero lo soy. Resuenan los mismos sentimientos en la arqueología de mi alma.

Supongo que todo el mundo tiene su protohistoria de amor, un primer amor que prepara el escenario para todos los demás. Es posible que ese que le di a Tammy Brenner no fuera mi primer beso, pero fue el primer beso que me marcó. Tammy era preciosa y muy despierta. La había conocido en el equipo de natación cuando yo estaba en 11.º grado.

Con la llegada de las cálidas noches de verano y el curso escolar ya terminado, algunos de nosotros nos escapábamos de casa para reunirnos en el patio del colegio. Durante una de esas raras noches en las que hacía casi tanto calor como de día, quedamos cuatro o cinco del grupo y subimos, entre las sombras, a una colina en la que había un bosquecillo de álamos. La luna lánguida y gorda colgaba del cielo. A nuestros pies el mundo parecía grabado en plata. De alguna manera, Amy y yo acabamos sentándonos juntos, lejos de los demás, entre los árboles. Yo tenía dieciséis. Ella era algo más joven.

No pasó gran cosa. La realidad es a menudo una cosa torpe y apresurada, pero la memoria allana los baches y las arrugas. Tammy y yo hablamos, nos reímos y, en un determinado momento, ella me besó. Para mí ese momento está siempre presente, como una estrella en el cielo de verano de mi vida. Nada superó a aquello. No solo nada lo superó sino que mi vida amorosa empeoró claramente. No hubo demasiados éxitos durante esa primera época. Y ni siquiera después, en mi vida adulta, las cosas me han ido demasiado bien en lo relativo al amor.

Años más tarde, y sin venir a cuento, un día mi hermana me preguntó:

—¿Te acuerdas de Tammy Brenner?

—Creo que sí —contesté.

Por supuesto que la recordaba; había sido fundamental en mi juventud.

—Me acabo de enterar de que se ha muerto.

—¿Qué?

—Cáncer de mama. No podía tener más de cuarenta o así.

—Treinta y ocho —dije, y la recordé en aquella lejana noche sobre la colina plateada, bajo los álamos.

Sentí una presión en la garganta y miré hacia otro lado, fingiendo que no pasaba nada.

Oí el repiqueteo de los tacones de Giovanna por el pasillo y luego un revuelo cercano de papeles.

—¿Hola? —saludé.

Ella me miró desde el hueco de la puerta.

—¿Qué tal fue el cumpleaños?

Ella negó con la cabeza y se puso dos dedos en la sien.

—Muy ruidoso. Los niños son muy escandalosos. ¿Necesitas algo? ¿Va bien la cosa?

—Sí. Pero hay tantas cartas —me llevé las manos a la cabeza fingiendo desesperación.

Ella no dijo nada.

—Y la mayor parte de los remitentes —insistí— son tan jóvenes.

—¿Me dejas ver?

Giovanna entró en la habitación. Le enseñé mi última respuesta, escrita todavía a medias en el papel con membrete de Julieta que tenía delante. Otra chica pidiendo su Romeo. «Deberías salir más», le decía, «y hacer cosas, apuntarte a grupos, probar algún deporte, aprender a tocar un instrumento musical; descubrir qué es aquello con lo que disfrutas y tal vez ahí encontrarás a alguien al que le gusten las mismas cosas. ¿No sería perfecto?».

Giovanna apretó los labios.

—¿Te parece mal? —pregunté.

—No, no... —dijo ella, devolviéndome la carta—. La idea es buena, pero... ¿te importa?

Se sentó en una silla junto a mí.

—Tú no eres el psiquiatra —empezó—. Tal vez no esté buscando soluciones.

—Lo sé, pero estoy intentando ayudarla. Intento proponerle algo práctico que pueda...

—Estás pensando que es una jovencita tonta.

—Es una chica bastante joven —examiné su carta—. Rachel. Diecisiete años. De... —le di la vuelta al sobre—... Birmingham.

—Estás contestando como un hombre.

Aquello me pilló desprevenido.

—¿Perdón?

—La gente solo quiere contar sus historias para desahogarse. ¿Entiendes?

No tenía ni idea de a qué se estaba refiriendo.

—Creo que sí —dije.

—*Va bene* —concluyó.

Y antes de que pudiera preguntarle cualquier otra cosa, se puso de pie, alisó su vestido y se marchó.

Mis alumnos irrumpieron en el aula charlando a voces y rebosando hormonas. Apenas acabábamos de empezar el nuevo semestre y algunos de ellos todavía se perdían por los pasillos y llegaban tarde y desfallecidos. La primera en llegar fue Sadia. Buscó su pupitre en la primera fila. Pasó las páginas de su ejemplar de *Romeo y Julieta,* impaciente por que el resto de la clase se sentara. Devin llegó uno o dos minutos tarde.

—Perdón —dijo, y buscó su lugar cerca de la ventana, hacia la mitad de la clase.

Fuera, el cielo amenazaba nieve. Esperé hasta que los alumnos se fueron distribuyendo por filas y ocupando sus sitios.

—Muy bien —empecé—. ¿Dónde estábamos?

—Llegaba el Príncipe y detenía la pelea —dijo Devin.

—Ah, sí —recordé—. Ahora vamos a conocer a Romeo.

Miré a la clase, a esos treinta adolescentes que se removían en sus pupitres.

—Al principio de la obra —dije—, Romeo está locamente enamorado de una chica. Pero no es Julieta.

Algunas cabezas se levantaron de los libros, confundidas. Sadia alzó la mano como un resorte.

—¿Sí, Sadia?

—¿De quién? —preguntó—. ¿De quién está enamorado en este momento?

—Bueno, no sé si llamar a eso «amor».

—Pero, ¿quién es?

—Se llama Rosalina. Y lo que pasa es que a ella no le gusta Romeo. En absoluto.

Andy, casi en la última fila, me miraba con especial atención. Era un chico grande y fornido. Creo que estaba en el equipo de *rugby*.

Sadia se aclaró la garganta.

—O sea, ¿que a Romeo le gusta ella pero a ella no le gusta Romeo?

—Eso es —dije—. Y el primo de Romeo, Benvolio, está intentando ayudarlo. Además de su primo era su mejor amigo; y viceversa. Así que, ¿qué le diríais a vuestro mejor amigo si estuviera enamorado de alguien que no le corresponde?

Andy se ruborizó.

—¿Andy?

—¿A un amigo? —preguntó, mirando a su alrededor.

—Sí. A un amigo.

—Supongo que le diría que intentara..., no sé..., olvidarse de ella.

Leí en mi libro de texto. «Oh, enséñame a olvidarme de pensar». Todas las cabezas se agacharon sobre los libros. El reloj hacía tic-tac. Se produjo tal silencio que podía oírse. Teníamos bastante tiempo para ver ese primer acto. Tal vez hasta llegáramos a la escena del balcón hacia finales de semana.

—¿Qué pasa si Romeo no tiene absolutamente ninguna posibilidad con esa chica, con Rosalina? —pregunté—. Aquí dice que ella ha prometido vivir en castidad. ¿Qué creéis que significa eso?

—Nada de sexo —dijo Devin en voz baja pero audible, vocalizando exageradamente.

Una oleada de risitas nerviosas recorrió las filas de pupitres.

—Sí, pero algo más. Significa que no quiere tener novio, ningún tipo de novio, en este momento.

—Yo creo que solo dice eso para, ya sabe—comentó Sadia—, no herir los sentimientos de Romeo.

—Seguramente tienes razón —le contesté, sonriendo.

—Le está haciendo la cobra con delicadeza, profe.

Andy pareció incómodo ante esa revelación. Le echó una mirada de soslayo a Allison, que se sentaba a un par de filas de distancia. Allison era callada y estudiosa, guapa, con un pelo largo de un color negro casi azabache. Había nacido en

Hong Kong y tenía un ligerísimo acento pero, como Sadia, había vivido en Canadá la mayor parte de su vida.

—Así que le da calabazas con delicadeza —continué—, pero a Romeo lo deja bastante hundido. No puedes evitar enamorarte de quien te enamoras, ¿sabéis?

Algunos de los chicos asintieron como si lo supieran. Andy se removió en su pupitre.

—¿De verdad creéis todos que eso es así? —pregunté—. ¿Es cierto que no podemos evitar enamorarnos de quien nos enamoramos?

Sadia volvió a fijar la mirada en su libro y dijo:

—Puede que Romeo solo esté enamorado de estar enamorado.

Andy irguió la cabeza. En la mirada que me dirigía había una gran vulnerabilidad.

—Creo que vuelves a tener razón, Sadia. Ese es el tema. ¿Está realmente enamorado de Rosalina?

—Supongo que no —dijo Andy, y unas cuantas cabezas se giraron hacia él.

—¿Qué te lleva a pensar eso, Andy?

—Bueno, pues, que tal vez solo sea una cara bonita. Pero eso no es amor. Eso es como... atracción o algo así.

Para entonces ya todos lo estaban mirando. Al ver que se había convertido en el centro de atención, se detuvo.

—De hecho —apunté—, Shakespeare también tiene algo que decir al respecto. Id a la página 51.

Esperé a que cesara el sonido del roce de las hojas.

—Líneas 68 y 69 —indiqué, y empecé a leer:

El amor de un joven, por tanto, miente:
no está en su corazón, sino en su mente.

Me detuve, dejando que cada uno releyera para sí mismo los versos.

—¿Lo pilláis? Es un juego de palabras; sobre cómo nos mienten los sentidos, que están en la mente. Los chicos jóvenes se ven atraídos por lo sensorial, pero quizás ese amor no es verdadero. Es una mentira, no viene del corazón.

—Eso es tan cierto —empezó a decir Sadia, con un cierto aire de moralina en la voz —. A la mayoría de los chicos solo les interesa el aspecto externo de las chicas.

Devin hizo una mueca. Me di cuenta de que había estado a punto de decir algo pero que luego lo había pensado mejor.

—Totalmente de acuerdo —dijo Andy—. Si estás realmente enamorado eso significa que también tienes en cuenta la personalidad de la otra persona. No debería importar su aspecto.

Entonces se dio cuenta de que Allison lo estaba mirando y se detuvo.

—Pero importa —dijo Devin—. A ningún tío le va a gustar una fea.

—¡Devin! —gritó Sadia.

—Un momento —intervine—. Nos estamos desviando. Estamos hablando de Romeo y de su supuesto enamoramiento de Rosalina, ¿os acordáis?

Uno por uno, los adolescentes fueron redirigiendo su atención hacia mí.

—A Romeo ese amor lo tiene loco —dije—, pero es un amor asimétrico, no correspondido.

Andy asintió y algunos de los chicos repitieron en silencio la palabra «asimétrico».

—Entonces, ¿qué se supone que tiene que hacer Romeo? —pregunté.

Sadia entrecerró los ojos.

—Usted ha dicho que Benvolio lo ayuda. ¿Puede hacer que Romeo se olvide de esa chica?

—Tal vez —dije—. Pero, ¿cómo?

Andy no pudo evitar intervenir.

—¿Cómo se puede simplemente olvidar? Quiero decir, ¿cómo puede él olvidarse de esa chica?

En ese momento todos estaban muy atentos. Esperaban mi respuesta. Eso lo hacen muy bien los alumnos.

—Solo hay una forma de que la olvide —dije—. Tiene que conocer a otra chica.

—A Julieta —dijo Sadia—. Tiene que conocer a Julieta.

—Premio.

Dicen que los hombres se enamoran con más rapidez que las mujeres. Basta una cara bonita para que nos lancemos. La más ligera insinuación de una curva debajo de un jersey. No hace falta demasiado. La verdad es que somos bastante superficiales.

En realidad, a todos nosotros —hombres o mujeres, independientemente de la orientación sexual— nos atraen una serie de sutiles estímulos que percibimos en los demás. Estamos cableados de esa manera. En un hombre, una mandíbula fuerte y cuadrada es considerada atractiva precisamente porque indica un saludable nivel de testosterona. Una mandíbula más suave y redondeada en una mujer es señal de un alto nivel de estrógenos. Son los trucos que emplea la madre naturaleza para que elijamos a los más fértiles.

Y, para ambos sexos, la simetría facial es un factor de atracción física muy importante. Hay estudios que demuestran que los políticos más respetados —John F. Kennedy, fue un ejemplo— tienen, a menudo, caras muy simétricas, siendo la mitad izquierda un espejo casi exacto de la derecha. Muchas estrellas de cine son también ejemplos de gran simetría. La asimetría puede ser tan sutil que nos resulte difícil describirla; pero parece que nuestros cerebros sí registran, de manera implacable, las más pequeñas variaciones.

Lo mismo pasa con el pelo. El cabello de una persona es un informe mensual, semanal, de su estado de salud, y está a la vista de todo el mundo. Las vibrantes y relucientes matas de pelo que vemos en los anuncios de champús para hombres indican a la espectadora que esa persona es viril, que producirá bebés sanos.

O, al menos, eso es en lo que se basa la psicología evolucionista.

También estamos más predispuestos a enamorarnos de determinados tipos de personas. Nos enamoramos de determinados rasgos, de lo que un conocido investigador denominó «mapas del amor». Yo creo que mi mapa se definió cuando tenía veinte años o así, cuando era lo suficientemente joven para estar todavía chapoteando en hormonas y lo suficientemente tonto para pensar que se trataba de algo místico.

Después de Tammy, creí que una chica llamada Mandy era la mujer de mi vida. A ello contribuyó el hecho de que Mandy era una belleza alta y esbelta. Yo llevaba unos meses trabajando como socorrista cuando un día entró por primera vez en el recinto de la piscina. Se había apuntado al equipo de saltos de trampolín y, bueno, creo que, por un segundo, mi corazón se detuvo. Estaba completamente embelesado. Definitivamente, fue amor a primera vista. Tenía una cabellera rubia que le caía en cascada y a la que el cloro de la piscina hacía brillar como si fuera de oro, como el halo de un ángel. O, en cualquier caso, así es como yo la vi. En realidad, era solo un problema de raíces.

¿Saben cuando, algunas veces, oímos una palabra nueva y de repente empezamos a oírla en todas partes y nos preguntamos cómo es que no la habíamos oído antes?

Era algo parecido. De alguna manera, el universo se había confabulado para que yo viera a ese ángel en todas partes. Pregunté en la piscina y averigüé su nombre. Alguien dijo que conocía a su prima y, muy poco tiempo después, alguien la estaba llamando y todo se organizó. Traerían a Mandy a la piscina para que me conociera en mi próximo turno como socorrista.

Entró siguiendo a su prima. Se acercaron a la zona de la piscina con sus bañadores de una pieza, pisando con suavidad las baldosas mojadas hasta situarse a los pies de mi silla elevada de socorrista. Yo estaba seguro de que ahí sentado molaba bastante. La prima se dirigió a mí y, en ese momento, me quedé paralizado. De pronto, al encontrarme frente a la diosa, enmudecí. No supe qué hacer así que salté al suelo y arrojé a Mandy a la piscina. Lo digo en serio. La agarré y la tiré al agua. A ella le pareció divertido. Qué payaso. Qué bromista. Pero la verdad es que lo hice porque estaba demasiado extasiado como para dirigirle siquiera una maldita palabra.

Así que la cosa empezó con unas risas y un chapuzón. Pero nunca llegó a nada. Yo creo que nunca me sentí cómodo hablando con ella y que, en realidad, estaba enamorado de una visión, no de una persona. La obsesión con Mandy me duró uno o dos años y dejó unas huellas muy profundas en mi mapa topográfico del amor. Lo cual, supongo, me hizo sufrir una buena serie de desastres amorosos.

Había escrito las mejores respuestas que había podido, esforzándome con una o dos cartas más, cuando oí a Giovanna acercándose otra vez por el pasillo. Tras pasar un rato contestando el teléfono con un brusco y eficiente «*Pronto?*», ahora irrumpía en el despacho de Anna. Algo pasaba. Mantuvieron una rápida e indescifrable conversación en italiano y luego las dos aparecieron en mi puerta.

—Toc, toc —dijo Anna, dando con los nudillos en el marco—. Ahora me voy a casa a comer, pero luego tengo que ir a recoger las cartas a la Casa de Julieta. ¿Quieres acompañarme?

Detrás de Anna, la tirante sonrisa de Giovanna me hizo comprender que debía contestar afirmativamente.

—¿A recoger las cartas? —pregunté.

—Del buzón de la Casa de Julieta —repitió Anna—. Está lleno otra vez. Tenemos que vaciarlo cada tres días.

Miró su reloj.

—Podemos quedar ahí a las cuatro. ¿Te parece bien?

—Sí, claro.

—¿Sabes a dónde tienes que ir?

—A la Casa de Julieta, al buzón que está en el patio.

—Exacto.

—A las cuatro.

Una hora más tarde, aproximadamente, volví a cruzar el puente a pie de regreso al casco antiguo. Pensé que podría comer algo rápido y luego dirigirme al patio con cierta anticipación. Todavía no había visto el interior de la Casa de Julieta y me quedaba tiempo para una visita breve.

El patio era un hervidero de gente que se hacía fotos delante de la estatua de Julieta. Eché un vistazo al balcón. Es una hermosa pieza antigua, con dos arcadas labradas en la piedra como motivo ornamental. Sabía que no era un elemento original de la casa pero, de todos modos, era algo antiguo y le daba un ambiente especial a ese patio, que era precisamente lo que se pretendía.

Bordeé la multitud y entré en la tienda de souvenirs que hay en la planta baja de la Casa de Julieta. La chica que se sentaba detrás del mostrador casi ni levantó la vista de su libro cuando le solté los siete euros de la entrada. Señaló con la mano el sitio por el que tenía que subir, unas escaleras situadas a su espalda. Subí pesadamente algunos peldaños de madera y, de pronto, me detuve. Un poco más arriba, en un pequeño rellano en el que la escalera daba un giro de noventa grados, había una copia a tamaño real de la estatua de Julieta mirándome desde su pedestal. Era idéntica a la del patio, una pieza en bronce y a tamaño real de Julieta. Con una salvedad: en esta estatua el pecho derecho estaba roto como una cáscara de huevo y el tosco agujero triangular era lo suficientemente grande como para meter la mano.

—*Questa è l'originale* —dijo la encargada, levantando la vista de su libro.

—¿Cómo?

—Esta es la primera Julieta —continuó en inglés—. La que está fuera solo lleva ahí dos meses.

—¿La que está en el patio sustituye a esta?

—Sí. Ya se imaginará por qué.

Examiné lo que quedaba del pecho derecho de Julieta, la herida que habían dejado cientos de miles de deseos de amor.

—La Julieta de fuera —continuó la chica— es de un color oscuro y nos preocupaba que nunca se fuera a ver el dorado, pero ya se está viendo.

En apenas dos meses, el pecho de la nueva estatua estaba pulido y brillante como consecuencia de todo ese sobeteo.

La chica sonrió y volvió a concentrarse en su libro, mientras yo acababa de subir pisando con fuerza los peldaños de madera que me faltaban para llegar al primer piso. Todo estaba limpio, tenía un aire casi espartano. Nadie había vivido en esa casa desde hacía más de cien años. Y si exceptuamos a una señora mayor sentada en un rincón —un simbólico intento de seguridad—, estaba solo. Fuera, en el patio, reinaba el bullicio y el ajetreo de la multitud, pero dentro solo se oía el sonido de mi respiración. La casa exhibía elementos arquitectónicos rescatados, o sustraídos, de palacios medievales de la ciudad; parecía un decorado. Entré en una pequeña recámara desde la que se accedía al balcón, pasando bajo los arcos venecianos que había en una esquina. ¿Debía hacerlo? Por algún motivo no me pareció apropiado salir yo solo.

Sonreí a la vigilante de seguridad mientras pasaba a su lado y subí otro tramo de escaleras que me llevó a una habitación más grande, en el segundo piso. Una chimenea de considerables dimensiones ocupaba buena parte de una de las paredes, y había dos sillas de respaldo alto colocadas enfrente. Incrustada sobre la chimenea destacaba una copia en piedra del escudo de los Capuleto; el mismo motivo del sombrero redondeado, parecido a un bombín, que estaba colocado en uno de los muros de ladrillo del patio. El resto de la habitación, con su suelo de madera y sus enormes ventanas con postigos, estaba vacía. Se suponía que esa era la estancia donde Romeo y Julieta se conocieron.

En otra habitación, dentro de expositores de cristal, se podían ver trajes de la película *Romeo y Julieta*, de Franco Zeffirelli. El vestido de Julieta parecía pesado: de lana gruesa con brocados, hasta el suelo. El atuendo de Romeo consistía en una chaqueta con franjas verticales azules y doradas y, debajo de esta, una holgada camisa blanca. Recordaba perfectamente en qué escenas la había llevado. Algunos de los chicos Montesco habían colado a Romeo en una fiesta de los Capuleto, con la esperanza de distraerlo con otras chicas, con la esperanza de que superara el sufrimiento amoroso provocado por Rosalina. Y funcionó. Divisó a Julieta al otro lado del salón en el que se bailaba y quedó inmediatamente cautivado. «*¿Había amado mi corazón hasta ahora?*», se pregunta, antes de declarar: «*Porque nunca, hasta esta noche, había visto la verdadera belleza*».

—¿Pensáis que fue amor a primera vista? —pregunté a la clase.

—No sé —dijo Devin—. Tengo mis dudas.

—Tú sí que eres una duda —explotó Sadia, mientras se giraba en su asiento para encararse con Devin.

—Venga ya —dijo este—. Solo es una historia.

—Solo es una historia —intervine—. Pero lo mejor de Shakespeare es que era un genio captando cómo somos realmente las personas. Lo que más le interesaba era escribir algo real sobre, ya sabéis, la condición humana.

—Tengo mis dudas —repitió Devin en voz baja, lo que hizo que Sadia reaccionara emitiendo un grave y amenazante gruñido con la garganta.

—Romeo ve a Julieta desde el otro extremo del salón —continué—. Es evidente que está interesado. Ella está bailando y él dice: «*Buscaré su sitio cuando haya terminado*». En otras palabras, estará atento para ver dónde se coloca después de haber bailado.

Hice una pausa y luego dije:

—Yo he estado ahí.

Sadia arqueó las cejas

—¿Estado dónde?

—En Verona. He estado en el salón donde Romeo vio a Julieta por primera vez.

Se alzaron unas cuantas cabezas más, preguntándose si les estaba poniendo una trampa. Algunas veces, los profesores hacen esas cosas y los alumnos lo sabían.

—¿Ha estado en Verona? —preguntó Sadia.

—En la casa de Julieta, sí. Es un lugar real.

—Pero esto es una historia. No es real.

—Ya lo sé. Pero existió una familia Capuleto y existe una casa antigua de la que fueron propietarios. En el segundo piso tiene un gran salón. Y ahí es donde, supuestamente, Romeo y Julieta se conocieron.

Devin le echó una mirada al reloj.

Decidí que era mejor que avanzáramos.

—En cualquier caso —dije—, Romeo se va acercando poco a poco al lugar donde está Julieta y roza con sus dedos la mano de ella con la suficiente sutileza como para que pareciera casual. De ese modo podría detenerse y pedirle disculpas. Es solo un pretexto para hablar con ella.

—Muy cuco —dijo Devin, con voz cómicamente baja.

—Exactamente —corroboré—. Chicos, prestad atención. Esto es muy bueno.

Andy me miró muy sonriente. Hasta Marc, un chico difícil que se sentaba al fondo, irguió la cabeza.

—Echad un vistazo a la línea 95. Andy, ¿por qué no la lees?

Su sonrisa desapareció.

—Venga, hombre —lo animé—. En esta parte no hay nada complicado.

Andy se aclaró la garganta y empezó:

Si con mi mano indina he profanado...

—Mano indigna —corregí.

Andy retomó el verso y continuó leyendo:

... mano indigna he profanado
tu santa efigie, solo peco en eso:
mi boca, peregrino avergonzado,
suavizará el contacto con un beso».

—Vale —interrumpí—. ¿De qué está hablando?

—No tengo ni idea —dijo Andy.

—A ver —expliqué—, es imaginería religiosa. Romeo le está diciendo a Julieta: «Soy como un peregrino que ha venido a visitar un lugar sagrado y tú eres ese lugar sagrado».

—En esa habitación a la que fuiste —dijo Sadia—, ¿había un santuario o algo así?

—No, no, solo es una figura retórica, una forma de hablar.

—¿Quiere decir que Romeo la pone en un pedestal, como si fuera una especie de diosa?

—Exacto. Romeo es muchas veces así de apasionado. Julieta, por su parte, es más pragmática.

Sadia asintió con la cabeza.

Recorrí las filas de alumnos con la vista.

—Allison, ¿qué tal si lees tú lo que dice Julieta?

Allison no se negó, pero el tono de su voz, tensa y nerviosa, se volvió un poco más agudo:

Buen peregrino, no reproches tanto a tu mano.

—Vale. Andy —le dije—. Ahora lee tú lo de Romeo.

Dejé que se las fueran apañando con el diálogo hasta que las acotaciones indicaban que la pareja se besa. Andy se paró en seco y un intenso rubor empezó a subirle desde ese cuello grueso que tenía.

—Han ligado —dijo Devin.

—Sip. Están a punto de besarse. Se han estado sondeando el uno al otro. Como en una partida de ajedrez o algo así. Fijaos —dije—, Romeo dice cuatro versos y luego Julieta dice otros cuatro. Oíd cómo riman. Y mirad cómo están exactamente doce versos haciendo eso.

Sadia examinaba el texto.

—Entonces los dos tienen un verso de cierre. Eso hace catorce. ¿Lo pilláis?

—Es un soneto —dijo Sadia.

—Efectivamente, *es* un soneto —confirmé—, incrustado justo en mitad de la escena.

—¿Se puede hacer eso? —preguntó Sadia.

—Y son las primeras palabras que se dicen el uno al otro.

—Eso mola —dijo Sadia.

—¿Veis a qué me refiero cuando digo que Shakespeare es el maestro?

Devin asintió con la cabeza. Andy todavía seguía encendido por la lectura que había hecho con Allison, encantado, sin duda, al imaginar las acotaciones que indicaban que estaban a punto de besarse. Marc, el chico duro del fondo, no podía despegar los ojos del texto y estaba todavía contando los versos.

—Lo más importante—continué— es que los dos consideran que el otro es inteligente, que el otro tiene sentido del humor. Están disfrutando de ese intercambio. No es solo atracción física. Realmente se gustan.

Sadia torció un poco el gesto.

—Aun así, es todo demasiado rápido —dijo.

—Todo lo que pasa en la obra sucede a lo largo de solo cinco días —aclaré—. De principio a fin, son solo cinco días de sus vidas.

Sadia empezó a protestar.

—¿Cinco días? Eso es absurdo.

—Tal vez no deberías tomártelo de manera tan literal. A veces tienes que jugar con el tiempo para contar una buena historia.

—Y entonces Romeo la besa —soltó Andy—, deseando, supongo, volver a la obra.

—Sí, ¿y qué le dice Julieta después?

—«*Besas de libro*» —leyó Allison—. ¿Qué quiere decir?

—Ja —dije yo—. Los académicos han discutido durante siglos sobre el significado de este verso. Podría querer decir que Romeo besa con maestría. Ya sabéis, como un beso que se pusiera de ejemplo en un manual. Pero... —hice una pausa—, ¿vosotros creéis que se puede aprender a besar leyéndolo en un libro?

—No —se le escapó a Andy, sin pensarlo dos veces.

Luego se sumió en el silencio y en su pupitre.

—Exacto —dije—. No hay un manual de instrucciones para el amor, no importa lo que se diga por ahí. No se puede aprender sobre el amor en un libro. Eso sería un despropósito.

Eran casi las cuatro. No quería que se me escapara Anna, así que volví sobre mis pasos hasta salir a la luz del día y a la multitud, y ahí estaba ella, junto a la boca del pasaje abovedado por el que se salía a la calle. Había otras dos chicas con ella y las tres estaban buscándome en aquel mar de cabezas. Junto a ellas, colocado en el muro de piedra, estaba el buzón rojo.

—*Scusi* —iba diciendo, mientras me abría paso entre los turistas.

—Estás aquí —dijo Anna—. Bien.

Tenía una llave de latón en la mano.

—Soňa, Veronica, este es Glenn.

—Hola —dije.

Soňa agarraba un bolso con las dos manos. Llevaba el cabello rubio en una cola de caballo, aunque las puntas estaban teñidas de otro color, casi cobrizo. Usaba unas gafas con montura de color amarillo canario.

—¿Tú eres el canadiense? —preguntó.

—El mismo —le dije.

Detrás de ella, Veronica sonreía. Parecía muy joven —una adolescente— y la misma Soňa no debía de pasar de los veintipocos. Veronica tenía aspecto de italiana, con pelo oscuro y rizado. Soňa no tanto. ¿Eran realmente secretarias? ¿Dejaban que gente tan joven respondiera las cartas o solo se encargaban de recogerlas?

—*Allora* —dijo Anna—, vamos a abrirlo.

Metió y giró la llave en el candado, lo sacó de las armellas, se lo dio a Veronica y abrió la pequeña portezuela del buzón. Soňa acercó el bolso y lo mantuvo abierto mientras caían en él todas las cartas. Detrás de nosotros, unos cuantos turistas hacían fotos.

—*Chiudi la porta* —dijo Anna.

—Sí, jefa — contestó Soňa, mientras cerraba rápidamente la portezuela. Veronica volvió a colocar y cerrar el candado en su sitio.

—A la otra oficina —dijo Anna.

—¿Hay otra oficina?

—Sí, pero es difícil de encontrar —admitió Anna—. Tienes que caminar hasta que te pierdes y luego tienes que ir un poco más allá.

Caminamos los cuatro por el Corso Porta Borsari, una calle ancha que empezaba en un antiguo arco romano y acababa en una iglesia medieval. La calzada desembocaba en un patio triangular. Había una Vespa de un color naranja brillante elevada sobre su caballete y de alguna ventana de un piso alto llegaba ruido de cubiertos y olor a cebolla frita.

Anna abrió una puerta medio escondida en uno de los rincones; dentro, un tramo de escaleras de mármol llevaba a un vestíbulo abierto. Lo cruzamos hasta llegar a un despacho con mamparas de cristal y esperamos a que Anna también lo abriera. Luego accionó un interruptor y unas luces fluorescentes empezaron a vacilar hasta encenderse.

—Esta oficina —explicó Anna— fue el taller de un orfebre hace trescientos o cuatrocientos años. Es muy antigua.

Soňa volcó el bolso sobre una mesa que había en el centro de la habitación y lo agitó, haciendo sonar sus pulseras, para que acabaran de salir todas las cartas.

—Ahora las clasificamos —dijo Anna.

Veronica cogió una de las de arriba.

—Inglés —dijo, y eligió un lugar para amontonar las cartas en ese idioma.

Anna encontró una en italiano y empezó a formar otro montón. Luego cogió otra carta y se la pasó a Soňa diciendo:

—Ruso.

Cuatro pares de manos organizaron todas las cartas como si fuera una partida relámpago de *rummy* y en cosa de quince minutos teníamos más de cien clasificadas por idiomas. Todo un mundo de problemas amorosos.

—¿Contestamos unas cuantas? —preguntó Anna.

—Claro —dije—. Vamos con ello.

Ha llegado el momento de hacer una confesión. Yo estaba en Verona por algo. Había alguien en mi vida, pero las cosas no iban bien. De hecho, estaban bastante liadas.

Vamos a llamarla Claire.

La conocí cuando estábamos los dos todavía en la universidad, hace casi veinte años. Hacíamos nuestras licenciaturas —aunque en distintas facultades— y, a los pocos momentos de hablar con ella por primera vez, sentí no solo que había conocido a alguien, sino que había descubierto a alguien. Alguien que, por fin, era muy parecida a mí. Fue una revelación. Había estado enamorado antes —o eso creía— pero esa vez pareció diferente. Esa vez parecía la buena. Esa era como se suponía que tenía que ser. Supongo que podría decirse que me enamoré de ella desde el primer momento. Era guapa e inteligente, pero había algo más en ella. Parecía que me «pillaba» igual que yo la «pillaba» a ella.

En aquel momento tenía novio. Yo lo sabía. También sabía que las cosas no le iban bien con ese chico. A él no le gustaba que estuviera en la universidad. Le parecía una pérdida de tiempo. Una vez, me contó Claire, había montado en cólera cuando ella había usado lo que él consideraba un lenguaje demasiado sofisticado: palabras de más de dos sílabas, como *acumular*. Claire se desahogó imitándolo —«¿Qué coño de palabrita pija es esa?»—, y luego se encogió de hombros.

—Es ridículo —dije—. ¿Cómo se puede enfadar alguien por el vocabulario?

—Absolutamente atroz —dijo ella.

—Incongruente, irritante —añadí.

—Es despótico y extremadamente solipsístico.

No podía superar eso, así que lo dejé.

Claire me miró fijamente con sus ojos verde jade.

—Supongo que una no elige de quién se enamora.

—No —dije—, supongo que nadie puede.

En la casa de Julieta, en el último piso, el techo está cubierto con estrellas pintadas. Cientos de estrellas de seis puntas, unas de color blanco y otras de amarillo mostaza, decoran el techo en ordenadas filas entre las antiguas vigas de madera. Y sabía lo que simbolizaban: Romeo y Julieta tuvieron mala estrella. Estaban destinados a encontrarse. Shakespeare hace referencias a los astros a lo largo de toda la obra. Nuestra suerte está escrita en las estrellas; todos nuestros amores, todas nuestras debilidades y obsesiones, todas nuestras oportunidades perdidas. Seguimos caminos plasmados en los cielos de manera inalterable y, nos guste o no, ese es nuestro destino.

Ahora sé que eso no es verdad. Que eso es todo una idiotez.

3

Mala estrella

De camino a Italia hice una parada en Londres. En la magnífica British Library, entre una colección que alberga tesoros tales como la Carta Magna y los dibujos que hizo Galileo de la Luna, se encuentra una edición muy antigua de *Romeo y Julieta*. Es la conocida como *second quarto*, impresa en formato cuartilla (*quarto*, en inglés), y es casi perfecta; de hecho, contiene la versión en la que se han basado la mayor parte de las ediciones posteriores. Se imprimió en 1599, solo tres o cuatro años después de que Shakespeare escribiera la obra, y es casi seguro que se hizo a partir del manuscrito original.

Había pasado meses solicitando permiso para ver esta edición. Tuve que hacerme miembro de la British Library. Necesité una autorización especial de seguridad, lo que significó tener que explicar exactamente por qué era tan importante para mí verla «en carne y hueso», por así decirlo.

Pero, al final, aunque había seguido todos los pasos correctamente, mi solicitud fue denegada. Aquello parecía que iba a acabar ahí hasta que, unos días más tarde, recibí un correo electrónico de un miembro del Rare Books and Special Collections Group ('Grupo de libros raros y colecciones especiales'). Se llamabaTanya Kirk y me decía que había examinado mi solicitud y que estaba intrigada, que si podía mandarle más información sobre mis intenciones. Y así lo hice. Le conté todo lo del Club di Giulietta, que llevaba veinte años estudiando *Romeo y Julieta* en mis clases con alumnos de instituto. Cité fragmentos de la obra y debió de parecerle que estaba muy interesado porque a las pocas horas me contestó. «Bueno, de acuerdo. Vamos a hacer una excepción especial. Deberá presentarse en el mostrador de seguridad el día 10 de agosto a las 5 p. m. Estamos al lado de la estación de King's Cross y no debe llegar tarde».

Así que ahí estaba ya, en la fecha acordada, directamente del avión, intentando parecer despierto, pero algo confuso por el desfase horario y desaliñado por el viaje. Cuando llegué a la British Library, los guardias de seguridad del mostrador principal no querían dejarme pasar. Comprobaban la pantalla de su ordenador e insistían en que yo no tenía cita.

—No —les dije—, Tanya Kirk ha hecho una excepción conmigo. Se supone que hemos quedado aquí a las cinco.

Se notaba que desconfiaban. Hubo llamadas telefónicas, más repasos nerviosos al ordenador, hasta que la misma Tanya Kirk apareció detrás de mí. Era más joven de lo que me imaginaba. Llevaba gafas de hípster y un collar con bolas azules.

—No se preocupe por los guardias —me susurró—. Solo sígame.

Tanya me hizo bajar un tramo de escaleras hasta el sótano de la British Library y se detuvo frente a una puerta metálica sin ningún tipo de letrero identificativo. Tiró de un cordel que llevaba en el bolsillo y presionó el llavero de seguridad contra un sensor montado en la pared. La puerta se abrió con un zumbido y pasamos a un corredor. Podría haber sido el pasillo subterráneo de cualquier ajetreado edificio de oficinas.

—Bastante vulgar, ¿no? —dijo ella.

Atravesamos otra puerta y entramos en una gran sala en la que había una colmena de cubículos. Parecía un centro de atención telefónica. No tenía ni idea de lo que estaba haciendo esa gente. Tanya me hizo pasar a una pequeña sala de reuniones que ocupaba uno de los lados y que solo contaba con una mesa de formica vacía y una pizarra blanca en la pared.

—Espere aquí un momento. En seguida vuelvo con el *quarto*.

Cuando volvió, traía una pequeña caja de cartón que se abría como un sobre. Colocó dos plataformas de poliestireno gris sobre la mesa. Estaban inclinadas para que los libros pudieran apoyarse abiertos sobre ellas. Y entonces sacó el ejemplar de aquella antigua edición de Shakespeare. Yo había imaginado una habitación forrada de madera de roble.

Había imaginado guantes blancos y una bandeja de plata. Pero ahora que tenía ante mí la célebre edición, nada era como me lo había imaginado. El ejemplar era muy pequeño, no mucho mayor que las palmas de mis manos. Había pasado meses esforzándome para conseguir la autorización para ver eso —el famoso *second quarto* de *Romeo y Julieta*— y ahora, ahí estaba.

—¿Cómo sabía que tenía que pedir el segundo *quarto* y no el primero? —me preguntó Tanya.

—El primero es conocido como el *bad quarto*, el *quarto* malo —dije—. Es dos años anterior a este, pero le faltan la mitad de los versos de la obra.

—Correcto —dijo ella.

La mayoría de los expertos coinciden en que el *bad quarto* se basa en el manuscrito de uno de los actores de la compañía de Shakespeare. El texto de ese actor está completo, pero los versos de los otros personajes de la obra solo están esbozados o, sencillamente, no están. Refleja lo esencial de la historia pero faltan tantas cosas, o algunas están tan alejadas del original, que el *bad quarto* casi nunca se consulta.

—El *second quarto* contiene la obra completa —dije, y Tanya asintió.

Se volvió hacia el ejemplar y lo abrió con cuidado. Las páginas estaban en unas condiciones casi perfectas.

—Como puede ver —comentó ella, pasando las hojas hasta el final—, alguien ha escrito la fecha justo al final de los últimos versos: 1621. Puede que fuera el propietario original.

Examiné la página. ¿Estaba insinuando que esa podría ser la letra de Shakespeare —no, para entonces ya había muerto—, o tal vez de alguien que lo hubiera conocido? Puede ser. Mis ojos se apresuraron a volver a los versos que precedían a la fecha. Ahí estaban. Versos que resonarían a través de los siglos:

Una paz sombría nos trae la mañana:
no muestra su rostro el dolorido sol.
pues nunca hubo historia de más desconsuelo
que la que vivieron Julieta y Romeo.

Creo que me dio un escalofrío.

—¿Se siente bien?

—Es increíble.

En el texto, la palabra *woe* ('desconsuelo, tristeza') estaba escrita *wo*. Pero, por lo demás, era idéntico al texto que yo había enseñado durante tantos años.

—Más tarde —dijo Tanya—, este *quarto* estuvo en la colección del rey Jorge III.

Pasó algunas páginas. En los márgenes, aquí y allá, había asteriscos y notas manuscritas. Alguien había estudiado el texto cuidadosamente.

—No podemos saberlo con certeza —dijo ella—, pero algunas de estas anotaciones pueden ser del rey.

—¿Del rey Jorge...?

—III —terminó Tanya—. El rey loco.

—Sí, sí.

—Cuando murió —continuó ella—, este ejemplar estaba en Buckingham House y el siguiente rey, Jorge IV, quiso ampliar la casa para convertirla en un verdadero palacio.

—Buckingham Palace.

—Eso es —dijo ella—. Así que quiso deshacerse de todas las colecciones —como en una venta por traslado— y fue entonces cuando este ejemplar llegó a la British Library. Eso fue en 1812.

—Vaya.

Sus dedos planeaban sobre las páginas.

—¿No se supone que debería llevar guantes blancos? —le pregunté,

—No —contestó—. Eso ya no lo hacemos. Nos dimos cuenta de que, con guantes, algunas veces rasgábamos accidentalmente una página o se nos podía caer al suelo un ejemplar. No podemos correr ese riesgo. La piel es mucho más sensible y responde de un modo mucho más delicado a la fragilidad del papel.

Pasó unas cuantas hojas más, hasta llegar al monólogo de Julieta en la cripta. Un borrón oscuro, como una mancha provocada por el agua, cubría media página.

—Durante la Segunda Guerra Mundial, cayó una bomba alemana en la biblioteca —dijo Tanya—. Se produjeron algunos daños, la mayor parte por los esfuerzos de los bomberos que intentaban apagar los fuegos. Pero no creo que esta mancha sea consecuencia de eso. Esta, probablemente, es más antigua.

—¿El rey Jorge leyendo en la bañera?

—Tal vez —respondió, sonriendo—. Le gustaba mucho tomar baños.

—¿Puedo ver el prólogo?

—Por supuesto.

Retrocedió hasta la elegante página del título: *La más excelente y lamentable tragedia de Romeo y Julieta*, y en la página siguiente estaba el famoso prólogo. No había lista de personajes. De hecho, esta antigua edición no tenía absolutamente ninguna indicación que separara actos o escenas. El final de una escena se fundía con el comienzo de la siguiente. *Dos familias, ambas iguales en nobleza, en la hermosa Verona, donde transcurre nuestra historia*. La fuente tipográfica era preciosa. Algunas de las eses parecían efes y de vez en cuando la ortografía presentaba variaciones, pero el texto estaba completo.

—¿Puedo ver su primer encuentro?

—Sí, un momento.

Tanya avanzó algunas páginas. Ahí estaba el fragmento sobre la reina Mab.

—Justo después de eso —dije—. Cuando van de camino a la fiesta de los Capuleto.

Pasó unas cuantas páginas más, pero avanzó demasiado.

Pero, alto. ¿Qué luz alumbra esa ventana?
Es el oriente, y Julieta, el sol.

—Madre mía —exclamé—. Esa es la escena del balcón.

Tanya examinó el texto.

—La misma —corroboró.

—Espere, ¿me puede dejar que lea algo de eso?

—Claro —dijo.

—¿Qué es eso?

En el margen había una manita, bien dibujada, con el puño cerrado, a excepción del dedo índice que señalaba el texto impreso, casi como uno de esos diseños del programa de los Monty Python.

—Se llama manícula; del latín *maniculum*, 'mano pequeña'. Algunas veces se encuentran añadidas a ediciones antiguas.

—¿Cree que esta pudo dibujarla el rey Jorge?

—Es muy posible, sí.

Contemplé aquel dedito indicador, tal vez dibujado por un rey. Se posaba sobre los versos *Dos de las estrellas más hermosas del cielo tenían que ausentarse y han rogado a sus ojos que brillen en su puesto hasta que vuelvan.*

—Estrellas... —murmuré, ensimismado.

—¿Perdone?

—Ah —volví en mí e hice un gesto con la mano—. No es nada.

Si uno va a la casa de Julieta en mitad de la noche —y no estoy diciendo que yo lo hiciera— no puede colarse dentro. Está bien cerrada. Una verja de hierro, a la entrada del pasaje abovedado por el que se accede, impide el paso; pero uno se puede quedar ahí, aferrado a los barrotes, admirando el antiguo palacete. Es bastante mágico. El patio está vacío, cubierto por un manto púrpura de sombras, libre de turistas, con solo una luz iluminando el famoso balcón. Bueno, no estoy diciendo que me hubiera pasado con el vino. No estoy diciendo eso en absoluto. Solo digo que salí a dar un pequeño paseo, de noche, bajo las estrellas, por las estrechas callejuelas medievales del casco viejo.

Los reflejos de antiguas farolas salpicaban, estremecidas, la corriente negra del río. Las palomas se arrullaban en las vigas de los tejados y los vasos de vino entrechocaban en las terrazas de los cafés. Deambulé sin rumbo, recorriendo callejuelas empedradas, hasta que, de pronto, aparecí en una de las calles peatonales más animadas; una calle que conocía porque es la que lleva a la plaza que rodea el anfiteatro romano.

El público de la ópera estaba apenas saliendo. Corrientes de gente iban brotando de los antiguos arcos del anfiteatro y desembocando en la plaza. Era pasada la medianoche, pero los niños seguían corriendo por ahí, riendo y alborotando. Conscientes de ello, algunos vendedores ambulantes ofrecían sus juguetes. El mejor era un helicóptero que uno podía lanzar hacia lo alto con un propulsor que funcionaba con una tira de goma. Eran unos cacharritos que descendían muy poco a poco, gracias a las revoluciones de sus hélices, y que hacían parpadear, a la vez, unas luces LED verdes y moradas. Todos los adultos fumaban. Las brasas de los cigarrillos rielaban en la oscuridad como las estrellas en el mar. Caminé sin rumbo entre la multitud, la mayoría, parejas que iban del brazo, con sus trajes planchados y sus vestidos de noche. Y aquello hizo que me sintiera solo. Hizo que recordara por qué había ido ahí. Hizo que volviera a pensar en Claire.

Muy poco tiempo después de acabar la universidad decidí viajar un poco. Quería ver mundo y me había encaprichado con conocer Bali, la exótica y lejana Bali. Para mi gran sorpresa, cuando le comenté mi plan a Claire, ella me preguntó si podía venir conmigo.

—Por supuesto —le dije, intentando ocultar mi alegría—. Eso estaría muy bien.

Sin embargo, ya desde que llegamos al aeropuerto y ella estaba facturando su equipaje, me di cuenta de que algo iba mal. Lo que no sabía es que Claire quería utilizar ese viaje para poner un punto final. Había roto con su novio —aquel al que no le gustaban las palabras de más de dos sílabas— y en un intento de mantenerse firme había planeado huir del país, conmigo; solo que a mí no me comentó ese pequeño detalle.

Cuando aterrizamos en el aeropuerto de Denpasar, aturdidos después de diecisiete horas de viaje, nos apretamos en un minúsculo autobús que nos llevó a un lugar llamado Ubud. Se suponía que era un paraíso tropical. Campos de arroz de un color verde esmeralda, dispuestos en terrazas que bajaban de las colinas. Un templo milenario al final de nuestra calle, con demonios y dioses hindúes esculpidos en ruinosos muros de piedra. Monos araña balanceándose en los árboles y, al atardecer, música de gamelán, con sus repiques y percusiones, proveniente de la zona de los templos. Habría sido mágico, pero Claire no hizo más que llorar durante los primeros días —con unos sollozos cataclísmicos— y no había nada en el mundo que yo pudiera hacer para ayudarla.

Se había hundido en la miseria emocional. Había querido mucho a ese novio, aunque supiera que no era bueno para ella. Ahora pienso que fue él quien configuró los mapas amorosos de Claire. En cierto modo, creo que ella nunca se pudo desligar completamente de él. Yo intenté mantenerme imparcial, y ojalá pudiera decir que me convertí en un caballero de brillante armadura que llegó con su caballo para salvarla. Pero no fue así, en absoluto. El mundo, para mí, no es una comedia romántica. Claire solo necesitaba una persona amiga, y yo era, al parecer, a quien ella había escogido.

Luego la cosa empeoró. Claire enfermó. Se puso muy mala. Llamé a un médico y se presentó en nuestra pequeña cabaña sin una sola dosis de inglés. Quería inyectarle algo y no sabíamos qué era. Ni siquiera sabíamos si la aguja estaba esterilizada. Le dijimos que se fuera y Claire se limitó a acurrucarse en un catre, deshecha, durante toda una semana, contando las horas que faltaban para nuestro vuelo de vuelta. Yo me sentaba fuera, en un jardincillo que había cerca de la habitación, y le llevaba agua cuando la pedía, olvidada ya, e inalcanzable, toda esa magia de Bali que teníamos a nuestro alrededor.

Después de aquello volvimos a casa tocados. Ella había perdido mucho peso y estaba inexplicablemente enfadada conmigo. Tal vez necesitaba estar enfadada con alguien. Yo también quería aullarle al universo: *Espera un momento. Espera. Así no es como se supone que tenía que suceder esto.*

Pero el destino no estaba escuchando.

Pasé unos cuantos atardeceres en Verona, simplemente paseando y pensando. En una calle tranquila, no muy alejada del río, me encontré otra vez con el Korean Broadcasting System. Estaban filmando, al lado de algunas de las antiguas fortificaciones, lo que llamaban «la casa de Romeo». Está claro que, igual que en el caso del balcón de Julieta, esa no era realmente la casa de Romeo. Una familia poderosa, de apellido Montecchi, vivió en las proximidades de Verona hace 700 años; pero no hay absolutamente ninguna prueba de que aquella casa en concreto perteneciera a los Montecchi, o que estos tuvieran un hijo llamado Romeo.

De todas formas, la impresionante construcción, con sus muros inexpugnables, es representativa de la época. Era el tipo de residencia que una familia importante habría poseído. Los coreanos estaban en la calle, frente a la casa. Hyun-ki, el ayudante/camarógrafo, estaba de rodillas sobre los adoquines, encorvado sobre el visor de su cámara. El presentador, cuyo nombre no podía recordar, estaba de pie con las piernas abiertas sobre la cámara y, a una señal, echaba a andar, alejándose de su compañero, de manera que sus botas de senderismo aparecían en primer plano y luego, a medida que se distanciaba, iban disminuyendo, encogiéndose como Alicia en el País de las Maravillas, mientras los muros de la fortaleza iban elevándose por encima de él. Yo permanecí en las sombras y vi como repetían esa toma un par de veces, haciendo ligeros cambios en cada ocasión: el ángulo de la cámara, la velocidad a la que caminaba el presentador.

Cuando estaban haciendo la tercera toma, este reparó en mi presencia. Me saludó con el brazo, muy alegre, y Hyun-ki también se giró y me dedicó una amplia sonrisa.

—Hola, Canadá —dijo Hyun-ki.

El presentador se acercó a grandes zancadas y con una expresión de felicidad, que parecía que iba al encuentro de un viejo amigo al que no veía desde hacía décadas.

—¿Has venido a ver la casa de Romeo?

—Sí. Eso es. Perdona, pero no recuerdo tu nombre.

—Ahn Sung-jin. En coreano, «Ahn» es el apellido.

—Muy bien, Sung-jin.

—Llámame Jin. Como vuestro «Jim», en inglés.

Señaló la puerta.

—No podemos entrar. Hemos llamado. ¿Tienes tú manera de hacerlo?

No sé qué superpoderes creían que yo tenía. Estar en el Club de Julieta no significaba que tuviera las llaves de la ciudad. Sinceramente, era más probable que ellos tuvieran mayor facilidad que yo para acceder a los lugares turísticos.

—No —les dije—. Yo tampoco sé cómo entrar.

La casa tenía muros almenados y una torre cuadrada, no muy grande; de hecho, era un pequeño castillo. De manera bastante distinta a lo que sucedía con otras atracciones turísticas de Verona, esa casa castillo era propiedad actualmente de una familia particular que se negaba a verse envuelta en todo el revuelo y la especulación en torno a Romeo y Julieta. La familia había gastado mucho dinero en trabajos de restauración y di por hecho que vivían muy a gusto en su fortaleza, con la pesada puerta de roble cerrada y a prueba de escritores, enamorados y camarógrafos coreanos.

Al menos habían permitido que cerca de la puerta se colocara una placa histórica:

¡BAH! YO NO ESTOY AQUÍ, Y ME HALLO PERDIDO.
ROMEO NO ES ESTE: ESTÁ EN OTRO SITIO.

—Interesante —dije.

—¿Qué está queriendo decir? —preguntó Jin, con el desconcierto pintado en el rostro.

—Es un poco irónico, creo.

—¿Irónico?

—Una broma para iniciados. Dice que esta no es realmente la casa de Romeo, para que la gente no los moleste, para que la gente se vaya.

— ¿Pero qué es «Bah»? —preguntó, ladeando la cabeza.

—Una exclamación, como «Oh». Aunque tal vez transmita algo de impaciencia o desaprobación.

—Pero, lo siento mucho, no estoy entendiendo esto.

—Es Romeo el que dice esos versos —le expliqué—. Quiere expresar que se está sintiendo extraño últimamente, como si no fuera él mismo.

—¿Porque está enamorado?

—Sí, exacto.

—Ah —asintió el presentador.

Se lo explicó en coreano a Hiyun-ki y hubo más asentimientos con la cabeza y ronroneos valorativos.

—¿Tú enamorado? —me preguntó volviéndose hacia mí.

—¿Qué?

La pregunta personal a bocajarro me pilló desprevenido.

—¿Tú vienes aquí porque tú estás historia de amor? —presionó Hyun-ki.

Detrás de él, Jin sonreía.

—Bueno, yo, ya sabes... Yo...

—¿Siempre viajas solo?

—Mmm, sí, algunas veces.

—¿Tú no casado?

—No, estoy... Bueno, hay una persona en mi país... —hice una pausa—. Pero no, no estoy casado.

Por la expresión de su cara me di cuenta de que esa no era la respuesta correcta.

—¿Y tú? ¿Tú estás casado? —conseguí preguntar.

Jin intervino:

—Yo llevo casado ya diez años. Hyun-ki, quince.

Los dos tenían niños. Los dos tenían casas, trabajos, familias y, aunque esa no había sido su intención, yo empecé a sentir que lo que quería era escabullirme con el rabo entre las piernas. Antes de que pudiera hacerlo, Hyun-ki susurró algo en coreano y se despidieron con muchas reverencias.

—Tenemos que irnos. Vamos a ir a la ópera esta noche.

—¿La ópera?

—¿Has visto la ópera, en la Arena?

—Ah, sí —dije—. En el antiguo anfiteatro romano. No he ido todavía.

—Bah —dijo Jin, moviendo la cabeza.

—¿Qué hay esta noche?

—Esta noche es *Aida*, pero mañana por la noche presentan *Romeo y Julieta*.

Eso hizo que me detuviera.

—¿Hay una ópera sobre *Romeo y Julieta*?

—Sí.

—No tenía ni idea.

Sabía lo de esa desbordante obertura de Tchaikovsky. Y, por supuesto, que *West Side Story* estaba de algún modo basada en *Romeo y Julieta*. Por lo menos sabía eso.

—Esta noche está lleno.

—¿Se han agotado las localidades?

—Sí, sí, pero para mañana por la noche no hay problemas. Nosotros vamos a ir. ¿Tú también vas?

—Bueno, la verdad es que no había...

—Bah —dijo él otra vez.

—Vale, sí. Tienes razón. Compraré la entrada.

La noche siguiente fui, en efecto, a ver *Romeo y Julieta*. El marco es espectacular. La Arena di Verona no es como cualquier teatro o sala de conciertos; es un enorme anfiteatro romano construido en el año 30 d. C. Se asienta en mitad de una gran plaza y es tan grande que tiene capacidad para 15.000 personas. Pero ahora, en lugar de peleas de gladiadores, se usa para presentar óperas, suntuosas y espectaculares representaciones que atraen turistas de todos los rincones de Europa.

Antes de ir, me tomé unos espaguetis a la carbonara bastante buenos en uno de los cafés que hay en el perímetro de la plaza. Me tomé mi tiempo, esperando que terminara el largo crepúsculo estival. Los espectáculos solo empiezan cuando cae la noche, pero cuando vi que empezaba a llenarse de gente me apresuré a devorar la cena y busqué mi entrada. Accedí al interior del anfiteatro por un arco de piedra caliza de color rosáceo, y luego subí por unos escalones de mármol desgastados por dos mil años de pisadas. Mi localidad, mis 0,27 metros cuadrados de asiento de piedra, estaba en una de las filas más altas y, afortunadamente, el recepcionista del hotel me había dado un fino cojín de gomaespuma para ponerlo sobre el frío mármol, lo que estaba bien porque iba a ser una función muy larga.

A todos los espectadores nos daban una velita a la entrada, y cuando todas estaban encendidas, la arena se convertía en una constelación de estrellas. Una orquesta completa encabezaba el majestuoso escenario y la ópera empezó con, al menos, doscientos cantantes que iban saliendo para intervenir en la parte del coro del principio. Supongo que era el prólogo; era toda en italiano y fue magnífica.

Entonces, cuando no habían transcurrido ni diez minutos de la historia, entró un vehículo en escena. Tenía una hélice en la parte delantera y unas enormes alas hidráulicas que se abrían para convertirse en una especie de paraguas satánico. Se parecía al coche de la película *Chitty Chitty Bang Bang*. Un momento, pensé. No recuerdo que esto salga en ninguna obra de Shakespeare; y, desde luego, no en *Romeo y Julieta*.

Una mujer, vestida entera de rojo y con un látigo en la mano, salió del coche pasando por encima de la portezuela cerrada. A chasquidos se abrió paso entre los cantantes —Romeo, Benvolio y Mercucio—, que se inclinaban todos ante ella. Pero, ¿qué demonios? ¿Quién se supone que era ese personaje? ¿Rosalina? ¿El diablo? ¿La encarnación del amor?

Volvió a meterse de un salto en su batmóvil y una aparatosa llama pirotécnica salió de la parte trasera del vehículo con gran estruendo. El público aplaudía mientras ella se iba. Comprobé mi programa. ¿Me había equivocado de ópera? Después de aquello, sacaron al Príncipe en una plataforma con ruedas que parecía un tiesto esmaltado; solo que tenía la altura de un segundo piso. Julieta, como una maga, en lo que creo que era la escena del balcón, dejó escapar dos palomas que salieron de su holgadas mangas. Las pobres aves se agitaron y se posaron sobre el escenario, donde estuvieron picoteando los tablones del suelo hasta el final de ese acto, mientras los cantantes pasaban a su alrededor. Varias filas más abajo descubrí al equipo de Korean Broadcasting. En un momento dado, se giraron y me saludaron agitando el brazo, con grandes sonrisas en sus rostros. Se lo estaban pasando como nunca.

La noche siguió avanzando con revoltijos de escalas musicales e incomprensibles propuestas escénicas. Yo intentaba seguirlo lo mejor que podía, intentando encajar la tragedia de Shakespeare que conocía tan bien con lo que estaba teniendo lugar allá abajo, en el escenario. Supuse que un cantante era Tebaldo, pero entonces la mujer en cuero rojo volvió a aparecer y empezó a dar saltos a su alrededor, azotándolo a él y a otros a discreción. Luego apareció un tipo sobre un salero gigante. Ese tenía que ser Fray Lorenzo. ¿Era la escena de la boda? No tenía ni idea.

Al final, acabé completamente perdido. Julieta se había clavado la daga; pero luego se levantó —un par de veces— para cantar algunas arias más. Romeo, que hacía ya mucho que se había tomado el veneno, seguía levantando la cabeza para introducir la armonía. Para finalizar, el Príncipe volvió a salir sobre su gran tiesto para acabar con los líos.

Era bien pasada la medianoche cuando nos dejaron salir a la plaza. Los coreanos me hacían señas para que me acercara.

—¿Tú gustar? —preguntó Hyun-ki, entusiasmado.

—No sé qué pensar.

—Yo gustar mucho —dijo, tocándose el corazón.

Jin se inclinó ante mí.

—Nos vamos mañana —dijo—. ¿Tú te quedas?

—Sí. Todavía tengo que contestar cartas.

—¿Y estás aprendiendo algo sobre el amor?

Emitió uno de sus ronroneos, con aire solemne.

—Sí, lo estoy intentando.

—Te deseo buena suerte y viajes seguros.

—Gracias, Jin. Lo mismo para vosotros.

Jin me hizo otra reverencia. Luego yo le hice una reverencia a Hyun-ki, él me devolvió el gesto y, después, se hicieron una reverencia el uno al otro, y así podíamos haber seguido si no lo hubiera interrumpido.

—Bueno —dije—. Es tarde. Creo que me voy a ir yendo.

Hicieron unas cuantas reverencias más y se marcharon. Yo atravesé la plaza y pasé al lado de una estatua que conmemoraba alguna batalla hace mucho tiempo olvidada. La noche estaba tranquila, los viejos adoquines todavía tibios por el calor del día, y seguí caminando dejando atrás la desviación hacia mi hotel. ¿Qué estaba haciendo ahí? ¿Qué esperaba conseguir?

Supongo que había pensado que todas esas cartas me dirían algo real sobre el amor. Algo que pudiera aprender. Pero yo tenía mis propios problemas y, tal vez, pensé, tal vez el primer paso debería ser escribirle mi propia carta a Julieta.

Había salido un par de noches por Verona y me estaba resultando cada vez más difícil obligarme a ir a la oficina de Julieta; o, al menos, a estar ahí antes de las nueve de la mañana.

También había olvidado lo que supone escribir a mano durante horas, los calambres en el pulpejo de la mano, tener que parar, de vez en cuando, para desentumecerla, como un pájaro herido. Y no importaba cuántas respondiera, muchas más seguían llegando e inundando mi escritorio.

Una de ellas era de una chica inglesa. Estaba en el último curso de secundaria y citaba casi todo el prólogo de *Romeo y Julieta*. «Quiero hacer teatro», decía. «Lo sé todo de la obra. La he estudiado toda mi vida».

Tendrías que haber estado anoche en la ópera, pensé. Quizás podrías habérmela explicado.

«No creo en el amor verdadero, realmente», continuaba. «En cualquier caso, creo que tendré que renunciar a tener marido por tener una carrera. Dicho eso, la idea de estar enamorada me resulta muy atractiva. No quiero estar sola. ¿Debería permitir que el amor fuera lo primero o debo continuar dejando que mi cabeza predomine sobre mi corazón?».

Hice una pausa antes de contestarle. «Tus sueños son muy importantes», escribí. «Ellos son los que te hacen ser quien eres. La persona adecuada lo entenderá. Te deseo suerte. Tal vez algún día interpretes a Shakespeare en un escenario. Tal vez algún día dirijas la obra que tanto te gusta».

Repasé la respuesta. No estaba mal. No quería darle a esa chica falsas esperanzas, pero tampoco quería estropearle sus sueños. Intentaba ser una persona madura. A Giovanna eso le parecería bien. Me había dicho, desde el primer día, que metiera mis respuestas en los sobres, pero que no los cerrara. Imaginé que ella y las otras secretarias revisaban mis contestaciones. Puede que sí o puede que no. Lo único seguro es que alguien, algún tiempo después, escribiría a máquina la dirección del remitente en el sobre y ahí que iría la carta, de vuelta al mundo real, para llegar en algún momento a un lejano buzón y proporcionar al autor o autora una pequeña descarga eléctrica de placer y sorpresa y, tal vez, solo tal vez, una respuesta a sus interrogantes.

Contesté una última carta y, como era ya media mañana, me levanté para estirarme. En la pared que había detrás de mi silla, un póster de *El beso*, de Gustav Klimt, constituía la única nota de color en aquel despacho. Junto al póster, pegado a la pared blanca, había un pequeño cuadrado de papel amarillo. Me incliné para leerlo. «*Ogni pensiero, ogni sentimento ed ogni azione...*». ('Cada pensamiento, cada sentimiento y cada acción...').

¿*Ogni*? Lo dejé y volví a sentarme. Mi italiano no daba para mucho. Me arrepentí de no haberme esforzado más por aprenderlo antes de aquel viaje. Había tomado prestado un libro de gramática italiana de una amiga mía, Desiree. Ella hablaba italiano muy bien y había vivido en Italia durante casi ocho años. Pero casi ni había abierto su libro. Nunca encontré el momento.

Justo cuando cogía la siguiente carta, Margherita, la hija de Giovanna, apareció en el vano de la puerta. Sostenía un reloj de plástico, de sobremesa, que luego, con una sonrisa congelada como de nadadora de sincronizada, depositó en mi escritorio.

—¿Para qué es esto? —le pregunté.

—*Per sapere l'ora* —contestó, en voz muy baja, antes de retroceder sobre sus pasos y desaparecer por donde había entrado.

Al otro lado del pasillo, Anna estiraba el cuello para ver qué estaba pasando.

—¿Qué ha dicho? —le pregunté, proyectando la voz.

—Ha dicho: «El reloj es para saber la hora».

¿Estaba Giovanna intentando decirme algo? Yo sabía que me estaba relajando un poco con las horas de llegada y de salida, pero no me parecía algo especialmente italiano preocuparse por la puntualidad. Además, tampoco es que me estuvieran pagando. Miré el reloj, algo molesto, pero no me dio ninguna respuesta.

Después del desastre de Bali no pasó mucho tiempo antes de que hubiera otro novio y luego, unos años más tarde, otro más. Al final no eran buenos con ella —o eso creía yo—, pero eran guapos, y con la mandíbula cuadrada, y yo sabía que no podía competir. Estaba inmovilizado. Como un insecto atrapado en ámbar. Había quedado fosilizado como su amigo. Le repetí, en distintas ocasiones, cuáles eran mis sentimientos hacia ella; pero siempre reaccionaba explicándome las cosas pacientemente, como si estuviéramos hablando de una idea cualquiera de nuestros años universitarios: «Yo también te quiero. Pero no estoy enamorada de ti. Es distinto».

Yo no estaba tan seguro de eso. En absoluto estaba tan seguro.

Pero, así y todo, era una amistad que valía la pena conservar. Hablábamos durante horas, teníamos conversaciones como nunca había tenido antes con nadie. Podíamos debatir sobre Foucault, Darwin o Adam Smith. Ella podía hablar con seguridad sobre la teoría del consumo conspicuo o citar pasajes enteros de *Alicia en el país de las maravillas* —todo el poema «Jabberwocky», por ejemplo—, y jugar con las palabras tan contenta como una niña.

El humano medio tiene un vocabulario de aproximadamente sesenta mil palabras. Algunos, como Claire, tienen más. Lo curioso es que en el 98% de las conversaciones —sobre lo que sea— solo utilizamos unas cuatro mil palabras, de las más normales. Así que, ¿para qué están las demás? Una teoría sostiene que esas otras están ahí para el cortejo, son exhibiciones de inteligencia, del mismo modo que la simetría facial es una exhibición de salud. No sé si me lo creo. Las palabras no son colas de pavo real. Las palabras expresan significados, con niveles cada vez más profundos de sutileza. Son fundamentales para comprendernos unos a otros, para expresar nuestros más profundos pensamientos y sentimientos, y para comprender los de los demás. La atracción física es una cosa, pero ser capaz de entrar verdaderamente en el alma de otra persona..., eso debería ser más importante, ¿no?

En el lugar donde vivo hay un sendero que discurre al lado del río. Luego se puede cruzar un puente peatonal y perderse en un bosque de pinos de Oregón. Claire y yo paseamos por ahí docenas de veces, tal vez cientos de veces, a lo largo de los años. Ella siempre tenía las manos frías. Las puntas de los dedos se le ponían blancas y luego moradas. Incluso en los días más soleados de primavera sus dedos perdían el color. Me los enseñaba para que los viera, negando con la cabeza, sorprendida por su tonalidad. Sobre una elevación del terreno que había en el extremo más alejado del río discurrían unas vías férreas. Unos trenes largos, cargados de trigo y colza para los mercados de China, India y Japón, circulaban pesadamente por ellas. Claire siempre saludaba a los maquinistas agitando los brazos. Ellos asomaban la cabeza, por ventanitas situadas sobre los estruendosos motores, para asegurarse de que no había ningún obstáculo en las vías. Ella agitaba una mano con las puntas de los dedos color amatista y los maquinistas le devolvían el saludo. Una vez, después de que uno de esos largos trenes hubiera pasado, Claire se volvió hacia mí, con las mejillas encendidas.

—Eres mi mejor amigo —me dijo.

Y yo no supe qué responder. Así que no dije absolutamente nada.

¿Qué es lo más útil en todas las investigaciones sobre el amor? ¿Qué es lo que resulta más importante saber? Bueno, pues probablemente sea esto: el amor no es una sola cosa. El amor, según la mayoría de los analistas, lo conforman, al menos, tres componentes distintos: pasión, intimidad y compromiso. Y eso requiere alguna explicación.

La pasión, en este caso, se define como lujuria o deseo sexual. Es lo tangible, lo tocable; los besos, los abrazos y, sí, el acto sexual. Suele ser el catalizador que activa los otros dos componentes. O no. No lo sé. Quizás la intimidad y el compromiso se pueden desarrollar de otras maneras, pero lo que sí sabemos es que la pasión por sí sola no es amor. ¿Cuántos han caído en esa trampa? Romeo se sentía atraído por Rosalina, no hay duda al respecto, pero solo la deseaba sexualmente. No la amaba realmente.

Lo cual nos lleva a la intimidad, el segundo componente esencial del amor. En este caso, intimidad significa confianza y no solamente proximidad física. Implícita en la idea de intimidad está la de compartir tu yo más profundo —tus secretos, tus miedos, tus sueños— con esa otra persona y la de que esa intimidad es recíproca.

El tercer componente es el compromiso. Este consiste en la decisión consciente, tomada libremente, de estar con una persona concreta y solo con esa persona. Es elegir la monogamia, aunque solo sea durante un tiempo. Y cuánto tiempo será ese..., bueno, eso depende de vosotros.

El reloj marcaba las diez cuando Anna apareció en el vano de la puerta de mi oficina. Llevaba un folio en la mano.

—¿Me puedes hacer un favor?

—Claro. ¿Qué es?

Puso el papel sobre mi escritorio.

—Estamos diseñando una visita guiada por Verona —me explicó—. Es una de nuestras ideas.

—Muy bien.

—Necesitamos nuevas ideas para recaudar fondos. Recibimos diez mil cartas al año, pero la ciudad solo nos da una cantidad fija para sellos. Y no es suficiente.

Me miró fijamente a los ojos, y continuó:

—Es un gran problema, así que ahora, probablemente, tenemos que encontrar otras formas de conseguir dinero.

—Así que, ¿una visita guiada?

—Sí.

Se recolocó las gafas.

—Quiero saber si el inglés está bien antes de ponerlo en la página web.

—Le echo un vistazo encantado.

—*Grazie mille* —dijo ella—. Y no te preocupes de los fragmentos en italiano.

Hizo una pausa.

—Porque no hablas italiano, ¿verdad?

—No. Estoy intentando aprender algo. Me traje un libro de gramática. Me lo prestó una amiga, pero el caso es que no he...

Cada vez sonaba más ridículo, así que lo dejé.

Anna se me quedó mirando y luego dijo:

—*Va bene*.

—¿Qué es eso? Aquí todo el mundo lo dice.

—Tiene mil significados, pero seguramente significa algo así como «Vale».

Yo asentí con la cabeza.

—Ahora dilo tú.

—¿*Va bene*?

Se quedó con cara de póquer durante un instante y luego la puso de alegría.

—*Bravo* —dijo—. Buen intento.

Salió disparada por la puerta y yo volví al trabajo. Media hora más tarde, justo cuando había acabado con las correcciones, Anna apareció de nuevo, con una bandeja.

—¿Café? —me ofreció.

Cogí una tacita de expreso de la bandeja. Era del tamaño de una cáscara de huevo. Apreté con cuidado la pequeña asa y me llevé la taza a los labios. El expreso estaba fuerte, consistente y tan espeso como el chocolate derretido.

—*Grazie mille* —farfullé.

Anna ladeó la cabeza con gesto amable. Luego echó un vistazo a sus textos para la visita guiada que yo había estado revisando y deduje, por su expresión, que no le gustaba nada el número de correcciones que le había hecho a golpe de bolígrafo. No pude evitarlo. Había sido profesor de Lengua durante mucho tiempo.

—*Va bene* —dije, entregándole el folio—. Parece que va a ser un gran *tour* por la ciudad.

Ella entrecerraba los ojos para examinar, a través de sus gafas de color verde esmeralda, mis correcciones.

—Me gustan tus gafas —dije.

—El verde es mi color favorito. Es mi favorito desde la guardería —comentó, tocando la montura—. Ahí me casé por primera vez.

—¿Perdón?

—Ya sabes cómo son los críos. Había un niño que me gustaba y jugamos a que nos casábamos. Hicimos una ceremonia completa y recuerdo que mi vestido era verde. Así que el verde ha sido siempre mi color favorito.

—¿Y ahora?

—¿Qué quieres decir con «ahora»?

—¿Estás casada?

—Te acabo de decir que estoy casada.

—No, pero digo en serio. ¿O tienes novio?

De pronto me di cuenta de que tal vez me había pasado de la raya.

—Perdón, ¿te molesta que te lo pregunte?

—Soy muy exigente —me explicó.

Arrugó un poco la frente, pero sus ojos parecían alegres.

—Vale.

—Tiene que ser mejor que el primero; y eso, seguramente, no va a ser fácil.

Hoy en día sabemos bastante sobre lo que ocurre en el cerebro cuando nos enamoramos. La pasión, por ejemplo, en la teoría triangular del amor, depende totalmente de la testosterona. Es la avalancha química de deseo sexual, tanto en hombres como en mujeres.

Sentirse cercano a alguien, compartir tus secretos, está relacionado con la puesta en marcha de un surtido de sustancias neuroquímicas totalmente distinto. Interviene la dopamina, la sustancia que actúa en los centros de recompensa del núcleo caudado. Pero también intervienen la norepirefrina y la serotonina, un bien conocido neurotransmisor —este último— en el campo de los antidepresivos. Estos neurotransmisores nos proporcionan esa sensación de felicidad atolondrada que experimentamos cuando empezamos a tener una verdadera relación con alguien. Nos proporcionan ese agradable y acogedor sentimiento de calma que experimentamos cuando mantenemos una conversación íntima bebiendo vino a la luz de las velas.

Y si se trata de relaciones de larga duración, estas son posibles porque nuestros cerebros producen oxitocina, una hormona que favorece la vinculación afectiva. La misma neurohormona que hace que las crías de ganso se apeguen a la mamá ganso. Y la misma que inunda a las mujeres embarazadas y las vincula intensamente con el bebé que va a nacer. La oxitocina es un extraño y poderoso compuesto que apenas estamos empezando a comprender actualmente en su totalidad, y no hay duda de que abunda en nuestro organismo cuando estamos en presencia de aquellos con los que hemos elegido compartir la vida. Estas son las lunas químicas que tiran y aflojan de los mares del amor. Ellas son las estrellas biológicas que nos someten a nuestro destino.

Poco antes de la una, Anna entró para recoger la taza de mi expreso. Iba a fregarlas para luego marcharse a comer.

—Anna —le dije—, ¿eso qué quiere decir?

Miró al cuadradito de papel amarillo pegado a la pared que le señalaba.

— «*Ogni pensiero, ogni sentimento ed ogni azione...*» —leyó—. Significa: «Cada pensamiento, cada sentimiento y cada acción...»

Leyó la línea siguiente en silencio. Y luego, continuó:

—Entonces, sí, esas cosas que dice están basadas en el miedo o en el amor. *Amore* es amor. Creo que conoces esta palabra —dijo, dando golpecitos al trozo de papel.

—*Amore* —repetí.

Ella siguió leyendo en el papel amarillo.

—«*Maestri sono coloro che scelgono l'amore*». *Maestri.* ¿Esta la conoces, *maestri*?

—¿Algo que ver con «hacer un máster»?

—¿Con hacer un máster? No. No exactamente. Significa 'maestro'. Lo que dice este verso es: «maestros son los que eligen el amor».

Anna hizo una pausa y luego continuó.

—Tú eres maestro, ¿no?

—Sí —contesté—. Lo soy.

Mis alumnos siempre parecían saber cuándo se acercaba la escena del balcón.

Sadia llevaba una semana hablando de ella, mucho antes de que realmente llegara el momento. Por fin, en el día y a la hora señalada, entró en clase como flotando, con una sonrisa de satisfacción. Tiró un poco de su hiyab hacia adelante, abrió su libro y se concentró en su lectura mientras los demás iban ocupando sus pupitres. Hasta Devin llegó puntual, algo raro en él. Se sentó en su sitio sin pronunciar palabra. Un silencio reverencial reinaba en el aula.

—«Pero, alto» —cité—. «¿Qué luz alumbra esa ventana? Es el oriente, y Julieta, el sol».

Dejé pasar un instante y empezamos a comentar.

—Entonces —dije—, ¿quién es el sol?

Andy me miró entrecerrando los ojos, tratando de adivinar.

—«Es el oriente, y Julieta, el sol» ¿Alguien lo sabe? —insistí.

—Eh..., ¿Julieta? —se atrevió Devin.

—Sí. Así que, ¿por qué creéis que dice eso Romeo?

—¿Porque ella le gusta? —dijo Andy.

Pobre Andy. Siempre con su chaqueta de rugby en clase. Era defensa, ancho de hombros, pero tan poco acostumbrado todavía a su constitución física que la mayor parte del tiempo andaba torpemente, encorvado y arrastrando los pies. Me di cuenta de que se estaba esforzando.

—Claro —dije—. Porque ella le gusta.

A Andy se le iluminó la cara.

—Muy bien. Sigamos leyendo:

Sal, bello sol, y mata a la luna envidiosa,
que está enferma y pálida de pena
porque tú, que la sirves, eres más hermoso.

Dejé de leer y miré a la clase. Todos tenían la cabeza metida en el texto, incluso Devin. Odiaban mis interrupciones, pero para mí era muy importante que lo entendieran bien.

—¿Quién es la luna? —pregunté.

Sadia se incorporó un par de centímetros.

—Rosalina —contestó—. Rosalina es la luna.

—Sí. El sol es más brillante que la luna. Romeo ha encontrado a alguien que brilla más que Rosalina.

—¡En toda tu cara, Rosalina! —apuntó Devin.

Seguí leyendo:

sus ojos en el cielo lucirían
tan brillantes
que, al no haber noche,
las aves cantarían.

—Seh... —concedió Devin—. Es bueno.

—¡Y tan bueno! —dije—. Es la más grande escena de amor de todos los tiempos.

—Pero —dijo Sadia—, ¿no da un poco de miedo eso de que se cuele en su patio y la espíe por la ventana?

—Está en el balcón —la corrigió Devin—. Ha salido al balcón.

—Si te fijas, comprobarás que Shakespeare nunca dice realmente «balcón».

—Solo dice «entra arriba» —leyó Devin.

Me miró, boquiabierto, y continuó:

—¿Dónde está el balcón?

—Bueno —respondí—, en Verona tienen un balcón en la casa de Julieta.

—Acaba de decir que ese no existía —replicó Devin.

—Dije que Shakespeare no lo menciona en la obra. Lo que pasa es que ha llegado a formar parte de nuestra cultura popular hasta tal punto que a la casa de Julieta, en Verona, le añadieron un balcón en el segundo piso.

—Pero, ¿por qué lo hicieron? —insistió Devin.

—No lo sé, pero es bonito.

—Pero es falso —dijo Devin—. No está en la obra.

—A veces —dije—, la imaginación es tan importante como la realidad.

—La gente necesita historias —dijo Andy—. Incluso si no son reales.

—Sí, las necesita.

Todo lo que he contado sobre Claire sucedió hace mucho tiempo, durante los primeros años de nuestra amistad, justo después de haber estado juntos en la universidad.

Y entonces, después de solo unos pocos años, ella, de repente, desapareció. Había aceptado un trabajo en la otra punta del país y, en cierto modo, aquello me hizo la vida más fácil. Me encantaba pasar tiempo con ella, pero odiaba que prefiriera a otros, a tipos muy guapos.

—Es como una escena de *La naranja mecánica* —le dije una vez—. Siento como si estuviera encadenado, obligado a tener los párpados abiertos con palillos y forzado a ver algo que no quiero ver.

—Lo siento —contestó ella, y estaba seguro de que era sincera.

Volvió a insistir en que no puedes evitar enamorarte de quien te enamoras, pero la verdad es que su relación con los hombres me parecía extraña. Claire era una persona brillante. Contenida y equilibrada, solía decir que quería vivir su vida de manera impecable. Sin embargo, a mí sus relaciones me parecían algo impulsivas. Podía mostrarse tan atolondrada como una colegiala y a mí me costaba entender aquello. Hasta que comprendí que yo, por supuesto, probablemente era igual. No había nada que se pudiera razonar en mi amor por Claire; era una atracción instintiva e inextricable.

Tras su partida, nos mandamos correos y mensajes durante un tiempo, utilizando todos los métodos de comunicación artificial del siglo XXI; pero no era lo mismo. Y con el tiempo, dejé de saber de ella, aunque nunca dejé de pensar en ella. Pasaron dos años desde su marcha, luego tres, luego cuatro y luego ya no seguí contando. Me acostumbré a vivir sin ella. Tampoco apareció nadie para ocupar su lugar y, sinceramente, me daba igual. Estaba cansado de ser un completo idiota, había terminado con el amor.

—Muy bien, ¿por dónde íbamos?

La clase no estaba todavía en silencio. Había sonado la campana pero los alumnos aún seguían ordenando sus libros y papeles. Oí cómo se ponía en marcha la calefacción. En la primera fila, Sadia apretaba los labios mientras se concentraba intensamente en el libro y evitaba cruzar la mirada con nadie. Varios pupitres más atrás, Andy le echó una rápida mirada subrepticia a Allison. Devin, más hacia el fondo, se la echó a su teléfono móvil, así que me quedé mirándolo fijamente hasta que volvió a meterlo en el agujero negro de su mochila.

—A ver, todo el mundo atento. Acto segundo, escena primera, línea 55, ¿lo tenéis?

Sus ojos se clavaron en los libros. Continué.

—Julieta habla sola y expresa claramente la molestia que le produce que Romeo la esté espiando. Escuchad:

¿Qué hombre eres tú , que oculto
en las sombras de la noche,
irrumpes así en mis pensamientos?

Andy sonrió y levantó el brazo, aunque yo no había hecho ninguna pregunta.

—¿Sí, Andy?

—Ella está diciendo ¿Qué haces aquí? ¿Por qué andas merodeando en la oscuridad?

Andy se echó hacia atrás y cruzó los brazos sobre el pecho, orgulloso de sí mismo.

—Eso es exactamente lo que está diciendo.

Andy resplandecía.

—Luego Romeo dice:

Con las alas del amor salté la tapia,
pues para el amor no hay barrera de piedra.

—Bonito —dijo Andy.

Cogió su lápiz y se dispuso a apuntarlo.

—Es una tontería, Andy.

Es una verdadera basura —dije.

Andy se quedó boquiabierto, mirándome como si hubiera desafiado la ley de la gravedad.

—Pero, es Shakespeare.

—No, es Romeo. Y haciendo eso ha puesto a Julieta y a sí mismo en una situación peligrosa. Tebaldo lo mataría en un segundo. Eso es lo que Julieta le está diciendo.

—Entonces ella le está advirtiendo.

—Sí.

—Y Romeo está haciendo el idiota —dijo Devin.

—Devin —lo reconvine—. No te pases.

Sadia levantó la mano.

—¿No se supone que son las chicas las románticas y los chicos los... «idiotas»? —terminó Devin.

—Shakespeare no se guía por los tópicos —contesté—. Eso es lo que lo hace tan grande. Pero, Devin, como veo que hoy eres perfecto para Romeo, puedes leer su texto.

—No, señor Dixon. Por favor.

—Sadia, tú lees lo de Julieta.

Sadia tosió de una manera teatral. Por alguna indescifrable razón, cuando leía un texto teatral lo hacía con un exagerado acento escocés.

> *¿Me amas? Sé que dirás que sí*
> *y te creeré. Si jurases, podrías ser perjuro.*

Devin me miraba, esperando la señal para leer.

—«*Señora*» —comenzó—, «*juro por esa luna santa que platea las copas de estos árboles...*».

—Aquí ella lo corta —interrumpí yo—. Sadia, sigue tú.

Sadia volvió a carraspear:

> *¡Ah!, no jures por la luna, esa inconstante*
> *que cada mes cambia en su esfera,*
> *no sea que tu amor resulte tan variable.*

Había alargado «luna» como un rapsoda de Robert Burns.

—¿La luna no era Rosalina?

—Puede ser —le contesté—. O, tal vez, en este caso, solo sea la luna. En cualquier caso, ¿lo entendéis? Romeo intenta jurar por la luna y ella le dice que no, que la luna está siempre cambiando. Tu amor por mí debe ser algo más consistente.

Sadia sonrió. Devin no parecía contento:

—Entonces, ¿por quien voy a jurar? —seguía en su papel de Romeo.

—No jures —dijo nuestra Julieta *Braveheart*.

Con un gesto de la mano le pedí que se detuviera.

—Vale —dije—. En este punto, la mayoría de los directores hacen que Romeo trepe por un árbol o una parra para llegar al balcón.

—No hay ningún balcón —dijo Devin, haciendo una mueca.

—Dije que no estaba en las acotaciones. Están locamente enamorados, así que la mayoría de los directores piensan que aquí tienen que besarse.

—Huy, señor Dixon.

Las mejillas de Sadia enrojecieron.

—Lee un poco más, la parte en la que Julieta hace verdadera poesía, algo que le sale del corazón.

Sadia leyó:

Mi generosidad es inmensa como el mar,
mi amor, tan hondo; cuanto más te doy,
más tengo, pues los dos son infinitos.

—¿Notáis la diferencia entre los versos de ella y los de Romeo?

Sadia suspiro:

—Romeo solo está haciendo florituras. Los versos de Julieta son..., no sé..., más auténticos.

Andy copió los versos en su cuaderno. Allison se dio cuenta. Me pareció que empezaba a mirarlo de una manera algo distinta.

Las tardes en Verona eran asfixiantes. Hacia las dos, el sol ya abrasaba las calles y nuestras sombras eran apenas unos pequeños círculos que nos rodeaban los pies. Anna y yo nos llegamos hasta una determinada esquina donde compramos un trozo de *pizza* que nos fuimos comiendo mientras caminábamos en dirección a la oficina nueva, en el Vicolo Santa Cecilia.

Un cielo caliente y azul se extendía sobre nosotros mientras atajábamos por la Universidad de Verona y el Ponte Nuovo —el Puente Nuevo—, que lleva ahí desde 1334. Anna hablaba de sus años universitarios. Había estudiado Económicas y *Marketing*. Era evidente que tenía cabeza para ello.

—Cuando acabé la universidad —dijo—, estuve viajando, como tú. Fui con Gloria. Pasa por el club algunas veces, no sé si la has visto.

Yo no estaba seguro de quién era.

—Mientras viajaba —continuó—, pensaba todo el tiempo en mi hogar, en Verona.

—¿Y?

—Vosotros pensáis que *Romeo y Julieta* es una obra de ficción, pero las cosas no son tan sencillas. Aquí mucha gente cree que sucedió realmente.

—Supongo que todo el mundo puede ver algo de sí mismo en esa historia.

Anna se detuvo en mitad del puente. El río Adigio, que venía borboteando desde los Alpes, fluía bajo nosotros.

—Existen al menos dos versiones italianas —dijo—, más de doscientos años anteriores a la de vuestro Shakespeare.

—No es, realmente, «mi» Shakespeare.

—Glenn, ¿por qué has venido aquí?

—Porque pensé que sería... interesante.

Ella me clavó los ojos hasta que bajé la mirada, y añadió:

—Puede que haya algo más...

—Bueno —dije, tras respirar hondo un par de veces—. Tengo un... problema.

Dirigiendo la mirada hacia el río, añadí:

—Es una larga historia.

—Tenemos algo de tiempo —dijo ella.

—Creo que tal vez debería escribirle una carta a Julieta.

—¿Tú? ¿Le vas a escribir? ¿Sobre qué?

—Hay una chica. Es mi mejor amiga, pero yo...

El teléfono de Anna empezó a sonar. Ella lo buscó en el bolso y me hizo un gesto con el dedo para que esperara.

—*Pronto*? —dijo.

Oí una voz aguda y miniaturizada que salía del auricular a la que Anna contestaba. Me pidió otra vez disculpas con un gesto del dedo y luego dijo *Ciao* tres veces, al teléfono, antes de colgar.

—¿Tienes calor? —preguntó.

—¿Qué?

—¿Te apetece un helado? Conozco un lugar muy bueno.

—Mmm, claro.

—Las demás están todas ahí ahora. ¿Nos pasamos antes de ir a la oficina?

—Claro que sí.

La Gelateria Savoia es una de las heladerías más antiguas del mundo. Cuando Anna y yo llegamos, Soňa, Veronica y otra chica a la que no conocía, nos estaban esperando frente a su fachada. Dentro de la Gelateria Savoia había una lámpara de cristal colgando en lo alto, sobre el mostrador. Soňa me la señaló con el dedo.

—Solo hay dos en el mundo —dijo—. La otra está en el Hermitage, en San Petersburgo.

No sé si llegué a mirarla. Estaba demasiado distraído por las fuentes metálicas que había detrás del mostrador, con los distintos sabores de helados; un arcoíris de color, tan brillante como la seda. Se bamboleaban un poco cuando la heladera los atacaba con la cuchara para servir.

—Madre mía —dije.

—*Fragola* es fresa —me explicó Soňa—. *Cocco* es coco.

—¿Este de qué es?

Mi aliento empañaba el cristal de la vitrina.

—Mango.

—Tomaré uno de mango.

Soňa me lo pidió. Y vi que, antes de hundir la cuchara en la fuente del helado, la heladera echaba algo en el fondo del cucurucho.

—Es *cioccolato fondente* —dijo Soňa.

—Nos encanta el chocolate al fondo del cucurucho —explicó Anna—. Está buenísimo.

Aquel fue, sin ninguna duda, el mejor helado que haya saboreado nunca. Una vez oí al humorista John Pinette hacer un *sketch* sobre el *gelato*. «No es "Oye, qué bueno"», decía. «Es "Dios mío, voy a vender mi casa y todo lo que poseo solo para mudarme aquí y tomar este helado todos los días hasta que muera"».

Así estaba de bueno.

Después, fuimos paseando hasta la oficina nueva, con nuestros cucuruchos en la mano. Soňa se manchó la camiseta de helado y se hizo a sí misma un gesto de reprobación con la cabeza. Llevaba impreso un búho en la prenda.

—Bonito diseño —le dije.

Ella se intentaba limpiar con una servilleta.

—El búho es por mis iniciales. *So* y *Va*. *Sova* significa «búho» en checo.

Anna se volvió hacia ella.

—Así que eres un búho.

—El búho es un mensajero —dijo Soňa—, y yo respondo las cartas de Julieta. Como una mensajera.

—Los búhos son mensajeros en muchas historias de las culturas nativas de Norteamérica —dije yo.

—Y en Harry Potter —apuntó Veronica.

—En los cuentos para niños —seguí yo—, los búhos son animales sabios.

—*Allora* —dijo Anna—, entonces te has equivocado de animal, Soňa.

Soňa intentó apuñalarla con el cucurucho de su helado. Las dos mantenían una relación que era un poco, realmente, como la del Gordo y el Flaco.

Decidí cambiar de tema.

—¿Cuánto tiempo llevas aquí, Soňa?

—Dos meses.

—Dos meses de más, señora Búho —se burló Anna.

Soňa la ignoró, aunque creo que le gustaba la broma.

—¿Has leído algunas cartas que estén bien últimamente? —pregunté.

—Algunas son divertidas —dijo Soňa—. Una preguntaba: «¿Cuántos gatos se necesitan para reemplazar a un novio?».

—¿Qué contestaste?

—Cinco; y un hámster.

—¿En serio? ¿Le pusiste eso?

—No. Pero es lo que me habría gustado contestarle.

Cuando llegamos finalmente a la oficina nueva, nos sentamos alrededor de la mesa de madera que había en el centro de la habitación. Trabajamos diligentemente durante un rato, hasta que Soňa, de repente, inhaló aire ruidosamente por la sorpresa que le había producido algo y todos nos volvimos hacia ella.

—Mirad estas —dijo.

Tenía dos cartas delante de ella, una al lado de la otra. Tocaba primero la de la derecha y luego la de la izquierda.

—¿Alguien ha escrito dos veces? —pregunté.

—No, no...; mira.

Las empujó hacia mí. Ambas venían de Minneapolis, escritas por dos chicas que eran muy amigas, Emily y Marissa.

Debían de haber pactado escribir juntas sus cartas a Julieta. Aunque no estoy seguro de que una hubiera leído la carta de la otra porque, si lo hubieran hecho, se habrían llevado una gran sorpresa. Marissa no estaba casada. Se sentía sola. Todos sus amigos estaban casados (y, evidentemente, eso incluía a Emily). Algunos ya tenían niños. Era muy injusto. ¿Qué había hecho mal?

Emily, por su parte, llevaba casada seis años. A su marido lo habían enviado a Irak. Había vuelto ileso y, de hecho, no había cambiado demasiado después de su misión. Pero ella sí. Su padre había muerto mientras su marido estaba fuera. Estaba embarazada de siete meses cuando este se fue y había tenido que arreglárselas por sí sola con el recién nacido. Cuando el marido volvió, envuelto en una lluvia de barras y estrellas, ella había perdido completamente la libido. Él quería hacer el amor todo el tiempo y ella solo quería que no la molestara, pero se sentía muy mal por ello. Él había estado sirviendo a su país. ¿Era extraño que esperara volver a los brazos de una esposa cariñosa? Así que decidió seguir adelante representando ese papel. Y ahora que su hija había nacido, se sentía atrapada, confusa y tremendamente desgraciada.

Levanté la vista de las cartas. Soňa me estaba mirando.

—Madre mía.

—¿Qué opinas? —me preguntó.

—Las dos son desgraciadas. Es como si quisieran intercambiar sus vidas.

Veronica dijo algo en italiano.

—¿Qué has dicho? —pregunté.

Ana intervino:

—Es un dicho: «Nadie sabe por dónde aprieta el zapato; solo la persona que lo lleva puesto».

—Es bueno —dije—. Nosotros tenemos otro: «No conoces a alguien hasta que has caminado un milla con sus zapatos».

—Es lo mismo —dijo Veronica.

—Ni siquiera los más amigos —continué, dando golpecitos a las cartas—, saben lo que pasa en el corazón del otro.

Veronica se inclinó hacia adelante.

—Pero nosotros sí lo sabemos —dijo—. Cuando leemos las cartas. Ellos nos lo cuentan.

—Es verdad —dijo Anna.

Luego guardamos silencio. Responder esas cartas era un deber solemne. Éramos los guardianes de secretos. Giovanna tenía razón respecto a eso. La gente que escribía nos confiaba —o le confiaban a Julieta, en cualquier caso— sus sentimientos más profundos, sentimientos que tenían que ocultar al resto del mundo, pero sentimientos que, de una manera o de otra, necesitaban compartir.

Soňa vivía en un pequeño apartamento cerca de la universidad y había quedado con su compañera de piso. Veronica tenía que coger un autobús en la parada de Corso Cavour para volver a casa, y las dos se habían marchado ya. Mi hotel estaba situado al sur de la murallas del casco antiguo, pero me quedé un rato más con Anna para ayudarla a cerrar. En la puerta, mientras metía la llave en la cerradura, me echó una mirada muy directa.

—No acabaste tu historia —me dijo.

—¿Qué historia?

—La de tu carta. La de que probablemente tendrías que escribirle una carta a Julieta.

—Sí, debería.

—*Allora*, ¿qué pondrías en ella?

Negué con la cabeza.

—Venga. Cuéntamelo.

—Está bien —dije—. Aquí va.

Empecé desde el principio y le conté la triste historia entera. Todo tenía sentido; hasta el momento en que todo cambió.

Porque, ¿saben?, Claire había vuelto.

4

Sonría el cielo

Los días se acortaban en Verona. Yo tenía que volver a casa en septiembre para dar clase, así que, una de mis últimas mañanas, antes de dirigirme hacia las oficinas del Club de Julieta, decidí recorrer unas cuantas calles empedradas para acercarme a visitar otro de los lugares emblemáticos de la ciudad: lo que ellos llaman la Tumba de Julieta.

Al sur de las murallas medievales, una calle muy transitada lleva a la estación del tren. A medio camino, una callejuela de lo más normal serpentea entre dos altos muros y desemboca en el solar de un monasterio franciscano mal conservado. En la entrada, rodeado de zarzas y ramas de parra, hay un busto de Shakespeare en un nicho. A su lado, clavada en la piedra, se encuentra otra placa de bronce:

¿SEPULCRO? NO, SALÓN DE LUZ...
PORQUE AQUÍ YACE JULIETA Y SU BELLEZA CONVIERTE
ESTA CRIPTA EN RADIANTE CÁMARA DE AUDIENCIAS.

El monasterio de San Francesco al Corso fue bombardeado durante la Segunda Guerra Mundial, aunque la cripta subterránea que se encuentra pasados los claustros medievales permaneció intacta. Crucé lo que quedaba de los jardines. Un antiguo pozo de los deseos se mantenía en pie en mitad de un patio con zonas de hierba y, más allá, una serie de escalones de piedra húmeda descendían hacia una especie de cueva. No había nadie en los alrededores. Oí el ruido sordo que hacían mis propias pisadas al bajar por los escalones. Ahí abajo, en un recoveco coronado por un arco que parecía casi árabe, parpadeaba una vela. Me agaché para pasar por debajo de otro arco y entré en la cripta.

Había un sarcófago en el suelo. Esa era, supuestamente, la tumba de Julieta. El texto de Shakespeare describe un panteón familiar, pero ahí no había más que un solo sarcófago de piedra, abierto por arriba; y vacío. La piedra no tenía adornos y sí una profunda grieta en uno de los lados. Dice la leyenda que lord Byron arrancó un trozo de sarcófago para dárselo a su hija. La segunda mujer de Napoleón mandó que le hicieran varios pendientes con fragmentos de la tumba. Al parecer, la primeras cartas a Julieta que se encontraron aparecieron ahí, porque el cartero de Verona no sabía en qué otro lugar podía entregarlas. Un portero del monasterio fue el primero que recogió las cartas y las contestó, de manera que, haya o no haya sido Julieta una persona real, por lo menos ese lugar era el hogar espiritual de las cartas de Julieta.

En mi mochila llevaba un cuaderno. Las hojas tenían las esquinas dobladas y estaban llenas de citas y conversaciones, mapas y recomendaciones relacionados con mi viaje hasta ese momento. Arranqué una hoja en blanco y miré a la vieja tumba.

«Querida Julieta», empecé. «Ha sido un largo viaje...».

Las palabras fluían con facilidad. Sabía lo que quería decir. Llevaba siendo amigo de Claire casi veinte años. Había llegado el momento de dejarse de preguntas. Había llegado el momento de las respuestas.

Una vez hube terminado, doblé el papel de cualquier manera y lo metí en un sobre viejo. Cuando levanté la mirada, un grupo de colegiales me estaba mirando. Se habían detenido en la entrada, por miedo a molestarme. Los saludé con la mano, me puse de pie y guardé todos mis útiles de escritura. Tenía que ir a la oficina, pero después metería mi carta en el buzón de color rojo brillante que hay en la Casa de Julieta, y eso sería todo. Habría terminado mi relación con Verona.

Esa no era la primera vez que había estado en Italia. Justo cuando había casi conseguido sacármela de la cabeza, Claire había vuelto. Había estado fuera seis años y luego, de repente, su trabajo en el este se había evaporado y le habían ofrecido otro en la ciudad en la que yo vivía. Fue todo brusco e inesperado y ella estaba agotada.

Al principio de su reaparición, parecía como si solo hubieran pasado uno o dos meses. Era como si el tiempo no importara para nosotros. Y cuando, en su nuevo trabajo, la invitaron a un congreso en Europa, yo le aconsejé que fuera a conocer Florencia. No quedaba lejos del lugar donde se celebraba el congreso y era una pena ir tan lejos y no conocer la Toscana.

—Tal vez nos podríamos ver ahí —me atreví a decir.

—¿En serio? —dijo ella.

La verdad es que yo no me lo había pensado mucho, pero seguí adelante.

—Solo es una idea —dije—. Es un poco descabellada; pero quizás...

Y después de una pausa, añadí:

—... solo por eso debería hacerla realidad.

Ella se rió con mi comentario.

—Deberías —dijo—. Deberías venir.

Cuando llegamos era invierno y no había masas de gente. Me parecía que teníamos toda Florencia para nosotros. Una lluvia oscura salpicaba las calles, pero cuando el sol empezó a salir de detrás de las nubes, los edificios quedaban iluminados con una especie de dramático claroscuro, como en un cuadro de Caravaggio. En la Academia, doblamos una esquina y nos encontramos frente al *David* de Miguel Ángel, con su mano de mármol elevada sobre nuestras cabezas y la nobleza de su rostro iluminada por los cielos. Fue tan sorprendente que Claire me agarró por el brazo e insistió en que retrocediéramos y volviéramos a doblar la esquina de nuevo, para que pudiéramos volver a experimentar el asombro de verlo por primera vez.

Florencia resplandecía y Claire estaba encantada. Italia es así. Es capaz de hechizarte como ningún otro lugar de la tierra. Una tarde fría, pero luminosa, Claire quería volver a una zapatería en el Ponte Vecchio donde había visto unos zapatos de cuero italiano que se quería comprar. Estábamos frente al Duomo, la preciosa catedral con la famosa cúpula, y le estaba enseñando las puertas del baptisterio. Están decoradas con paneles de bronce fundido, obra del escultor Lorenzio Ghiberti, y con los años han acabado siendo conocidas como las Puertas del Paraíso.

—Vale —dijo ella—. Déjame ir a comprar esos zapatos y nos vemos otra vez aquí a las tres en punto.

—¿Aquí? ¿A las Puertas del Paraíso?

Ella se rió y el sonido de su voz fue como el que hacen unos pendientes cayendo en una copa de vino vacía. Estaba preciosa cuando era feliz. Sus ojos verde jade resplandecían. La vi alejarse, pero a las tres no había vuelto. Esperé, y justo cuando estaba empezando a preocuparme se presentó, una hora tarde y algo malhumorada, por lo que los bajorrelieves de bronce fueron totalmente ignorados. Aun así, durante los dos años siguientes, Claire contó esa historia cuando salíamos a cenar.

—Nos vemos —dijo, moviendo la cabeza, encantada—, a las Puertas del Paraíso.

Solo que ella nunca vino.

Éramos amigos y, permítanme la sinceridad, no hubo sexo. Nada había cambiado en ese viaje, y me encontraba justo donde había comenzado, años atrás. Era obvio que esa no iba a ser una relación tradicional, pero empecé a pensar que existían todo tipo de relaciones en el mundo y, si así iba a ser, pues, *c'est la vie*. Supuse que aprendería a sobrellevarlo.

Pero todo el mundo anhela algo de magia. Todo el mundo quiere que las Puertas del Paraíso se abran para él o para ella y, cuando escribí mi carta a Julieta, fue un último intento de llamar a esa puerta. Un último intento de conseguir un final feliz.

Cuando salí de la cripta, me dirigí directamente al Club di Gulietta, y al entrar por la puerta pensé que iba bastante bien de tiempo. Solo eran las diez pasadas y un señor mayor estaba de pie, junto al mostrador principal. Llevaba una corbata de color amarillo canario y un chaleco azul cobalto y estaba leyendo el periódico, *La Repubblica*. No se dignaba a mirarme.

—Ah —dije con torpeza—, ¿está Giovanna?

Se irguió, en actitud orgullosa, con esa corbata amarilla bajándole por el pecho como una espada de luz de luna sobre un lago oscuro. Apretó los labios e hizo un gesto impaciente con la mano, que yo interpreté como: «Está en la parte de atrás, macaco extranjero».

—*Scusi* —le dije, apresurándome a pasar por su lado.

Podía sentir su mirada clavándose en mi espalda mientras me adentraba en el pasillo.

—¿Giovanna? —llamé en voz baja—. ¿Giovanna? —repetí, un poco más alto.

—Estoy aquí.

Oí el ruido de alguien moviéndose y Giovanna apareció junto a la puerta del despacho de Anna. Llevaba un elegante vestido morado y un collar de perlas negras. Parecía la hermana pequeña de Sofía Loren.

—¿Me querías preguntar algo?

—No. Solo quería saber si estabas aquí.

—Muy bien —dijo Giovanna—. Hoy tenemos mucho trabajo.

Volvió a meterse rápidamente en el despacho de Anna y yo me arrastré al mío, al final del pasillo, y me dejé caer en la silla. Sobre el tablero había desparramados varios bolígrafos, clips y, de manera inexplicable, una caja de palitos de galleta japoneses de color rosa. La caja de cartas en inglés estaba exactamente donde la había dejado el día anterior. Saqué unas cuantas y leí dos o tres para empezar a concentrarme. Cuando llegué a la que transcribo a continuación, me detuve.

Querida Julieta:

Donde vivo hay un chico que creo que es muy especial. Es amable y entiende la importancia que tienen las palabras. Sabe lo que me pasa por la cabeza y está realmente interesado en mí. Sabe que me encanta cocinar. Y me mira directamente a los ojos, incluso cuando está hablando en grupo. Me quiere con su mirada. Nunca me he sentido tan vulnerable y, al mismo tiempo, tan cómoda como cuando él me mira.

En ninguna de mis ingenuas fantasías sobre el día de mi boda había podido imaginarme la cara del novio; ni siquiera cuando salía con otros. Nunca veía su rostro. Pero ahora veo la cara de este chico al final del pasillo. Sonríe y me hace sentirme cada vez más cerca de mi futuro. Y eso es algo que yo quiero.

Me recliné en la silla y suspiré. Sí, pensé. Eso es lo que yo quería también. De eso iban todas las cartas. Mi propia carta se desesperaba en mi mochila, rogando que la enviara, rogando que alguien la contestara.

Al otro extremo del pasillo Giovanna anunció que salía un momento. Oí cómo se abría y se cerraba la puerta de entrada y después todo quedó en silencio. Cuando, unos minutos después, me levanté para estirar las piernas, el señor de la corbata amarilla también había desaparecido. Me asomé al despacho de Anna. El azul de la pantalla de su portátil se reflejaba en sus gafas.

—¿Quién era? —le pregunté.

—¿Quién era quién? —contestó, sin dejar de mirar a su pantalla.

—El señor mayor.

—¿No lo sabes?

—Un momento —dije—, ¿era Giulio Tamassia?

—¿Quién si no?

—Madre mía. Así que era...

—El padre de Giovanna. Sí.

Anna parecía una profesora esperando a que su alumno más cortito entendiera una explicación.

—Giulio fundó el Club de Julieta. Deberías saberlo. Él *es* el Club de Julieta. Es una persona muy importante.

Yo sabía quién era, pero nunca había visto una foto suya. Giulio Tamassia empezó organizando cenas para sus amigos, un grupo de intelectuales —todos hombres—, en las que se comía, se bebía y se hablaba de mujeres y de política. Se llamaron a sí mismos el Club di Giulietta. En 1989, un responsable municipal se puso en contacto con ellos para comentarles el problema que tenían con las cartas a Julieta —que ya llegaban a cientos todos los años— y Giulio le ofreció los servicios del Club. Así fue como empezó todo.

Giulio había progresado en la vida. Desde sus comienzos como panadero había crecido hasta llegar a dirigir una gran empresa de pastelería y golosinas. Y, cuando se jubiló, compró un edificio de viviendas que tenía un local vacío en la planta baja. Entonces decidió instalar ahí una oficina, esta oficina, enteramente dedicada a responder las cartas que venían dirigidas a Julieta.

—Tal vez debería haberme presentado —dije.

—Probablemente sea un hombre muy ocupado —comentó Anna, antes de echarle una última mirada a su portátil y cerrarlo.

—No parecía tener muchas ganas de hablar —me justifiqué, con tono apocado.

Anna se recolocó las gafas.

—Te lo he dicho. Es un hombre muy importante. Buen amigo del *sindaco* de Verona, del alcalde. Muchos políticos todavía lo llaman para pedirle consejo. Y también era amigo de Zeffirelli.

—¿Del director de cine? No puede ser.

—Sí, y de Pavarotti.

—Madre mía.

—Es lo que tiene ser importante.

Durante todo ese primer invierno posterior al regreso de Claire, la ayudé recogiéndola por las mañanas y dejándola en su nuevo trabajo. Además, me quedaba de paso camino del mío. Todas las mañanas molía café y le llevaba un vaso con tapa —solo, como a ella le gustaba— y Claire lo sujetaba con las dos manos para calentárselas. Una mañana tras otra, conducía con ella a mi lado, al amanecer, con los bordes del parabrisas escarchados y brillantes y sus manos envolviendo el café.

—Gracias —me decía—. De verdad que no sé lo que haría sin ti.

Y entonces, en primavera, hubo sorpresa.

—Me he comprado una casa —me dijo.

Íbamos en el coche, después del trabajo. Había parado a recogerla y el plan era ir a dar un paseo por el río.

—Genial —le dije—. ¿Dónde?

—Ahí —dijo ella, señalando un chalé que veíamos al pasar.

Me sorprendió. No estaba muy lejos del mío. Ahora estaríamos los suficientemente cerca como para ir a pie de una casa a otra. Lo suficientemente cerca como para garantizar que pasaríamos un montón de tiempo juntos.

Es curioso. Los estudios sugieren que lo que mejor predice de quién te puedes acabar enamorando no es el atractivo físico. No es la altura, ni el peso, ni las hormonas. No es nada de eso. Es mucho más sencillo. El predictor número uno del amor es la proximidad. Es algo que se ha comprobado muchas veces. En un estudio, unos investigadores universitarios fueron reflejando en un gráfico las relaciones que se iban estableciendo en una residencia universitaria durante un semestre y había casi una correlación de uno a uno con la distancia que separaba las habitaciones de los amantes. Se hizo un estudio de seguimiento masivo en la totalidad de la isla de Manhattan, geolocalizando mil relaciones. Y una vez más, la teoría de la proximidad demostró ser cierta: si vives cerca de otra persona, tus posibilidades de enamorarte de ella se disparan.

Así que Claire se estaba mudando a mi zona. Mi destino estaba sellado. No había señales de novio —por primera vez desde que la conocía— y empecé a pensar que las cosas podrían funcionar. Tal vez, solo tal vez, ella era realmente la persona con la que iba a envejecer. Y eso era todo lo que yo quería.

Entrada la mañana, Anna se pasó por mi cubículo con un táper con galletas. Soňa también vino y se colocó detrás de Anna, que depositó las galletas sobre mi mesa.

—La hora del recreo —dijo Soňa—. Es una costumbre italiana.

Anna se aguantó la risa.

—¿Te hacemos trabajar demasiado, Soňa?

Soňa abrió la tapa del recipiente y olfateó su contenido.

—¿De qué son? —pregunté, examinando las galletas.

—De chocolate con menta —dijo Anna—. Las hice ayer por la noche.

Le di un mordisco a una y un agradable sabor inundó mi boca.

—Deliciosa —dije.

Anna se rió y su risa sonó como cuando alguien agita una pandereta.

—Anna —le pregunté, señalando a la cajita rosa que alguien dejaba en el mostrador—, ¿y esos palitos de galleta japoneses?

—Deben de ser de Manuela —dijo.

—¿La conozco?

—Somos muchas secretarias —dijo Anna—. Manuela lleva trabajando aquí muchos años. También están Elena, Barbara; hay muchas.

—¿Y dónde están?

—Es que es agosto. En Italia todo el mundo se va de vacaciones, pero alguien tiene que quedarse a contestar las cartas. Así que Soňa, aquí presente, tiene que venir todos los días. ¿Verdad, Soňa?

—Sí, señor —dijo Soňa, remedando un saludo militar.

—Manuela dice —continuó Anna— que es bueno tener gente joven porque ellos entenderán mejor los sentimientos de los jóvenes que nos escriben.

Soňa puso cara de póker.

—Soňa, por ejemplo —empezó Anna de nuevo—, es una estudiante de intercambio de... ¿De dónde era? De un país cercano a Rusia, ¿no?

Me di cuenta que Anna lo decía para picarla.

—La República Checa —dijo Soňa.

Las dos se hicieron muecas que al segundo se convirtieron en amplias sonrisas.

—¿Estudiante de intercambio? —pregunté.

—Estoy de Erasmus. ¿Sabes lo que es?

Lo sabía. Erasmus es un programa de intercambio para estudiantes universitarios de la UE.

—¿Y qué estás estudiando?

—Idiomas.

—Ah, claro —dije—. ¿Cuántos?

—El italiano es mi cuarto, no, mi quinto idioma.

Examiné con más atención a esa chica rubia con coleta de caballo. Al menos una docena de pulseras de colores se balanceaban en cada una de sus muñecas.

—Manuela contesta las cartas en japonés —siguió Anna.

—¿Es japonesa?

—No. Pero estudió japonés durante algunos años. Este suele ser su despacho.

—Ah —dije.

—Yo que tú no me comería sus palitos de chocolate.

—No lo haré. No los he tocado.

—Manuela va a ser la guía de nuestros *tours*. Es guía oficial de la ciudad. Le interesará que le hables de tu obra de Shakespeare.

—La verdad es que en unos días me marcho.

Soňa pareció sorprendida.

—Pero si acabas de llegar.

—Lo sé. Pero tengo que volver a dar clases.

—¿Y por alguna otra razón? —pinchó Anna.

Miré a una y luego a la otra. Me tenían arrinconado.

—¿Ya has escrito tu carta?

—¿Qué carta —preguntó Soña—. ¿Vas a escribir una carta?

Muy bien, sé lo que están pensando. La carta. ¿Qué escribí en mi carta para Julieta? Pues aquí está, palabra por palabra:

> *Querida Julieta:*
> *Ha sido un largo viaje. Me he llevado mi parte de sufrimientos amorosos y también he vivido romances. He viajado por el mundo. Pero, al final, sigo solo.*
>
> *Hay una chica, Claire, a la que conozco desde hace mucho tiempo. Al principio me enamoré de ella, pero no fue recíproco. Con los años, nos hicimos muy amigos. La he visto tener relaciones largas con distintos chicos, pero ahora ella también está sola.*
>
> *¿Cómo le digo que todavía hay una llama encendida? Tengo demasiado miedo de poner en peligro una larga amistad. Respecto a esto me siento como un pobre colegial. ¿Tienes algún consejo para mí?*

Es un poco pretenciosa, ahora me doy cuenta. Supongo que pensé que tenía que adoptar un cierto tono con Julieta. *¿Tienes algún consejo para mí?* De verdad...

Eso es lo que metí en el buzón rojo del patio, frente a la estatua de Julieta. Julieta, la del pecho izquierdo dorado. Imaginé que Soňa pasaría a recoger las cartas uno o dos días después, y que la mía estaría entre ellas. Tuve claro que no pondría mi apellido, así que esperaba que nadie supiera que era yo el autor.

Ya no había nada que hacer, salvo volver a Canadá y esperar la respuesta.

Sadia se me quedó mirando.

—¿Usted cree en el destino, señor Dixon?

Sabía que no estaba intentando ponerme en un aprieto. Lo decía en serio.

—Quiero decir —continuó—, ¿que Julieta y Romeo estaban destinados a encontrarse, que, como usted dijo, estaba... escrito en las estrellas?

—Lo dudo mucho —dijo Devin.

Sadia se giró en su silla para encararse con Devin:

—Él la conoció justo cuando necesitaba conocer a alguien. Fue como si estuviera escrito.

Devin carraspeó con intención burlona, pero Sadia lo ignoró.

—Entonces, ¿qué cree usted, señor Dixon? —repitió.

—Bueno —empecé yo—, no puedo decir que crea en el destino. Creo que nosotros mismos somos los arquitectos de nuestra propia mala suerte.

No sé de dónde me vino eso.

—En lo que respecta al amor —continué, algo nervioso—, no creo que exista una sola persona para ti en la inmensidad del mundo y que tengas que ir y encontrarla. No creo que sea así. Algunas veces el amor es algo que te tienes que trabajar. A veces lleva mucho tiempo.

Podía ver en la cara de mis alumnos que la mayoría de ellos no estaba de acuerdo conmigo. Los jóvenes son unos románticos sin remedio.

—Muy bien —dije, intentando cambiar de rumbo—, ¿por qué no vemos lo que dice Shakespeare?

Justo después de la escena del balcón, Romeo le confiesa a Fray Lorenzo su amor por Julieta. De repente se ha olvidado completamente de Rosalina y ahora está locamente enamorado.

—Vale... —dijo Sadia, con cautela.

—*Prudente y despacio. Quien corre, tropieza* —sentenció Fray Lorenzo.

—¿Qué quiere decir?

—Que la gente joven, como vosotros, no debería volverse loca con lo del amor. Que no deberíais tener prisa al respecto.

—O sea, ¿que desconfiemos del amor a primera vista? —preguntó Sadia.

—Bueno, tal vez, pero a lo que voy es...

—Pero Romeo y Julieta sí se enamoraron —insistía—. Están locos el uno por el otro.

—Sí, pero...

Me detuve y me recompuse.

—Escuchad —les dije—, Romeo y Julieta están jugando con fuego. Van a morir por su amor. El fraile casi ve lo que va a pasar, por eso pregunta: ¿merece la pena?

Yo había pretendido que esta fuera una pregunta retórica, pero Sadia se puso a asentir exageradamente con la cabeza.

—Sí —insistía—. Sí.

—Quizás puedan hacer que funcione —dije—. Eso es exactamente lo que Fray Lorenzo empieza a pensar: que tal vez su amor pueda poner fin al conflicto entre las familias. Mirad, aquí, en la escena 6, le dice a Romeo: *Modera tu amor y durará mucho tiempo*.

Algunos alumnos negaron con la cabeza, sin entender aquello.

—Significa que debéis tener cuidado con el amor. Que debéis tomároslo con calma. La clase de amor que dura una vida entera no tiene que ver con el atractivo físico. Es algo más que hormonas, más que, no sé, feromonas.

—Señor Dixon —dijo Devin—, ¿puedo preguntarle una cosa, en serio?

Devin siendo serio. Aquello me sorprendió.

—¿Por qué tenemos que estudiar todo esto? Me refiero a que es muy antiguo; este libro tiene cuatrocientos años, ¿qué tiene que nos pueda valer a nosotros?

—Ah —dije—. Buena pregunta.

—¿Y la respuesta?

—Creo, Devin, que estudiamos a Shakespeare porque lo que dice son verdades universales y permanentes, incluso después de tanto tiempo.

Devin volvió a echarse hacia atrás en su pupitre, pero asintió con la cabeza como diciendo que le parecía una respuesta bastante buena.

—Vale —dijo—, ¿y luego qué pasa?

Al día siguiente estaría volando de vuelta a casa. En este viaje había pensado mucho en el amor y estaba contento de, al menos, haber escrito una carta, incluso si era en su mayor parte simbólica. Tal vez ni siquiera recibiera una respuesta. Tal vez escribirla fuera suficiente; simplemente soltarla en el universo como un deseo. Tal vez eso fuera suficiente.

Recorrí las calles con Soňa hasta la oficina nueva en Vicola Santa Cecilia. Anna no venía esa tarde. Solamente íbamos los dos a reunirnos con Veronica. No pude evitar preguntarle a Soňa cómo se había metido en esto.

—¿Tienes algún tipo de interés especial en el amor?

Soňa se paró en seco.

—¿No está todo el mundo interesado en el amor?

Pasábamos por la calle donde está la casa de Julieta. Se notaba por la cantidad de gente que teníamos que ir esquivando para pasar.

—Supongo que sí —dije—. Pero, ¿no te preocupa estar dando consejos a toda esa gente?

—A veces contesto las cartas diciendo que el amor no se puede definir. Que solo se puede sentir —dijo Soňa—. Así no les doy una respuesta directa.

—Es una buena salida —dije yo.

—¿Una salida?

—No importa. Es bueno. ¿Te importa que lo use?

Soňa inclinó un poco la cabeza.

—Como quieras.

Dejamos atrás la casa de Julieta y la calleja nos llevó a la Piazza delle Erbe, el antiguo mercado de frutas, verduras y hortalizas. Entre las fuentes y las estatuas todavía se puede ver algún puesto, pero actualmente la mayoría se dedican a *souvenirs* para turistas. Solo en un par de puestos se venden tarros de miel o manojos de hinojo. En mitad de la plaza hay una fuente cuyo pedestal parece una rueda de queso gigante, encima de la cual han puesto la estatua de una mujer. El torso, con sus largos pliegues de tela tallados en el mármol, corresponde, en realidad, a la época romana; la cabeza es medieval; y los brazos sostienen un manuscrito desenrollado en el que figura el lema de la ciudad: DEFENSORA DE LA JUSTICIA Y AMANTE DEL HONOR.

Desde el otro lado de la plaza, Veronica vino corriendo alegremente hacia donde estábamos, con una amplia sonrisa. Era, con diferencia, la más joven de las secretarias de Julieta. Todavía una adolescente —todavía en el colegio, de hecho—, vivía en la periferia de Verona, en una de las zonas más alejadas del centro. Había cogido un autobús para venir a reunirse con nosotros.

—*Ciao* —dijo—, poniéndose a nuestro paso.

Frente a nosotros, en el lado opuesto de la plaza, una estrecha calleja se abría paso entre dos edificios, en dirección norte. Un pasadizo elevado, como el Puente de los Suspiros de Venecia, los unía a la altura del segundo piso. Por alguna extraña razón, del puente entre las dos casas y sujeto por una cadena colgaba un enorme objeto de aspecto curvo.

—Veronica —dije—, ¿qué es eso?

—Un hueso de dinosaurio —contestó—. Eso es lo que le contamos a los turistas.

Soňa le echó una mirada de advertencia.

—Vale, pero, ¿qué es realmente?

—Una costilla de ballena. La encontraron cuando construyeron esta plaza, hace unos quinientos años, o más.

—Pero, ¿por qué la tienen ahí colgada?

—Porque estamos todos locos.

—¿Perdona?

—Aquí tenemos un dicho: «*Venesiani gran sion, Padoani tuti doton, Vicentini maia gati, Veronesi tuti mati*» —dijo Veronica—. Está en dialecto. Significa que los venecianos son grandes señores —e hizo una floritura con la mano—, que los de Padua son todos médicos, que los de Vicenza comen gatos...

—¿Comen gatos? —dije.

—...y que los veroneses estamos todos locos.

Y se echó a reír.

—Eso explica unas cuantas cosas —dijo Soňa.

—Es divertido —dije—. En inglés a veces se dice que el amor es una forma de locura.

Soňa me escrutó con la mirada.

—Siempre estamos diciendo cosas como «Estoy loco por ella», o «Me vuelve loco». Hasta Shakespeare, en *Romeo y Julieta*, describe el amor como «una locura juiciosa».

—Es bastante loco —dijo Soňa.

—En italiano es igual —explicó Veronica—. *Sono pazza di te.*

Soňa frunció los labios y asintió con aire de erudita. De pronto, la atención volvió hacia mí.

—¿Por qué no aprendes italiano? —me preguntó Veronica—. Estás aquí.

—No lo sé.

Me daba demasiada vergüenza confesar que solo había abierto exactamente una vez mi libro de gramática desde que había llegado. Me intimidaba. *Prego!* anunciaba en la cubierta, *Una invitación al italiano*. Dentro del libro, estaba escrito el nombre de mi amiga, Desiree, con grandes y redondas letras azules, en la guarda. Desiree había pasado a hacer un máster en traducción e interpretación, y yo sabía que ella esperaba que se me pegara algo del idioma durante mi estancia aquí. Madre mía, qué decepción se iba a llevar.

Había hojeado un poco el principio y aprendido fragmentos del primer capítulo sobre cómo presentarse a la gente; pero más allá de eso, me parecía imposible aprender un idioma tan dulce y musical como ese en las páginas de un libro.

—Supongo que siempre he sido lento aprendiendo las cosas —dije.

Caminé con Soňa y Veronica por el Corso Porta Borsari, la espaciosa calle empedrada que roza perpendicularmente la plaza. Unas cuantas manzanas más arriba, Soňa dobló una esquina para tomar una callejuela llamada Vicolo Santa Cecilia. Apresuró un poco el paso y metió su llave en la cerradura de una puerta. Pasó dentro y la sujetó mientras Veronica y yo entrábamos. Una vez dentro, subimos por los escalones de mármol y cruzamos el rellano hasta la entrada acristalada de la oficina nueva. Soňa también tenía esa llave.

Habíamos dejado un montón de cartas en mitad de la mesa la última vez que habíamos estado ahí y cada uno ocupó su silla como si nos dispusiéramos a echar una partida de naipes. Oímos el roce del papel al abrir los sobres. Soňa desdobló una hoja bastante grande y en su cara se dibujó una mueca de desagrado. El papel tenía la huella de un beso marcado con pintalabios. Soňa lo sujetaba con dos dedos como si fuera algo repugnante.

—Escuchad esto —dijo—. «Te veré pronto. Cuando las estrellas crucen la luna».

—Horroroso —dije.

—Horrible —coincidió ella—. Las estrellas no cruzan por delante de la luna. ¿Quién escribe estas cosas?

Se inclinó para escribir su respuesta, mientras negaba con la cabeza.

—Algunas veces me dan ganas de abofetear a esta gente —sentenció.

—Y —dijo Veronica—, ¿qué tal esta? «Querida Julieta» —leyó—: «Soy Ellie, de Kentucky. Tengo un amante. Lo quiero mucho. Sé que no es perfecto. Pero, para mí, sus imperfecciones son perfectas».

—Eso está bien —dije.

—No, no..., escuchad —insistió Veronica—: «El problema está en que no soy una buena novia. Me gusta beber y tengo muchos problemas. Bebo sin control. Me lío con otros chicos. Quiero solucionarlo y ser una buena chica. Pero no es tan fácil. Ya le he hecho sufrir muchas veces. Estoy de vacaciones, viajando por Europa durante veintiséis días. Ojalá pueda volver a casa siendo mejor persona, alguien a quien se pueda querer. Gracias por leer mi carta».

Veronica levantó la vista.

—¿Qué opináis?

—Deja la priva, Ellie —dije.

—¿La priva? —preguntó Veronica.

—La bebida, el alcohol.

Veronica se quedó pensativa.

—Lo que me asombra —continué—, es que ninguna de estas personas parece darse cuenta de lo que resulta obvio en su situación.

—Yo creo que por eso escriben —dijo Veronica—. No solo le escriben a Julieta...

—Se escriben a sí mismos —terminó Soňa—. Escriben para aclararse ellos mismos.

Me di golpecitos con el bolígrafo en los labios.

—Puede ser —dije—. Puede ser.

Yo tenía llave de la casa de Claire y ella tenía llave de la mía. Nos regábamos las plantas y recogíamos el correo si uno de los dos estaba fuera. Un día me pasé a verla y no respondió cuando llamé a la puerta. Esperé un par de minutos y entonces llegó su «¡Entra!». Su voz sonaba lejos, como si estuviera en alguna zona del piso de arriba. Pasé, haciendo chirriar la puerta.

—¿Dónde estás?

—Aquí arriba.

Subí las escaleras pisando fuerte.

Estaba en la cocina, en cuclillas sobre los quemadores, en una extraña posición. Me apresuré a acercarme.

—Pero, ¿qué demonios...? ¿Qué estás haciendo?

—Intentando colocar la campana del extractor nuevo —gruñó ella.

Sobre la cocina, sostenía la pieza de aluminio con una rodilla y una mano. En la otra mano tenía un destornillador.

—A ver —dije—, déjame que te ayude. ¿Por qué no me has llamado?

—Porque estaba sujetando esto.

—Muy bien, a ver, ya está...

Coloqué la campana del extractor en su sitio y ella pudo colocar y apretar el primer tornillo. Poco a poco, tornillo a tornillo, la fuimos dejando instalada.

—¿Me ayudas? —me pidió, extendiendo una mano.

Estaba doblada de un modo poco corriente.

—Llevo aquí un rato —dijo ella.

La ayudé a bajar y, una vez en el suelo, estiró el cuello y examinó el trabajo realizado.

—Queda bien, ¿verdad?

—Claro.

—No te creerías lo que cuesta.

—Ni me lo digas.

Claire llevaba ya un tiempo en su casa, haciéndola suya poco a poco. Tenía gustos caros, eso era evidente. Usaba un bolso rojo de diseño, un Louis Vutton, creo. Se ponía ligeros y elegantes vestidos negros y, para que le cortaran y cuidaran su melena rubia, acudía a una peluquería pija. Un día me enseñó un picaporte que quería instalar. Costaba más de trescientos dólares. «Pero si solo es un picaporte», pensé, «y ni siquiera el de la puerta de entrada».

—¿No vas a necesitar unos cuantos? —pregunté—, ¿uno para cada habitación de la...?

—Pero tócalo —me dijo, poniéndome la pieza de metal frío en la mano.

Lo sujeté un instante y exclamé:

—Impecable.

Sabía que le gustaba esa palabra, pero me arrebató el picaporte pensando que me estaba burlando de ella.

—Tal vez tenga que contratar a alguien para que haga los arreglos —dijo—. Esto está empezando a ser demasiado.

—Sí —dije—. Puede que eso sea lo mejor. Pero te va a costar. Va a costar mucho.

—*Ecco!* —exclamó Veronica—. Aquí hay una carta sobre Shakespeare.

—¿Qué dice?

—Está en italiano.

Me la tradujo.

—*Cara* Julieta —empezó—: ¿Por qué te quieres suicidar? ¿Por qué os quedáis tú y Romeo en Verona? ¿Por qué no escapáis de ahí?

Exactamente esa misma pregunta se había planteado en clase y la verdad es que yo no tenía una buena respuesta.

—En mi opinión —dijo Veronica—, uno no puede saber cómo son las cosas para otra persona. Tal vez sea una buena opción para nosotros —huir—, pero quizás para ella, para Julieta, no es posible.

—Para una chica de su edad en aquella época —dije.

—Puede que para una chica de su edad en cualquier época —apuntó Soňa.

Después de aquello nos volvimos a quedar en silencio. Con mi visión periférica, vi que Soňa se detenía ante una carta. La miró fijamente y luego buscó la última que había contestado antes. Las puso juntas.

—Mirad esto —dijo—. Esta es de un padre y esta —nos la enseñó— es de su hija. Ambas vienen de la misma dirección.

Soňa las empujó hacia mí.

—Tú puedes contestar estas.

—¿Por qué yo?

—Porque eres mayor. Porque eres hombre.

—Sí, pero... ¿por qué...?

—Cógelas —insistió Soňa.

Suspiré y estiré el brazo para cogerlas.

El padre decía que la que había sido su mujer durante veintitrés años lo había dejado. «Ha habido muchos cambios», escribía. «Tuvimos unos años buenos, pero luego nuestras formas de ser se hicieron muy distintas. Luego ella mintió a las niñas, a nuestras hijas». Y seguía: «Le dije a mi mujer, "Si ya no me quieres entonces márchate, claro que sí, pero piensa en el impacto que tendrá en las niñas". Y ya ha tenido tres relaciones en dos años. No sé qué decirles a mis hijas. Me preocupa mucho que vayan a ser unas cínicas incapaces de querer a nadie».

La carta de la hija era todavía más complicada. Se llamaba Rebecca, tenía dieciséis años y era la mayor. «Se suele decir que el tiempo todo lo cura», comenzaba. «Mis padres se divorciaron hace ya dos años, pero mi corazón sigue roto. ¿Es posible tener el corazón destrozado aunque la ruptura no haya sido mía? Mi madre tiene una nueva pareja y parece feliz, pero mi padre está muy solo».

Me pregunté si se habrían sentado juntos a escribir esas cartas en un intento de curar sus heridas. Pero no creo que leyeran la carta del otro. Tanto pesar. Tantos secretos.

Soňa me observaba.

—¿Qué se supone que debo decirles? —pregunté.

—Tal vez puedas decirles —empezó Veronica— que los dos tienen a alguien que los quiere mucho. Le puedes decir al padre lo mucho que lo quiere su hija y a la hija lo mucho que la quiere su padre.

—Sí —dije—. Supongo que eso sería un comienzo.

Al final de la jornada, Soňa volvió caminando a la universidad, donde compartía un piso con otra estudiante de intercambio. Veronica tenía que coger su autobús para volver a casa, así que la acompañé hasta la parada. De todos modos, me quedaba de camino.

—¿Te vas pronto?

—Sí, mañana.

—No has estado mucho.

—No.

No supe qué otra cosa decir. Giramos a la izquierda para tomar el concurrido Corso Cavour.

—Veronica —le dije, mientras caminábamos—. No puedo evitar preguntarte. ¿Tú, exactamente, qué edad tienes?

—Casi diecisiete —contestó, proyectando hacia delante su barbilla con hoyuelo.

—¿Y estás contestando cartas?

—¿Por qué no? Me gusta.

—Muy bien. Pero, ¿cómo llegaste a ser secretaria de Julieta?

Llegamos a su parada en la Piazzeta Santi Apostoli y yo me puse a la sombra de una estatua de mármol bastante alta, de algún político tal vez, que miraba impasible la plaza con una paloma aleteando sobre su cabeza.

—Una vez, vine con un grupo del colegio y nos enseñaron lo que hacen en el Club di Giulietta. Nos dijeron que siempre necesitaban ayuda, así que volví más tarde, yo sola, para contestar cartas.

—Bueno, enhorabuena. Necesitan ayuda.

—Y tú, ¿volverás? —me preguntó.

—No lo sé. Me gustaría.

—Anna dijo que habías escrito una carta.

—Las noticias vuelan.

Veronica esperaba que yo dijera algo más.

—Es complicado —dije—. Es como complicado.

A la mañana siguiente, sábado, fui al club y la única que estaba ahí era Giovanna. Estaba sentada detrás del mostrador de recepción. Parecía preocupada.

—Ah —dijo, cuando aparecí por la puerta—. Te vas hoy, ¿verdad?

—Sí, mi tren sale esta tarde para Milán.

Me detuve justo detrás de la mesa redonda que había en el recibidor. Alguien había pintado en ella un gran corazón rojo. No me había dado cuenta antes, seguramente porque solía estar cubierto por las cartas.

Giovanna se levantó y alisó su vestido.

—Quiero darte las gracias por haber estado aquí respondiendo cartas.

—La verdad es que tampoco hice gran cosa.

Extendió una mano en señal de alto.

—Cualquier ayuda es buena —dijo—. Es demasiado para nosotras solas.

—Solo quería despedirme antes de marcharme.

Giovanna sonrió.

—¿Quieres que te acerque a la estación?

—He dejado el equipaje en el hotel. Antes tengo que recogerlo.

—Ningún problema. Podemos pasar por ahí.

Giovanna salió rápidamente de detrás del mostrador. Ya tenía las llaves en la mano. Yo me quedé quieto.

—¿Vienes? —dijo.

—Sí, sí..., claro.

Nos dirigimos a su coche. Ocupé el asiento delantero y nos dirigimos hacia mi hotel.

—¿En cuál te quedaste?

—En el mismo hotel, cerca de la estación.

—Sí, sí, me acuerdo.

Le echó un vistazo al retrovisor.

—Te hubiera convenido quedarte en un piso. Aquí mucha gente ha empezado a alquilar habitaciones. La economía no va muy bien. La gente intenta ganar algún dinero extra.

—A mí eso no me parece una locura —dije.

—¿Una locura?

—Bueno, ya sabes eso que se dice de que los veroneses están todos locos.

—¿Quién te ha dicho eso?

—Pues..., eh..., fue por lo del hueso de ballena que cuelga en la Piazza delle Erbe.

—Hay otra historia sobre ese hueso de ballena —dijo.

—¿Que es un hueso de dinosaurio?

—No. La historia dice que el hueso caerá el día que una persona honesta pase por debajo. Tiene que ser alguien que nunca haya dicho una mentira.

Yo había pasado unas cuantas veces por debajo de ese arco.

—¿Y lleva ahí, cuántos, quinientos años?

—*Sì.*

Cruzamos el puente. Empezamos a ver el anfiteatro romano. Giovanna inclinó la cabeza hacia adelante y miró al cielo. Sobre la Arena, una línea de nubes negras empezaba a expandirse en la distancia.

—El cielo —dijo—. Se está preparando algo para mañana.

—Yo ya no estaré —dije, pero creo que no me estaba escuchando.

Giró a la izquierda y pasamos por una de las antiguas puertas medievales, la que tiene una placa clavada en la piedra donde dice NO HAY MUNDO TRAS LOS MUROS DE VERONA.

—Fue un placer ver a tu padre el otro día —se me ocurrió decir.

—Sí, preguntó quién eras.

—¿Qué le dijiste?

—Que eras canadiense. Que estabas intentando ayudar.

Intentando.

Esperó en la calle mientras recogía mis cosas en el hotel; luego me llevó a la estación. Se detuvo frente a la entrada.

—Bueno —dije—, me ha encantado conocerte. Gracias por dejarme contestar esas cartas.

Asintió una vez con la cabeza y luego me echó una mirada penetrante.

—Espero —dijo— que hayas encontrado lo que estabas buscando.

—Yo..., eh..., sí, gracias.

—Entonces —terminó—, te digo adiós.

Salté fuera del coche y saqué mis bultos del asiento trasero. Giovanna ya estaba mirando al frente.

—Bueno, pues, adiós —dije.

—*Ciao*.

Arrancó y empezó a alejarse mientras yo arrastraba mis cosas hacia la oscuridad de la estación del tren. Todavía tenía que esperar una hora, así que me senté en un banco de madera desde el que se veía un tablero en el que iban apareciendo las salidas y llegadas con unas letras y números de plástico que se barajaban en cascada e iban configurando el orden de los datos en una lista: *Firenze, Venezia, Genova* y, al final, *Milano*.

Desde Milán, horas más tarde, mi avión pasó por encima de los Alpes, con sus picos más altos siempre nevados, y unos valles oscuros con lagos brillantes entre las cumbres. Mucho más abajo serpenteaba un río como una cinta de plata y, en una ladera verde, se veía un pueblecito perfecto que parecía de juguete.

Y luego nos metimos entre las nubes. El piloto dijo que volaríamos sobre París y luego sobre el Canal de la Mancha, pero no pude ver nada. En un momento dado, el cielo empezó a amoratarse y oscurecerse. Una estrella solitaria parpadeaba sobre los bancos de nubes y yo me acomodé en mi asiento para el largo viaje de vuelta a casa.

Acto segundo

5

Soy un juguete del destino

Tengo un buzón metálico de color negro a la entrada de mi casa. Generalmente encuentro cartas del banco o publicidad de pizzerías de dudosa calidad. Pero una noche llegué cargado con una cartera llena de exámenes para corregir y vi que había una carta esperándome. Habiendo metido yo mismo varios cientos de cartas en ese mismo tipo de sobres, supe inmediatamente lo que era. En la esquina de abajo tenía el conocido dibujo de Julieta, con el cabello al viento, una mano extendida como implorando algo y una expresión de franca desolación en el rostro.

Me llevé el sobre dentro, impresionado al saber que había viajado seis mil millas para encontrarme. Lo tuve en la mano durante un rato, como un presentador que está a punto de anunciar el ganador en una ceremonia de entrega de premios. Había estado esperando ese momento durante meses y ahora, ahí estaba, la respuesta a mi pregunta.

Era corta, pero práctica, considerada y reflexiva. No muy distinta, de hecho, a algo que podría haber escrito yo mismo.

«Querido Glenn», decía.

> *El amor que deriva de una larga amistad es el más auténtico. Si conoces a esa chica desde hace mucho tiempo, también sabrás lo que a ella le gusta. Llévala a su lugar favorito y confiésale tus sentimientos. Tal vez lo esté esperando. Te deseo mucha suerte.*
>
> *Julieta*

Estaba emocionado. Era imposible saber quién había escrito la carta —quizás alguien a quien yo conocía—, pero no importaba.

Significaba algo recibir una carta. Significaba esperanza. Evidentemente, no contenía un consejo mágico que fuera a resolverlo todo de repente; no era nada que no hubiera pensado yo antes. Se trataba más de la esperanza de que la carta en sí misma actuara como catalizador. Durante los meses que habían pasado desde que había vuelto de Verona había pensado mucho en esto; y se me había ocurrido un plan. Le iba a enseñar la carta a Claire.

Ella sabía que había estado en Verona, por supuesto, pero le iba a contar lo de las cajas de cartas. Le contaría lo de todos esos corazones rotos. Luego le confesaría que yo también había escrito una carta. Que la había metido en el buzón rojo que hay en el patio de la casa de Julieta. Luego le pondría delante la respuesta de Julieta y eso la dejaría asombrada. De repente, se iba a dar cuenta de lo mucho que la quería. Y entonces, claro, ella me diría lo mucho que ella también me amaba. Y no solo como amigo. Entonces volvería con ella a Italia para ver las Puertas del Paraíso, esta vez como Dios manda. Tal vez, habría comprado ya los billetes de avión. Eso la dejaría alucinada. Podría aprender de verdad algo de italiano y tal vez volver a Verona, donde saldríamos al balcón y tiraríamos besos a una multitud que nos adoraría.

Ese era el plan. Eso es lo que imaginé que sucedería.

La caldera del colegio arrancó con un golpe sordo y algo de polvo mientras mis alumnos, cargados de libros, iban entrando en el aula. Durante el curso escolar, siempre llega un momento en el que las cosas resultan tan superficiales y rutinarias que todo el mundo, profesores incluidos, solamente ejecutan movimientos, pero, en realidad, están medio anestesiados.

Fuera, la pista de atletismo estaba cubierta de nieve. Un cielo gris colgaba sobre la ciudad.

Andy y Allison entraron juntos. Los había visto frente a la taquilla de ella, charlando y apoyándose el uno en el otro. Ya llevaban unas cuantas semanas caminando juntos entre clase y clase, y Andy me sonrió al entrar. Le correspondí con un gesto de cabeza y luego, también por señas, le indiqué que ocupara su sitio.

—Muy bien —empecé—. Hoy es la escena de la boda, una de las más cortas de toda la obra.

Hice una pausa dramática.

—Tal vez pensabais que Shakespeare le iba a dedicar algo más de tiempo.

Devin murmuró algo y dio golpecitos descuidados con el pie a la pata metálica de su silla.

—¿Por qué creéis que es tan corta? —pregunté—. ¿Podría ser de mentira?

Sadia entrecerró los ojos.

—¿Qué quiere decir?

—Que tal vez la boda fue una farsa. Acto 2, escena 5. Solo tiene dos páginas.

El ruido de páginas recorrió las filas de pupitres. Sadia me miraba fijamente. Estaba intentando descifrar a dónde quería ir a parar.

—Algunos estudiosos han planteado que Fray Lorenzo ofició mal la boda a propósito, que omitió una parte, ¿sabéis? Que no era legal.

—¿Por qué?

—Las dos familias estaban en guerra. Llevaban así tanto tiempo que no creo que nadie recordara cómo había empezado todo. Quizás Fray Lorenzo está empezando a darse cuenta de lo difícil que va a ser romper ese ciclo. Y las cosas se han vuelto a calentar. Tebaldo está buscando el conflicto. Le ha enviado una carta a Romeo en la que lo reta a un duelo.

Devin seguía dando golpecitos a la pata metálica de su silla; clac, clac, clac. No estaba seguro de poder mantener el interés de mis alumnos mucho más tiempo ese día.

—*Senza indirizzo* —dije.

—¿Qué? —preguntó Sadia.

—Significa, literalmente, 'sin dirección'. A lo largo de toda la obra hay cartas que no llegan a donde se suponía que tenían que llegar. Lo lían todo. Pero retrocedamos un poco —dije—. En realidad, ¿quién le propone matrimonio a quién?

Sadia ladeó un poco la cabeza.

—En la escena del balcón —dijo—, Julieta le pide a Romeo que se case con ella.

Devin dejó de hacer ruido.

—Pero, ¿eso no os parece extraño? —pregunté—. La chica pidiéndoselo al chico.

—Usted ya ha dicho que Romeo era un poco gallina —intervino Devin.

—Yo no dije que fuera un gallina. Dije que era algo ingenuo. Pero, pensad, ¿por qué se lo pedirá Julieta a Romeo y no al revés?

Al menos había conseguido que todos estuvieran atentos, intentando encontrar la respuesta.

—Porque a ella ya la han comprometido —expliqué— en un matrimonio concertado y necesita escapar de ese destino. Ese es su salvoconducto para huir.

Sadia palideció en el acto. Le temblaba la mano. Se bajó más el hiyab sobre la frente. No volvió a decir nada en toda la clase.

Algo iba mal. Algo iba tremendamente mal.

Al día siguiente, Sadia se mostró todavía más distante. Abrió el libro de texto pero no levantó los ojos del mismo.

—Hoy —dije—, vamos a empezar con Mercucio. Es amigo de Romeo. Pero también es un broncas y un bocazas.

—Me recuerda a alguien —dijo Allison, en voz baja.

Hubo risitas y algunos le echaron miradas a Devin.

—Mercucio —continué—, está buscando pelea. Acaba de llegar a la plaza acompañado por unos cuantos chicos.

—¿Como una banda? —preguntó Andy.

Todavía llevaba la chaqueta del equipo de *rugby*, aunque ya hacía mucho que había terminado la temporada.

—Sí —le dije—, como una banda —y cité—: «*Pues este calor enloquece y hace que hierva la sangre*».

A Andy se le tensaron los músculos del cuello y se inclinó un poco hacia adelante, deseando que empezara la acción.

—Y entonces los jóvenes Capuleto entran por el otro lado de la plaza. Tebaldo se pavonea como un gallo.

—Se van a pelear —dice Devin, apretando los puños sobre el pupitre.

—Pero ni rastro de Romeo. Está todavía en la iglesia, casándose.

—Jo, tío —dijo Andy.

—Así que Mercucio da un paso al frente, pero Tebaldo sigue preguntando por Romeo. Le había enviado una carta en la que lo retaba a un duelo, ¿os acordáis? Pero Mercucio se burla de él y lo provoca diciéndole: «*Cualquiera que sepa escribir puede responder una carta*».

Andy parecía confuso.

—¿Mercucio va a responder a la carta?

—Significa que él es el que va a pelear con Tebaldo —dijo Devin—. Esa es su respuesta.

—Exacto —corroboré yo—. Así que, venga, vamos a hacerlo. Devin —dije—, ¿qué tal si te acercas?

Devin se incorporó con ganas.

—Y Andy —añadí, haciéndole un gesto para que también se apuntara.

Andy se sorprendió y luego se fue acercando. Le di la vara de madera. Devin se puso al lado contrario y le pasé un viejo paraguas negro que había encontrado en la sala de profesores.

—¿Con esto? —preguntó Devin, haciéndolo girar.

—Bueno —dije, recorriendo con la mirada el mar de caras—, necesito a una tercera persona. Necesito a Romeo. ¿Sadia?

Sus ojos miraban hacia abajo y su boca estaba tensa.

—Mmm, señor Dixon —dijo—, ¿puedo participar otro día?

—De acuerdo —dije.

Volví a buscar otro candidato entre los que estaban sentados. La mayoría de los alumnos hundían la cabeza en el libro para evitar establecer contacto visual conmigo.

—Minh —dije—, ¿te animas?

Minh era un estudiante de Vietnam cuya lengua materna no era el inglés. Los asesores escolares lo habían puesto en mi clase porque no podían encajar su horario con ninguna otra cosa. El director sabía que Minh no estaba preparado para mi clase de Lengua y Literatura Inglesa, pero no había muchas otras opciones. Pobre Minh. Era un buen chico —sin pretensiones— y cuando me dirigía a él en clase solía poner una sonrisa pánfila que significaba que no había entendido ni una sola cosa de lo que le había dicho. Pero sí entendía su nombre, y se me quedo mirando, aterrorizado, con la boca abierta.

—Venga —lo animé—, yo te digo lo que tienes que hacer.

La lentitud de sus movimientos hasta la zona delantera de la clase fue desesperante. Algunos de los otros empezaban a burlarse, pero les eché una mirada amenazadora y se callaron enseguida. Minh se colocó entre los demás y le pasé una regla de madera.

—Muy bien. Devin, tú eres Tebaldo y, Andy, tú vas a ser Mercucio. Vosotros peleáis pero no demasiado en serio. Más como entrenando, ¿me entendéis?

Devin levantó el paraguas y dio un mandoble en el aire.

—Bien —dije—. Ahora, Andy, quiero decir, Mercucio, atácalo tú a él.

Los dejé que practicaran unos cuantos ataques y bloqueos. Los dos habían visto suficientes películas como para llevar a cabo una imitación bastante buena de un enfrentamiento con espadas.

—Muy bien, Minh. Ahora es tu turno.

Minh me miró con cara de desamparo, mientras cogía la regla con las dos manos como si fuera un ramo de flores.

Devin le echó una mirada irritada a Minh.

—¿No quiere luchar?

—No, Romeo no quiere. De hecho, intenta calmar a Tebaldo.

Hice una breve pausa y continué:

—Vale. Vamos a ralentizar esto —dije, y me volví hacia los demás—. Observad atentamente. Esta parte es importante.

Devin atacó con su paraguas en cámara lenta. Andy, también muy despacio, desvió el paraguas con la vara de madera.

—Estupendo —dije—. Ahora, llega Romeo.

Le di un pequeño empujón a Minh.

—Romeo intenta parar la pelea —añadí, moviendo a Minh para que acabara quedando de cara a Mercucio—. Les dice: «*Señores, por Dios...*».

—Dios —repitió Minh.

—Vale —seguí—, entonces el levanta su espada para detenerlos pero solo desvía la espada de Mercucio.

Los movía a los tres como si fueran marionetas.

—Tebaldo esperaba que Mercucio bloqueara su siguiente acometida, ¿entendéis?, pero Romeo se interpone.

—Y Tebaldo hiere a Mercucio —dijo Devin, metiendo su espada entre el brazo de Andy y su torso para que, como estaban de lado, pareciera como si realmente hubiera atravesado a Andy.

—¿Lo veis? —expliqué—. Romeo detuvo a Mercucio pero la espada de Tebaldo siguió avanzando y lo atravesó.

Andy cayó al suelo, entre convulsiones. Minh lo miró y luego me miró a mí. Yo le guiñé un ojo.

—Y ahora Tebaldo huye.

Le hice un gesto a Devin, que pareció un poco decepcionado por tener que terminar su actuación.

—Y Mercucio muere tras pronunciar su famosa maldición.

—«*Malditas vuestras casas*» —dijo Andy desde el suelo.

—Excelente.

—¿Casas? —se extrañó Minh.

—Significa que maldice a las dos familias.

Minh asintió y, por una vez, me pareció que había entendido realmente.

Me volví hacia Sadia. Esta era la escena más importante de la obra, un auténtico punto de giro, pero me parecía que la había perdido. Su mirada parecía ausente y su labio inferior estaba a punto de temblar.

—Vosotros podéis volver a vuestros sitios —les dije a Devin y Andy—. Y tú, Minh: muy bien. Buen trabajo.

Justo en ese momento sonó la campana, que estremeció el silencio con su repiqueteo. Yo quería hablar con Sadia para preguntarle qué le pasaba. Pero ella recogió sus libros, bajó la cabeza y salió por la puerta casi corriendo.

Sadia no asistió a clase al día siguiente. Era un miércoles, un miércoles por la mañana, y esos eran los peores. Nadie estaba realmente despierto. Yo tenía al lado, en mi mesa, frente a mis alumnos, una gran taza de café. En días como ese, me quedaba sentado, sin molestarme siquiera en ponerme de pie.

Los chicos estaban callados. La luz que entraba inclinada por la ventana era tierna, casi frágil. Al fondo de la clase algún profesor había colocado unos pósters. Llevaban ahí mucho tiempo. Uno de ellos era ese en el que sale el gato Garfield aferrado con dos garras a la rama de un árbol. RESISTE AHÍ (COLGADO), decía el texto.

Devin se dejó caer en su sitio, con cara de sueño. No sé si su organismo era consciente de que el día ya había comenzado.

—Este es el momento de la obra —empecé— en el que todo cambia. Aquí es donde todo descarrila.

Devin se incorporó en su silla.

—¿Qué descarrila?

—Absolutamente todo. Mercucio está muerto y Romeo se vuelve loco.

—¿Loco?

Devin se enderezó todavía más.

—Romeo —continué— corre a la caza de Tebaldo. Enajenado por la ira, apuñala a Tebaldo en el corazón y lo mata.

Devin asintió con la cabeza, impresionado.

—Y entonces —dije—, Romeo mira el cuerpo sin vida de Tebaldo y, de repente, se da cuenta de lo que ha hecho. Se da cuenta de que acaba de perderlo todo: a Julieta, Verona, todo. Pero es demasiado tarde. Ya está hecho. Ha sucedido, y entonces pronuncia una de las frases más imponentes de toda la obra.

Hice una pausa dramática y luego la solté, con mi entonación más teatral:

—«*¡Ah, soy juguete del destino!*».

—Dios —dijo Devin—. Qué bueno.

—Romeo huye.

En un gesto de consternación, negué con la cabeza.

—Vaya desastre —dije—. Sobre los adoquines hay charcos de sangre. Y el Príncipe della Scala sale de su palacio para...

Andy levantó la mano.

—¿Sí, Andy?

—¿Dónde está Sadia? —preguntó.

Unas cuantas cabezas se giraron a un lado y a otro, buscándola.

—Sadia no viene hoy —anuncié.

—Pero Sadia siempre hace de Príncipe —dijo Andy—. ¿Está enferma?

—No sé dónde...

Varios pares de ojos me interrogaban.

—Estoy seguro de que volverá pronto —les dije.

—Bueno —empecé de nuevo—, ¿quién quiere ser el Príncipe?

—Deberíamos esperar a Sadia —insistió Andy.

—Bueno, mirad —resolví—. Yo haré de Príncipe hasta que ella vuelva.

Me impuse con la mirada y continué.

—El Príncipe se apresura a llegar a la plaza. Viene gente de todas partes. En la película, levantan los cuerpos de Mercucio y Tebaldo y los ponen ahí mismo, sobre los adoquines ensangrentados.

Noté cómo su atención volvía a concentrarse en la historia.

—Tenéis que recordar —seguí esforzándome—, que los Montesco y los Capuleto llevan enfrentados tanto tiempo que nadie sabe cómo empezó todo. Llevan el odio metido en la cabeza; no es racional, y ahora... y ahora pasa esto.

Allison levantó la mirada del libro.

—Nadie quería que sucediera.

—Correcto. Pero sucedió. Hay dos muertos, y Romeo ha huido.

—Mierda —dijo Devin.

—¡Devin! —le eché una mirada de advertencia.

—Venga, señor Dixon. Es que es emocionante.

—Sí, lo es. Aquí es donde empieza el desastre.

Le había recomendado un tipo a Claire. Uno que podía hacer algunas reformas en su casa. Una profesora, amiga mía, tenía un marido que era un manitas. Vamos a suponer que se llamaba Rick. Apareció con su cinta de medir y su caja de herramientas, con su gorra de béisbol y su sudadera con capucha, y en un abrir y cerrar de ojos ya estaba en la casa de Claire todos los días, arrancando suelos, cambiando las puertas del patio, pintando, serrando y clavando. Lo que empezó como un par de trabajos aislados se convirtió en un gran proyecto de reforma y las semanas se convirtieron en meses.

Me pasé una noche y las escaleras y los suelos estaban cubiertos con lonas sujetas con cinta americana, polvorientas y con salpicaduras de pintura. Oía el ruido de una sierra mecánica cortando madera en el garaje. La hoja chirriaba.

Claire estaba sentada, sola, en la cocina. Parecía pálida.

—¿Estás bien? —le pregunté.

—La verdad es que no. Fui a trabajar esta mañana y me empecé a sentir fatal. Al final, me tuve que venir a casa.

—Tienes mala cara.

—Me siento un poco mejor ahora.

Tenía la mano puesta en el estómago.

—No he hecho nada en todo el día.

—¿La gripe de 24 horas?

—Sí, puede ser. Me puse mala de repente.

—Bueno —dije, haciendo la broma de alejarme—, espero que no sea contagiosa.

—No —dijo—. No creo que tengas que preocuparte por eso.

Se volvió a oír el ruido de la sierra en el garaje.

—¿Cuánto tiempo va a estar aquí? —le pregunté.

El reloj de encima de la cocina indicaba que eran ya más de las ocho de la noche.

—Supongo que hasta que termine —dijo ella—. No lo sé.

Cuando Sadia faltó a clase por segundo día consecutivo, llamé a la oficina principal. Me pasaron con Jane, una de las orientadoras.

—¿Puedo confiar en tu discreción? —me preguntó.

—Por supuesto. ¿Qué ha pasado?

—Bueno —dijo—, al parecer Sadia fue a ver a la señora Bell, su profesora de Biología. Creo que se sentía más cómoda hablándolo con una mujer.

—¿Más cómoda respecto a qué? ¿De qué va todo esto?

—El padre de Sadia ha concertado su matrimonio.

Durante unos segundos, enmudecí.

—Glenn, tengo que pedirte que no hables con los otros alumnos de este tema. Nos estamos ocupando de ello.

—Pero, ¿ella está bien?

—La señora Bell comentó que la había visto bastante afectada.

—Hemos estado leyendo *Romeo y Julieta* —le dije.

Se produjo un silencio al otro lado de la línea.

—A Julieta también le conciertan un matrimonio que ella no desea —expliqué—. A Sadia, aquella escena la alteró. Dios, yo no lo sabía.

Oí una exhalación, casi un suspiro, por el auricular.

—Oh.

—¿Has hablado con Sadia? —pregunté—. ¿Ella está de acuerdo con ese matrimonio?

—Glenn —dijo Jane—. Nos estamos ocupando de ello. He llamado a nuestro encargado de relaciones culturales. Va a ir a visitar a la familia.

—De acuerdo —dije—. Eso es bueno, ¿no?

—Es una situación delicada. Espero que lo comprendas.

—Por supuesto.

—Hacemos lo que podemos. Ten paciencia. En cuanto sepa algo te lo comunicaré.

Colgué el teléfono preguntándome si habría alguna otra cosa que yo pudiera hacer. No era la primera vez que me había encontrado con matrimonios concertados en mi carrera como profesor. Algunos años antes había tenido que enfrentarme con lo mismo, solo que, en aquel caso, la chica estaba de acuerdo con la decisión. Aquella alumna en concreto me había dicho que nadie en el mundo la quería más que su padre y que estaba segura de que le iba a encontrar un buen marido. Tal vez conozcan las estadísticas. Con frecuencia, los matrimonios concertados tienen más éxito —o, al menos, duran más— que los que celebramos en Occidente. Con frecuencia duran más que los matrimonios por —lo que creemos que es— amor.

Yo procuraba ser un buen maestro. Seguía las últimas tendencias e investigaciones en temas educativos e intentaba que mis clases fueran interesantes. Quería que los estudiantes pensaran por sí mismos, y empezaba a creer que ya llevábamos demasiado tiempo sumergidos en la lectura de la obra. Necesitaba utilizar un revulsivo.

Al día siguiente, un viernes, cuando todos entraron y ocuparon su lugar, volvió a hacerse evidente que Sadia no estaba y su pupitre vacío encogía un poco el corazón.

—He tenido una idea —dije—. Va a ser divertido.

Devin me miró con los ojos entrecerrados, como si desconfiara.

—Vamos a someter a Romeo a juicio por la muerte de Tebaldo. Cerrad los libros.

Los alumnos se miraron entre sí y se removieron en sus asientos. Algunos cerraron los libros, preguntándose qué estaría pasando.

—Voy a necesitar cuatro voluntarios —dije.

Se oyeron las quejas y gruñidos de rigor por toda la clase.

—Vale, vale —dije, levantando las manos—. Os lo voy a poner más fácil. Al que se presente voluntario le quito la peor nota que haya sacado; vosotros elegís.

Devin levantó la mano como un cohete.

—Pero si ni siquiera sabes lo que voy a decir, Devin.

—No, pero me da igual.

—Muy bien —dije—. Entonces, te apunto. Vamos a celebrar un verdadero juicio. Devin, tú puedes ser la acusación; pero vas a necesitar a alguien más en tu equipo. Y también me van a hacer falta otros dos voluntarios que sean los abogados de la defensa. Allison, ¿te animas?

Allison frunció los labios con desagrado. Pero no se negó. De hecho, la elegí a ella a propósito porque alguna vez había manifestado su interés en estudiar Derecho. Se lo pensó un momento y luego asintió con la cabeza.

—Estupendo. Entonces, ¿a quién eliges para que forme equipo contigo?

Andy se incorporó un poco en su pupitre pero ella pasó de largo con su mirada.

—¿Puede ser Nancy? —preguntó.

Nancy era una chica callada que se sentaba más hacia el fondo. Sacaba buenas notas y hasta Andy sabía que era la persona indicada.

—¿Te parece bien, Nancy? —le consulté.

Allison le sonrió para darle ánimos y Nancy asintió con la cabeza.

—Pues muy bien. Vosotras dos seréis las abogadas defensoras de Romeo. Sois las abogadas de los Montesco.

Eché una mirada a los demás.

—Y, ¿quién quiere ayudar a Devin? —pregunté—. Venga. Será fácil. Todos visteis lo que pasó. Lo hemos representado.

—Jo, señor Dixon —dijo Devin—. Ya no estoy tan seguro de querer hacerlo.

—Ya has hecho de Tebaldo aquí. ¿No quieres llevar a juicio a su asesino?

—Protesto —dijo Allison, agitando la mano.

—Allison, aún no hemos comenzado.

—Lo sé —dijo ella—. Pero no puede llamar a Romeo asesino si ni siquiera ha empezado el juicio. Está condicionando al jurado.

Devin le echó una mirada irritada a Allison.

—¿Tengo que ir contra ella?

—Así es.

Suspiró.

—De acuerdo —dijo—. Lo haré.

—¿Y para tu equipo, a quién eliges?

Al fondo del todo se sentaba Marc, el chico duro. Solía ponerse una chaqueta vaquera bastante sucia, como sacada de una película para adolescentes de los años ochenta. Llevaba el pelo grasiento. Y yo sabía, por su ficha, que se había metido en muchos líos. Era el tipo de chico que estaba apenas a un paso de la cárcel. Me miraba con una expresión que no le había visto nunca.

—Marc —le dije—, ¿te apuntas?

Devin se giró en su pupitre y los ojos se le iluminaron cuando vio de quién se trataba.

—Sí —dijo—. Marc, ¿te apuntas?

Devin y Marc, pensé. Esto iba a ser interesante.

Los atardeceres empezaron a ser más cálidos y más tardíos y Claire y yo dábamos largos paseos por el sendero del río, junto al rumor del agua que bajaba de las montañas con el deshielo. Todavía no le había hablado de la carta. Estaba esperando el momento adecuado. Durante uno de esos paseos, casi llegando a casa, Claire iba callada y pensativa.

—¿Alguna vez te arrepientes de no tener hijos? —me preguntó.

—No es que no haya querido tenerlos. Es que, simplemente, no ha sucedido.

—Pero, ¿te arrepientes?

—Supongo —dije—. Me da un poco de miedo envejecer solo.

Ella se detuvo.

—Pero me tendrás a mí cerca —dijo.

Lo recuerdo con claridad. Recuerdo la expresión de su cara; solo que no sabía lo que se escondía detrás. No sabía lo que se me venía encima y, en realidad, no importaba. Ese momento permaneció suspendido en el aire, como el arco iris de un aspersor en un jardín. Fue encantador.

Ojalá hubiera tenido la carta en ese instante. Ojalá hubiera podido sacarla de mi bolsillo justo en ese instante. Pero no habría cambiado nada.

Habían estado pasando cosas extrañas. Las reformas de su casa duraban ya varios meses, no tenían un plazo de finalización a la vista y Rick, el manitas, estaba ahí todo el tiempo.

Una vez, y tal vez no significaba nada, iba en el coche de vuelta a casa y me dio por mirar hacia el final de un camino que iba a dar a una zona verde entre las casas. Por ahí se veía la terraza trasera de Claire y distinguí, con toda claridad, que estaban ella y Rick sentados a una mesa. Recuerdo que en ese momento pensé: «¿Por qué no está trabajando? ¿Qué está haciendo ahí fuera con ella?» Qué idiota soy. No me enteraba de nada.

Les había dado el fin de semana a mis alumnos voluntarios para que examinaran las pruebas y prepararan el caso. El lunes por la mañana tenía a los dos equipos de pie frente a la clase. Para interpretar mi papel de Príncipe Della Scala, había movido la silla de detrás de mi mesa y me senté en ella para presidir la sala.

Allison depositó un montón de papeles y libros en uno de los pupitres de la primera fila. Nancy se sentó junto a ella. Ni Devin ni Marc habían traído nada. Miraron los papeles de Allison y se hicieron una mueca entre ellos.

—Muy bien —dije—. Esto va a ser así. Cada equipo hace un alegato inicial y luego se puede llamar a los testigos.

—¿Podemos llamar al fantasma de Mercucio? —preguntó Marc.

—Interesante idea —le dije—. Pero no. Vamos a mantenerlo tan real como sea posible.

Allison comenzó su alegato inicial.

—Someto a la consideración de la sala —dijo— que el Príncipe había decretado que la pena por reyertas en las calles sería la muerte.

Hizo una pausa deliberada.

—Tebaldo y Mercucio se enfrentaron en la plaza, luego Mercucio recibió la pena de muerte por parte de Tebaldo y después, Tebaldo, como es lógico, la recibió de Romeo. Fue exactamente como lo quería el Príncipe.

—Vaya chorrada —dijo Devin—. Uno no se puede tomar la justicia por su mano. Cualquier idiota lo sabe.

—Devin —le dije—, tu argumento es bueno, pero no puedes hablar así en un juzgado.

—Pero, señor Dixon...

—Venga, expón tu argumento —suspiré.

—Vale. Pues que eso es una chorrada. Romeo no es una especie de policía o algo así. No estaba obedeciendo las órdenes del Príncipe. Simplemente la cagó. Asesinó a Tebaldo y luego huyó.

—Protesto —dijo Allison.

Cogió de su mesa un pequeño libro encuadernado en cuero.

—¿Qué es eso? —le pregunté.

—Esto —dijo ella, con tono solemne— es el Código Penal de Canadá.

—¿De dónde lo has sacado? —preguntó Marc.

—De la señora Ferguson, la bibliotecaria.

Allison se aclaró la garganta y continuó.

—De acuerdo con el apartado 8, sección 232 del código, respecto a la culpabilidad en caso de homicidio, para que sea asesinato en primer grado tiene que haber sido premeditado.

—Muy bien, pues en segundo grado, ¿vale? —fanfarroneó Devin—. Es asesinato en segundo grado.

—No había terminado —dijo Allison.

Volvió a abrir el código y leyó, siguiendo la línea con la yema del dedo:

—El grado de culpabilidad puede reducirse a homicidio involuntario si la persona que lo cometió lo hizo al calor de la pasión provocada por una provocación repentina.

Levantó la vista y añadió:

—Fue homicidio involuntario, ni siquiera asesinato en segundo grado.

Devin se revolvió y se dirigió a la clase.

—Un momento. Vosotros visteis cómo Minh me mataba. Lo visteis. ¿Cómo puede decir ella que no me mató?

Estaba muy alterado, cargaba el peso en un pie y luego en el otro.

—Solo digo —alegó Allison—, que no es asesinato en primer grado. Ni siquiera asesinato en segundo grado.

Dando golpecitos en el Código Penal, concluyó:

—Es un claro caso de homicidio involuntario.

—¿Puedo decir algo?

Nancy se había limitado a estar sentada al lado de Allison y tenía muy poca voz, pero todo el mundo se quedó inmóvil.

—Señor Dixon —dijo—, usted siempre nos dice que esta obra es sobre el destino, ¿no?

—Sí.

—Entonces no se puede culpar realmente a Romeo por la muerte de Tebaldo.

Se detuvo un instante y reordenó sus ideas:

—Fue un juguete del destino, ¿no?

—Vaya, hombre —dijo Devin, y se dejó caer de golpe en su silla.

—Creo que, de acuerdo con la propia obra —continuó Nancy—, el responsable fue el Destino. Romeo no tuvo ningún control sobre él. Estaba escrito en las estrellas.

Devin y Marc negaban con la cabeza, resignados.

—Caso cerrado —dije.

La orientadora escolar me llamó la mañana siguiente, antes de clase. El colegio tenía unos fondos especiales ese año para contratar a un trabajador social, dijo, alguien que se centraría en los hijos de familias inmigrantes. Había organizado una reunión en nuestro centro con esa persona y con el mediador intercultural, y quería saber si yo podría bajar y participar también.

Kelly resultó ser una simpática exhippy de la Columbia Británica y el mediador intercultural era Sayed, con quien ya había trabajado antes durante las reuniones con los padres de los alumnos. Sayed llevaba un traje formal, algo gastado, pero se comportaba con gran dignidad. Era muy respetado en su comunidad. Kelly llevaba un vestido suelto y vaporoso y el pelo entrecano sujeto con una larga coleta hasta la mitad de la espalda.

Nos reunimos en la sala de profesores. Cuando llegué, ya me estaban esperando.

—He hablado con el padre —empezó Sayed—. Es verdad. Ha concertado el matrimonio de Sadia.

—Pero tiene dieciséis años —dije.

—Diecisiete, realmente. Casi dieciocho —señaló Kelly, manejando una carpeta que tenía abierta sobre la mesa de café.

—Pero está en 10.º grado —insistí.

—¿No se han mirado esto? —preguntó Kelly, pasando otra hoja—. La pusieron un curso por debajo hace tiempo, para que pudiera aprender inglés.

—Habla inglés perfectamente, a veces con acento escocés.

—Ha tenido tiempo de aprender —dijo Kelly.

Sayed intervino:

—Su padre sabe que es una buena hija.

—Entonces, ¿por qué demonios...? —empecé, pero me contuve.

Kelly arqueó las cejas.

—El padre me dio permiso para hablar con Sadia —dijo Sayed—. Se siente muy desgraciada por lo de su matrimonio concertado.

Respiré hondo.

—Vale —dije—, entonces, ¿qué podemos hacer?

—El padre es un buen hombre. Eso lo tienes que entender.

—Sí, pero...

—Tal vez si hablo con el imam en la mezquita —dijo Sayed—. Lo conozco mucho. Podría pedirle que hablara con el padre.

—Eso estaría bien —dije—. ¿No os parece?

Otra opción sería alquilar un apartamento para Sadia —dijo Kelly, cerrando la carpeta—. Hay fondos para este tipo de situaciones. Tiene casi dieciocho. Puede vivir sola si quiere.

—Todavía es una niña —dije.

Kelly me miró.

—Es una joven muy inteligente. Tú mismo lo has dicho.

—Sí, lo sé. Pero eso es demasiado para que ella...

—Solo estoy exponiendo las posibilidades.

Sayed se frotó la barbilla.

—Déjenme que hable antes con el imam.

Un par de días después de que viera a Rick y a Claire en la terraza trasera de esta, Claire vino a casa a ver la tele. Fuera, en mi patio trasero, un crepúsculo morado coronaba las copas de los árboles. Claire parecía estar de buen humor. Se estiró en el sofá de cuero negro y colocó, despreocupadamente, sus piernas sobre las mías. En la pantalla plana del televisor sonaba el chelo estridente con el que empezaba *Juego de Tronos*. Los barrocos engranajes de ese mundo imaginario parpadeaban por el salón.

—¿Una copa de vino? —le ofrecí, inclinando la botella para servirle.

Claire me detuvo con un gesto de la mano.

—Solo dos dedos —precisó.

Había comprado un valpolicella de los viñedos cercanos a Verona y lo vertí en su copa de tallo largo. Ella dejó la copa en la mesa del sofá y se echó hacia atrás. Le encantaba *Juego de Tronos*.

Pensé hablarle de la carta, pero el episodio ya había comenzado y ella había entrado en trance. Se estiró en el sofá. Yo iba tomando sorbitos de vino, pero me di cuenta de que ella no tocaba el suyo. Al día siguiente trabajaba e incluso antes de que terminara el capítulo vi que se le empezaban a cerrar los ojos.

—¿Suficiente? —pregunté.

—Yo creo que sí. Podemos ver lo que falta otro día.

Recogió las piernas y se incorporó. Se iba a ir sin haber tocado el vino.

La acompañé hasta la puerta y la miré mientras se ponía los zapatos. Se aproximó para despedirse con un abrazo de buenas noches y fue entonces cuando lo sentí. Tenía la tripa dura como un puño y fue entonces cuando lo supe.

Estaba embarazada —Claire estaba embarazada— y estaba claro que yo no era el padre.

Cerré la puerta tras ella, volví arriba y me bebí su copa de vino. Sentí que estaba cayendo en un ascensor al que alguien había cortado los cables y no había nada que pudiera hacer para detenerlo.

Aproximadamente una hora más tarde le envié un mensaje de texto. Me temblaban las manos. «Puede que me esté volviendo loco», escribí, «pero te lo tengo que preguntar: ¿estás embarazada?». Me detuve un momento y luego añadí: «¿Es de Rick?» Rick, el de las reformas. No se me ocurría ningún otro. Claire pasaba la mayor parte del tiempo conmigo.

Ella contestó de inmediato: «No y NO», escribió. Usó mayúsculas. Y, por un momento, respiré muy aliviado.

Al poco rato, mandó otro mensaje: «¿Paseo mañana?».

«Vale», contesté. «¿Qué tal por la mañana?».

Claire y yo habíamos paseado cientos de veces a lo largo de los años, pero nunca iba a haber un paseo como aquel. Llegó muy pensativa y, acabando de llegar al río, habiendo caminado solo unos metros, me lo dijo:

—Vale. Esto es lo que hay: estoy embarazada. No quería decírtelo con un mensaje de texto.

Se me cortó la respiración.

—Sabías que había ido a hacerme pruebas. Te lo dije.

Me lo había dicho. Que tenía citas con médicos para algo totalmente distinto. Esperé. No me miraba a los ojos. Tenía la vista dirigida al frente.

—Fui a hacerme las pruebas —dijo—, pero salí con un resultado inesperado.

Casi ni oí lo que dijo después. Mi mundo había cambiado para siempre después de aquello. Caminamos casi hasta el centro urbano y volvimos, unas tres horas. En un momento dado, le pregunté:

—Es de Rick, ¿verdad? Él es el padre.

—¡No! —dijo ella—. El padre no pinta nada.

—Entonces... ¿quién?

—¿Eso importa?

—Por supuesto que importa, joder.

—Lo siento —dijo.

—Por Dios, Claire. Estoy aquí —le dije—. Siempre he estado aquí, a tu lado. Durante años.

Ella estaba al borde de las lágrimas.

—Te quiero —le dije—. ¿Por qué tú nunca...?

—No quería estropearlo todo. No quería perderte. Dijiste que no querías niños.

—Yo no dije eso. Dije que no me había sucedido.

Seguimos caminando y ella lloraba en silencio.

—Perdona si te he hecho daño —dijo Claire, al cabo de un rato.

Me miró con sus grandes ojos verdes.

—Por favor —me dijo—. Eres mi mejor amigo. No sé qué haría sin ti. Especialmente ahora.

«En la hermosa Verona, donde transcurre nuestra historia». Gracias a la elección de Shakespeare de situar aquí su famosa historia de desventuras, esta pequeña ciudad italiana se ha convertido en la capital mundial del romance, de la fatalidad y del amor verdadero. (© strenghtofframeITA / Shutterstock, Inc.)

Fachada de la casa de Julieta. La edificación tiene setecientos años y perteneció a la familia Capelli, llamada Capuleto por Shakespeare en *Romeo y Julieta*. (© Glenn Dixon)

Buzón de Julieta en el patio de su casa. (© Glenn Dixon)

El balcón de Julieta, en realidad un sarcófago romano incorporado a la casa a finales de los años treinta del pasado siglo. (© Glenn Dixon)

La estatua de Julieta, con el pecho derecho pulido y brillante por el tacto de sus miles de admiradores. (© Desiree Bilon)

Los muros de la casa de Julieta, cubiertos por los mensajes de los fieles. (© Glenn Dixon)

Sobre el antiguo techo del piso alto de la casa de Julieta hay estrellas pintadas que simbolizan a los amantes marcados por la mala estrella. (© Jane Baker / The Guardian)

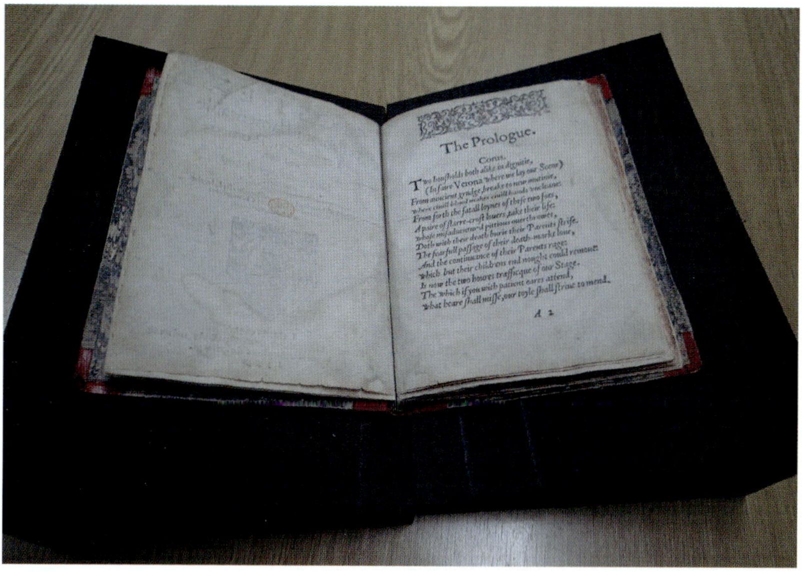

Ejemplar de *Romeo y Julieta* de 1599. Editado en vida de Shakespeare, solo unos años después de que lo escribiera. Está custodiado habitualmente en la British Library en Londres. (© Glenn Dixon)

La cripta y el sarcófago donde se dice que estuvo sepultada Julieta. (© Desiree Bilon)

Solo algunas de las muchas cartas que se desperdigaban por mi mesa mientras trabajé como secretario de Julieta. (© Glenn Dixon)

Los rojos ladrillos de Castelvecchio, o viejo castillo, con su puente fortificado. (© Desiree Bilon)

El estrado donde leímos nuestras cartas en la celebración del cumpleaños de Julieta. Detrás está la bella escalera que sube a la torre de Lamberti. (© Glenn Dixon)

Giovanna y su padre, Giulio, en la celebración del cumpleaños de Julieta. (© Glenn Dixon)

Desiree y yo junto a una de las hermosas (y típicas) puertas de hierro forjado donde no podía faltar una bicicleta apoyada. (© Glenn Dixon)

Estaba totalmente desolada, así que la rodeé con el brazo. Por mal que lo estuviera pasando yo, ella lo estaba pasando mucho peor. Era consciente de eso, incluso en aquel momento. El hecho era, sencillamente, que ella iba a tener un bebé.

En esa situación, yo podría haber dado un paso al frente. Haber dicho que no importaba quién fuera el padre biológico, que estábamos destinados a acabar juntos. Aquel era el momento de salvarla de su desgracia.

Solo que la vida no es tan sencilla. Voy a intentar ser tan sincero como sea posible respecto a esto. Tal vez podría haberme convertido en una especie de padre sustituto, pero ya no soy tan joven, y ese niño no era mío. Lo que es más, ella nunca me pidió nada de eso; aunque no es que yo esperara que lo hiciera, ni que ella sintiera que tenía derecho a hacerlo. Y existía, además, ese problema insoslayable: que, probablemente, ella nunca me vería como su amante, como su pareja. Todo eso me hizo dudar hasta que, como suele ocurrir, ya era tarde.

Después de dejar a Claire, seguí caminando hasta llegar a casa, subí las escaleras y vi el libro de gramática italiana en mi despacho. Todavía tenía esa maldita carta de Julieta guardada entre sus páginas. Ya no servía de nada, evidentemente. En la cubierta del libro había un arlequín tocando un laúd. En Italia, ese personaje es conocido como Pulcinella, una marioneta cruel que lleva una máscara veneciana con la nariz de pico y una especie de capirote negro medio caído. Me resultaba muy inquietante.

Y se burlaba de mí como lo hacía el propio Destino.

—«*¡Rómpete, corazón mío!*».

Las luces fluorescentes de la clase zumbaban sobre mi cabeza.

—Eso lo dice Julieta —expliqué—. En la escena segunda del tercer acto.

Treinta pares de ojos me miraban.

—Fue Shakespeare el primero que lo dijo. Él se inventó esa expresión.

Andy frunció el ceño.

—Pero la gente ya se enamoraba antes de Shakespeare, ¿no?

—Claro que sí.

—¿Julieta tiene el corazón roto? —seguía preguntando Andy con cara de estar muy concentrado.

—Sí. Está...

—Pero Romeo la sigue queriendo, ¿verdad?

—Sí, por supuesto.

—Entonces, ¿la va a dejar?

—No, no. Acaba de matar al primo de Julieta. Es un «pequeño» problema.

Hubo movimientos afirmativos de cabeza entre los alumnos. Hasta ahí lo entendían, por lo menos.

—Hoy quiero hablaros —dije— del monólogo de Julieta.

—¿Monólogo? —preguntó Devin.

—Un monólogo es cuando un personaje revela en voz alta sus pensamientos y sentimientos ante la audiencia. Normalmente, en especial con Shakespeare, es el momento para que un actor o una actriz se luzca. Como este. Escuchad:

> *Ven, noche gentil, noche tierna y sombría,*
> *dame a mi Romeo y, cuando yo muera,*
> *córtalo en mil estrellas menudas:*
> *lucirá tan hermoso el firmamento*
> *que el mundo, enamorado de la noche,*
> *dejará de adorar el sol hiriente.*

—¿Qué le pasa a Romeo? ¿Se está muriendo? —preguntó Andy.

Allison, unas cuantas mesas a su derecha, negó con la cabeza con el gesto resignado de quien se siente avergonzada por su novio.

—En cierto modo —dije—, Romeo ya está muerto.

—¿Está destripando el final? —preguntó Devin.

—Vosotros ya sabéis que los dos mueren, así que no, no lo estoy destripando.

Solo Minh pareció quedarse descolocado ante aquella revelación.

—Desde el principio mismo —dije—, los destinos de Romeo y Julieta estaban sellados. Era inevitable.

Allison negó con la cabeza, entristecida.

—No —dije.

Unos cuantos levantaron la mirada.

—No —dije otra vez, en un tono, quizás, demasiado alto.

—El destino —seguí—, es solo una ilusión.

Andy echó una mirada a su libro.

—Señor Dixon —dijo—, ¿dónde pone eso?

—No está en la obra —me lancé—. Os lo digo yo. Os digo que la vida real no es un cuento de hadas.

—Pero...

—Las cosas no están predeterminadas. La vida es caótica. Todo parece ir bien y, de repente, ¡bum! Las consecuencias de un millón de decisiones estúpidas colisionan y te revientan el corazón.

Mis alumnos se quedaron helados. ¿Quién era esa persona que tenían delante?

—Bueno —dije—. Suficiente por hoy. Tenéis tiempo libre hasta que suene la campana.

Cuando lo hizo se escurrieron por la puerta, sin que nadie se atreviera a mirarme a los ojos. Pero, justo a última hora, Marc apareció en la puerta.

—¿Señor Dixon? —dijo.

Levanté la vista de los exámenes que estaba corrigiendo.

—Solo vine para darle las gracias.

Marc era el chico duro. Algunos de los profesores ya lo habían etiquetado como «matón». Algunas veces olía a marihuana.

—Darme las gracias, ¿por qué?

—Por dejarme formar parte de su clase de Lengua.

—Estás en mi clase —dije.

Se quedó callado un momento y luego añadió:

—Usted sabe lo que quiero decir.

Miré con más atención a ese muchacho con los pantalones caídos y unos ojos muy abiertos y vulnerables.

—Bueno —le dije—. No hay de qué. Siempre serás bienvenido.

Se quedó remoloneando un poco más, junto a la puerta.

—Y, quería preguntarle...

—¿Sí?

—¿Le va todo bien, profesor?

—¿A mí? Eh..., sí, todo bien.

—Porque no parece el mismo últimamente.

Tenía razón, claro, pero no tenía ni idea de que fuera tan evidente.

Marc se encogió de hombros como si se arrepintiera de haberme preguntado eso.

—Vale, pues muy bien —dijo—. Tengo que coger el autobús.

—De acuerdo —le dije—. Gracias por pasarte.

Permaneció un momento más junto a la puerta, el chico duro, y supe que lo entendía.

6

¿Tan pronto te marchas?

Fuera de las estrechas ventanas del aula, empezaban a aparecer las primeras gotas de savia en los álamos. Delgados brotes verdes comenzaban a salir de los capullos. Los estudiantes traían barro de los campos de deportes, empapados por el deshielo, y el sol brillaba alto en un cielo tan azul como un huevo de petirrojo.

En la obra, habíamos llegado al momento más importante. Habíamos llegado a la escena que, para mí, es mucho más conmovedora que la del balcón. Los enamorados están en el dormitorio de Julieta. Romeo yace junto a ella y justo en ese momento el canto de una alondra se cuela por la ventana. Han estado juntos toda la noche, pero empieza a amanecer y Romeo sabe que tiene que huir de la ciudad antes de que salga el sol o su vida correrá peligro. Estos son los últimos momentos de los amantes. Solo que ellos todavía no lo saben.

Mira, amor, esas rayas hostiles
que apartan las nubes allá, hacia el oriente.
Se apagaron las luces de la noche y el alegre día
despunta en las cimas brumosas.

Leí los versos en voz alta para mis alumnos.

—¿Lo habéis entendido todo?

—Las luces de la noche son las estrellas —dijo Devin.

—Correcto —dije—. Las estrellas se apagan. Llega la aurora.

Andy levantó la mano.

—Si las estrellas se apagan —dijo—, ¿quiere eso decir que Romeo ya no cree en el destino?

Lo pensé un momento.

—Puede ser.

Dos filas más allá, Allison lo miró fugazmente. Creo que habían estado hablando de eso, tal vez cuando comentaban mi estallido del día anterior.

—«*¿Crees que volveremos a vernos?*» —continué—. Esto lo dice Julieta y no hay verso más triste en toda la obra; porque no será así. Nunca volverán a estar juntos otra vez, al menos no con vida.

El reloj de la pared hizo tic.

—Andy —dije—, ¿quieres leer la respuesta de Romeo?

Andy se removió en su asiento y luego leyó con voz clara:

Sin duda, y recordaremos todas nuestras penas
en gratos coloquios de años venideros.

Andy me buscó la mirada para comprobar si había pronunciado todo correctamente. Asentí con la cabeza.

—Romeo dice que algún día, en un futuro lejano, serán capaces de bromear sobre todo eso.

—Solo que no lo harán —dijo Devin, con aire lúgubre.

—No —dije—. No lo harán. Todo ha terminado para ellos. Todo.

Claire desapareció durante un par de semanas. Estuvo en una cabaña que tenía su familia, en medio de un bosque. Necesitaba escapar durante un tiempo. La recuerdo negando con la cabeza ante la contemplación de todo lo que estaba pasando.

—Es real —decía—. Es real.

La carta de Julieta estaba olvidada. La idea de llevar a Claire a Italia estaba muerta y enterrada. Los días se hacían más largos y los atardeceres más cálidos. Florecía el azafrán y crecía el río. Claire y yo intercambiábamos mensajes de texto, amabilidades absurdas, pero yo no sabía realmente qué iba a pasar a continuación.

Algunas veces, en Shakespeare, te tropiezas con un verso, un fragmento de diálogo, que te habla directamente a ti, unas palabras que atraviesan los siglos y estremecen tu corazón. *¿Cómo estás, alma mía?*, dice Romeo. *Hablemos.*

—Muy bien —dije—. ¿Dónde estábamos?

—Jo, señor Dixon —dijo Devin—. Romeo acaba de salir por la ventana.

—Vale, entonces entra la madre de Julieta y le dice que tiene que casarse inmediatamente.

Devin y Andy se sobresaltaron. Allison levantó la mano.

—Pero Julieta se acaba de casar —dijo—. Con Romeo.

—Ese es el problema. Que nadie lo sabe. Y su padre le ha concertado un matrimonio, un matrimonio que ella claramente no desea.

El sitio de Sadia, en primera fila, seguía vacío. Y gracias a Dios. Me habría preocupado hablar de esta escena con ella delante.

—Las cosas empeoran —dije—. Cuando el padre de Julieta irrumpe en la habitación se vuelve completamente loco porque Julieta se niega a casarse. Y la agrede.

—Eso no mola —murmuró Devin.

—No mola nada —corroboré, antes de leer lo que dice el padre—: «*Ahórcate, mendiga, hambrea, muérete en la calle, pues, por mi alma, no pienso reconocerte*».

—¿La dejaría morirse de hambre en la calle? —preguntó Andy.

—Sí. Al menos, eso es lo que dice.

—Pero si es su hija —dijo Allison.

—Lo sé. Está a punto de golpear a la pobre Julieta —continué—. Ella está llorando, pero su madre y su ama se interponen para proteger a Julieta del señor Capuleto.

—Hala —dijo Devin—. Qué desastre.

—Sí, lo es. Al final, el padre sale furioso de la habitación y Julieta se desploma en el suelo, desconsolada.

En el aula reinaba un clima de consternación.

—Yo creo que ya es suficiente por hoy —dije—. ¿Qué tal si vemos un trozo de la película?

Allison asintió.

—Buena idea.

Al terminar las clases, volví a hablar con Sayed, el mediador intercultural.

—He tenido otra conversación con el padre —dijo.

Su voz me llegaba por el auricular del teléfono del aula.

—Lo siento —continuó—, pero insiste en que él le ha buscado un buen marido a Sadia.

—¿Ella está bien? Ya se ha perdido muchas clases.

—Está muy afectada.

—Entonces, ¿qué hacemos?

—Tienes que entender que esto es muy difícil para todos.

—¿Hablaste con el imam?

—Sí. El también intentó razonar con el padre de Sadia, pero el hombre no da su brazo a torcer.

—¿Crees que puede ser peligroso, el padre?

—¿Peligroso? No, no. No es como en las películas. Es un buen hombre. Es muy tradicional y está intentando hacer lo que cree que es mejor para su hija.

—Pues no lo está haciendo.

—Tal vez no seamos nosotros los que tengamos que decidir.

—La que tiene que decidir es Sadia —dije—. ¿No?

—Sí, con eso estoy de acuerdo.

—Entonces, ¿vas a llamar a Kelly?

Se produjo un silencio en la línea durante unos largos pocos segundos.

—Sí —dijo—. Quizás sea el momento de conseguirle un piso a Sadia; si eso es lo que ella quiere.

A finales de semana, Sadia se había mudado. Kelly lo organizó todo. El director del colegio intervino en el asunto y lo mismo hizo el imam. Yo di un paso atrás. El piso de Sadia se amuebló con ollas, sartenes, sábanas y una televisión «extraídos» de las casas de varios profesores. Tenía todo lo que necesitaba para ser independiente.

Lo que pasa es que Sadia aguantó exactamente dos noches en ese piso. Estuvo llorando todo el tiempo. Echaba de menos a su familia, incluido a su padre. Sayed me llamó el lunes por la mañana —antes de que empezaran las clases— para contármelo todo. Para entonces, Sadia ya había hecho las maletas y vuelto a casa.

Eso no era lo que se suponía que tenía que pasar. Pensábamos que estábamos salvando a Sadia de un matrimonio que ella no quería. Ella misma nos había rogado que lo hiciéramos. La verdad es que yo no lo entendía.

Al teléfono, Sayed esperó a que yo lo digiriera todo.

—Hay otra cosa —dijo, con voz tranquila, al otro lado de la línea—. El padre ha decidido cancelar el matrimonio.

—¿Qué? —dije—. Eso..., eso es estupendo.

Eran las ocho en punto. Mis alumnos estarían entrando en clase en quince minutos.

—¿Qué ha pasado? ¿Por qué ese cambio?

—Yo creo que el padre se dio cuenta de que realmente iba a perder su hija y que así no podría vivir. Así que —continuó—, en el futuro, Sadia participará en cualquier decisión que tenga que ver con su disponibilidad para el matrimonio.

—Muy bien —dije—. Fantástico.

—Creo que Sadia quiere ir a la universidad —dijo Sayed.

—Está claro —confirmé—. Es una de mis mejores alumnas.

—Son una familia muy unida, sabes, una familia muy unida. Y el padre acepta el deseo de su hija de hacer una carrera.

—Estupendo —dije—. Son muy buenas noticias.

—Sí. Como dije, su padre es un buen hombre y ha conseguido entender que es la decisión más sabia.

A pesar de lo mucho que nos sorprendió a todos ese giro de los acontecimientos, los estudios sobre el amor podrían haber predicho este final. Uno de los conceptos más estudiados en psicología es algo llamado «la teoría del apego». Se remonta a un tal John Bowlby, que, en 1969, tuvo algunas nuevas ideas sobre el comportamiento humano. Rechazó el análisis freudiano y el condicionamiento pavloviano y sostuvo que estamos literalmente diseñados para necesitar el contacto humano. No solo para desearlo, sino para necesitarlo físicamente.

Los niños necesitan las caricias y achuchones de sus madres tanto como el alimento o un hogar. Y separarse de ellas es como una pequeña muerte. En las relaciones entre adultos las cosas no son tan distintas. Haremos esfuerzos extraordinarios para evitar la pérdida del amor; de todo tipo de amores.

La separación se desarrolla en dos fases. La primera fase es la negación. Un bebé expresará su disgusto llorando, pero a un adulto le puede dar por beber o por otras conductas autodestructivas. La segunda fase es peor. Es un estado de pura desesperación, más potente y más duradero que casi cualquier otra emoción humana. Evidentemente, existe un proceso neuroquímico detrás de esto —llamado factor liberador de corticotropina, o CRF— y sí, es la misma sustancia paralizante que ataca a los yonquis cuando sufren el síndrome de abstinencia.

Es muy posible que ese pueda ser el problema fundamental del amor. La aversión a la pérdida es, en realidad, más fuerte —mucho más fuerte— que las recompensas que obtenemos cuando las cosas van bien. Estamos, como he dicho antes, diseñados de esa manera. Es un borbotón de sustancias neuroquímicas contra las que casi no podemos defendernos. Sencillamente nos arrollan.

Sadia volvió a clase al día siguiente, pero sus ojos todavía estaban enrojecidos. Sabiéndose observada, se dirigió hacia su mesa, en la primera fila, sin pronunciar palabra.

Esperé un momento a que el resto de los alumnos se sentara. Intenté captar su mirada, para darle una bienvenida silenciosa, pero estaba claro que no quería sentirse señalada. Solo quería volver a ser normal.

—Muy bien —empecé, abriendo mi libro—. Romeo ha huido. Se esconde en la cercana ciudad de Mantua.

—¿Y Julieta? —preguntó Allison—. ¿Qué pasa con Julieta?

Volví a echarle una mirada a Sadia. No levantaba la vista del libro, pero estaba escuchando.

—Julieta —dije— va a ver a Fray Lorenzo.

Dudé apenas un segundo.

—Le dice que se suicidará si no la ayuda.

—¿Y la ayuda? —preguntó Allison.

—Sí, o al menos lo intenta. Pero escuchad esto —continué—: Fray Lorenzo le dice que debería suicidarse.

—Buena idea —masculló Sadia.

—Hala. ¿Qué mosca te ha picado? —preguntó Devin.

Sadia se giró hacia él.

—¿Que qué mosca me ha picado?

—Vale, vale —intervine—. Lo que realmente está pasando aquí es que a Fray Lorenzo se le ha ocurrido una idea. Piensa que Julieta debería fingir que muere.

Expliqué que el fraile era un experto en hierbas y plantas y que podía elaborar una poción que la durmiera durante un tiempo, que hiciera parecer que estaba muerta y que luego la dejara despertar, unas cuarenta horas más tarde. Hice una pausa para ver si había preguntas, pero no hubo ninguna.

—Así que el plan es el siguiente: Julieta fingirá que se suicida. Fray Lorenzo le enviará una carta a Romeo en la que le explicará el plan y luego, cuando ella despierte, Romeo estará ahí y podrán huir juntos. Nadie lo sabrá nunca.

—Hasta que vuelvan a abrir la tumba —dijo Devin.

—Claro —dije—. Pero para eso pueden pasar meses o, incluso, años.

Hice una pausa y proseguí:

—Solo hay un pequeño problema.

Fue Minh, el callado y pequeño Minh, quien levantó la mano.

—¿Minh? —dije—. ¿Quieres decir algo?

—Mala estrella —dijo—. Tienen mala estrella.

—Exacto —corroboré—. Nada puede impedir lo que va a pasar a continuación.

Claire me envió un mensaje de texto para decirme que volvía al día siguiente. Pero eso no tenía sentido. Estaba bastante seguro de que ya estaba en casa. No pude evitar darme cuenta de que había luces encendidas en su casa y una *pick-up* aparcada en la entrada de coches.

La mañana siguiente la llamé por teléfono.

—Hola —le dije—. Bienvenida a casa.

—Gracias.

—Mmm, ¿estás todavía con las reformas?

No podía sacarme de la cabeza esa *pick-up* aparcada en la entrada de su casa. Era evidente a quién pertenecía.

—¿Reformas? No, Rick solo se ha pasado para saludar.

—Venga, Claire —dije—, ¿qué está pasando?

—Vale —dijo, y suspiró—. Voy para allá. Tenemos que hablar.

Apareció un rato después, dando la vuelta para entrar por la puerta de malla metálica de mi patio trasero. En su rostro se percibía la tensión. Entramos y nos sentamos en el sofá de cuero negro.

—Sabes casi todo —me dijo—. Pero hay una cosa más.

En mi cara se congeló una sonrisa.

—Rick *es* el padre.

Aunque ya lo sabía, oír cómo me lo confirmaba fue devastador. Estaba enfadado. Había sido engañado; dos veces.

—¿Y ahora se muda a tu casa y viviréis juntos? ¿Es eso?

No respondía.

—Me has mentido.

Rehuía mi mirada. En el exterior se oía el estruendo lejano de un tren.

—Vino un día —dijo.

—¿Sí?

—Había venido a arreglar no sé qué cosa; el grifo del agua caliente, creo...

—¿Y...?

—Yo había dejado las ecografías en la mesa de la cocina.

Entonces levantó la vista y me miró a los ojos. Sus ojos estaban bañados en lágrimas.

—Él vio las imágenes y lo supo.

Dejé escapar un único gemido de dolor. No pude evitarlo. Sentí como si estuviera bajo el agua, que algo pesado me oprimía el pecho y me aplastaba.

Con voz muy suave me recordó:

—Te lo dije: uno no decide de quién se enamora.

Intenté decir otra vez que yo había estado a su lado todo ese tiempo, todos esos años, que la había querido, que eso debería importar algo. Pero no lo hice. Levanté las manos en señal de impotencia y luego las dejé caer sobre las piernas.

Claire se acomodó en el sofá y se puso la mano en la tripa.

—Va a ser un niño —dijo.

Yo me encogí, poniendo los codos sobre las rodillas y haciendo un triángulo con las manos alrededor de la boca.

—No puedo con esto.

—Hasta ahora habías llevado bien lo de mi embarazo.

Podía ver cómo empezaba a construir su argumentación. Eso siempre se le había dado bien.

—Tú dijiste que el padre no pintaba nada.

—En ese momento no lo hacía.

—Te pregunté directamente si era él. Y mentiste.

—Intentaba protegerlo. Él ni siquiera lo sabía.

—¿Y ahora se va a vivir contigo?

—No puedo hacer esto sola, Glenn.

—No —dije.

Sentía como si alguien me estuviera golpeando en la mandíbula con un martillo de bola.

—Tiene que haber otro modo. Por favor, te lo pido. No lo hagas así.

—¿Qué otra cosa puedo hacer?

Su cara estaba contraída por la ansiedad. Yo sabía que no tenía muchas opciones y que eso era muy duro para ella, que era demoledor; pero no podía soportar la idea de que vivieran juntos y tan cerca de mí. Simplemente no podía soportarlo.

—Claire, yo te quería... —empecé otra vez, pero era inútil—. Y ahora —susurré— te he perdido. Te he perdido y eso me mata.

Cuando, después de aquello, ella se fue, creo que los dos supimos que era para siempre. Ya nunca volvería a ser lo mismo. La abracé en la puerta. De hecho, nos quedamos un rato abrazados. Puse mi mano en su nuca, sentí su rostro refugiado en mi pecho. Nunca olvidaré la expresión de su cara cuando se apartó. Era la de una persona torturada y derrotada. Y luego se acabó. Salió por la puerta y de mi vida para siempre.

Devin entró en el aula dando un portazo.

—¿Qué viene ahora? —urgió.

Allison había abierto el libro. Andy todavía se estaba colocando en su sitio. Sadia estaba tranquila y pensativa.

—Se suponía que Fray Lorenzo —dije— iba a enviarle una carta a Romeo. Se suponía que en ella le iba a explicar cuál era el plan. Pero esa carta nunca llegó a su destinatario.

Pasé unas cuantas páginas.

En el exterior, al otro lado de las ventanas, los árboles empezaban a reverdecer.

—Lo que pasa —dije— es que todo dependía de esa carta. Todo. Y ahora, en fin, ahora las cosas son...

Me falló la voz.

—¿Señor Dixon? —preguntó Sadia—. ¿Se siente bien?

Paseé la mirada por las filas de caras expectantes.

—Es solo que... —conseguí decir—, todo ha terminado para ellos. Ha terminado.

—¿Señor Dixon? —volvió a preguntar Sadia con los ojos muy abiertos.

Le eché un vistazo al reloj. Teníamos bastante tiempo y quería terminar esa escena.

—Y ahora —dije—, Romeo pronuncia unas de las palabras más importantes de la obra.

—Usted siempre dice eso —objetó Devin.

—«*¿Es verdad...?*» —comencé—. Me sabía esos versos de memoria. Devin hizo una mueca, pero estaba escuchando. Yo elevé la voz y, superando mi desánimo, pronuncié la gran frase:

Entonces yo os desafío, estrellas.

—¿Estrellas? —dijo Andy.

—Sí. ¿Entendéis lo que eso significa, «desafiar a las estrellas»?

La voz de Sadia no era muy potente, pero había un silencio sepulcral en el aula.

—Romeo ya está harto —dijo—. Va a luchar contra su destino.

Esa tarde, después del colegio, saqué la carta de Julieta del libro de gramática de Desiree. No había estado comiendo ni durmiendo bien. Durante aquellos últimos días había sido como un espectro y, al tener la carta en las manos, pensé en tirarla a la basura o, incluso, en quemarla.

El libro de Desiree había quedado abierto en una página en la que había un mapa de Italia. En fin, no quiero decir que eso fuera una señal, exactamente. No creo en ese tipo de cosas. Pero ahí estaba, en el mapa, Verona, la ciudad de Romeo y Julieta, rodeada dos veces por un círculo de tinta azul.

Desiree estaba de vuelta en Canadá. Pasaba los meses de invierno en México, pero ahora estaba en la ciudad y ya le había enviado un correo electrónico para ver si se iba a pasar a recoger el dichoso libro. No había sabido nada de ella todavía.

Yo tenía que escapar. Me estaba cayendo a trozos. Pensaba irme en cuanto pudiera. Rick se había mudado a casa de Claire y aquello me resultaba insoportable. Pero, ¿a dónde podía ir?

Volví a pensar en las cartas a Julieta, en mi viaje a Verona el verano anterior. Sabía que no había aprendido nada, realmente, sobre el amor. Todos esos corazones rotos y había acabado así. Tal vez, pensé, tal vez debería volver e intentarlo de nuevo. Maldita sea, tal vez no había terminado con Julieta todavía.

Pedí cita con el director del colegio, el señor Tuff. Todo el mundo tomaba sus precauciones con el señor Tuff. Todos los profesores imaginaban que podían acabar enseñando Economía del Hogar o algo así si cometían un error. Pero yo no le tenía miedo. Tenía miedo de lo que estaba a punto de hacer. Estaba a punto de dejar la enseñanza.

Bueno, tenía el compromiso de acabar el curso; así me mantendría ocupado hasta finales de junio, pero después me iría. Había oído que la llamaban la «terapia geográfica»: huir para escapar del dolor, se supone que tan lejos como se pueda. No era tan dramático como fingir mi muerte; pero, en realidad, tampoco era tan distinto.

Me senté al lado de Tina, la secretaria del director, en la oficina principal. A lo largo de la mampara de cristal de la oficina había una fila de sillas a las que llamábamos las Sillas de la Vergüenza. Estaban reservadas para aquellos chicos a los que los profesores ya no podían controlar. Aquellos a los que se enviaba a ver al director.

Yo estaba desmadejado sobre la silla. Tina me acercó el recipiente de los caramelos.

—Parece que necesitas tomar unos cuantos —dijo.

Cogí uno de canela y justo empezaba a masticarlo cuando la puerta del despacho del señor Tuff se abrió con un chirrido. Me invitó a que me sentara en un rincón, en el que había colocado un tapete y una mesa redonda de formica con un par de sillas azules. Era como si supiera que nuestra reunión iba a necesitar un toque más informal. Se había desabrochado el cuello de la camisa y aflojado un poco el nudo de la corbata. Suspiró, cerró la puerta tras de mí y me acompañó hasta la mesa.

—¿Cuánto tiempo llevas dando clase, Glenn? —me preguntó.

—Veintiún años.

Se sentó en la otra silla.

—Yo, treinta y siete.

—Treinta y siete. Vaya.

El señor Tuff miró su estantería, llena de libros, como si estuviera recordando todos esos treinta y siete años.

—¿Sientes que ya has cumplido con tu deber, Glenn?

Así que lo sabía. Ni siquiera tuve que verbalizarlo.

—No es por los chicos —dije—. Son estupendos. Igual que los demás profesores.

—¿Entonces?

—Es algo personal.

—No tienes por qué contármelo.

Se inclinó un poco hacia adelante, entrelazando los dedos.

—¿Vas a estar bien?

—Económicamente, sí. Pero, simplemente, es que ya no tengo la energía necesaria para dar clase.

—Tienes dos meses de vacaciones a la vuelta de la esquina.

—No es eso. Se trata, simplemente, de que...

—Necesitas hacer grandes cambios en tu vida.

—Exactamente.

Ya me había cargado por completo el discurso que me había preparado, pero me pareció que le debía una explicación más personal.

—Estoy pensando ir a Italia —me salió.

—¿A Italia? ¿No estuviste ahí el verano pasado?

—Sí. Pero ahora voy a quedarme más tiempo.

—¿Hablas italiano?

—La verdad es que no.

Arrugó la frente. Probablemente pensaba que me estaba equivocando, pero no me lo iba a decir. Se inclinó hacia atrás y cogió un impreso de la estantería que había junto a su mesa.

—Este es el formulario —dijo—. Solo tienes que firmarlo.

Lo empujó hacia mí.

—¿Estás seguro de que esto es lo que quieres hacer?

—¿Me lo puedo llevar y pensármelo durante unos días?

—Claro —dijo.

Volvió a entrelazar los dedos y añadió:

—Por mi experiencia, la gente no suele arrepentirse de hacer grandes cambios. Cuando uno decide que ha tenido bastante..., probablemente sea porque es así.

El sol calentaba el entarimado de mi terraza trasera y ahí es donde yo estaba sentado cuando se presentó Desiree a recoger su libro de gramática. Entró de repente, alta y elegante. Había sido bailarina. Tenía el pelo largo, color castaño claro con mechas doradas.

Seguramente no oí el timbre de la puerta, porque tuvo que rodear la casa para encontrarme en la parte de atrás, postrado en una silla de jardín. Captó de inmediato mi estado de ánimo y, sin decir palabra, se acomodó en una silla, a mi lado.

—¿Cómo te las arreglaste con el italiano? —preguntó.

Desiree era la única persona que yo conocía que hablaba italiano con fluidez. El libro estaba sobre la pequeña mesa de terraza que tenía detrás de mí.

—No muy bien.

—¿Algún problema?

No le había hablado a mucha gente de Claire y del súbito giro de los acontecimientos. Me sentía totalmente derrotado por ello.

—Siento que hayas tenido que venir —dije—. Te iba a devolver el libro, pero creo que es posible que vuelva a Italia.

—Entonces quédatelo. No hay problema.

—He medio dejado mi trabajo.

—Hala. Bueno.

Se inclinó hacia delante y preguntó:

—¿Qué está pasando?

—Es una larga historia.

Sabía que tenía que contárselo a alguien, a alguien que no supiera nada de la situación.

—Tengo tiempo.

—Vale —dije—. Es esta chica... Estuve enamorado de ella durante mucho, mucho, tiempo y, bueno, al final todo ha salido fatal.

—Oh —dijo Desiree—. Cuánto lo siento.

Ladeó la cabeza y reprimió una sonrisa.

—¿Qué? —le pregunté.

—Perdona, pero es que pensaba que eras gay.

—¿Qué?

—Te vistes bien, eres agradable e inteligente. Y no estás todavía pillado.

—¿Y eso me hace gay?

—Solo di por hecho que... No sé.

—No soy gay.

—Bueno, vale. Está bien saberlo.

Sonrió otra vez y, de alguna manera, aquello rompió el hielo.

Durante la hora siguiente, le conté todo a Desiree. Ella me escuchó en silencio hasta el final. Le conté cómo Claire se había mudado a una casa cercana a la mía. Le conté lo de Rick.

—No me lo puedo creer —dijo—. Es el colmo.

—Sí.

—Alucinante.

Nos quedamos callados durante unos segundos. De pronto, me dio por preguntarle:

—¿Fuiste alguna vez a Verona cuando vivías en Italia?

—Creo que sí —contestó—. La verdad es que gran parte de aquello ahora se mezcla en mi memoria. Viví en un montón de lugares distintos en Italia.

—¿Cuándo fue la última vez que estuviste ahí?

—Hará unos diez años.

Se quedó mirando el suelo de la terraza.

—¿No tienes ganas de volver?

—Claro que sí —me miró a los ojos—. Pero no puedo.

—¿Por qué no?

—Me fui de Italia —dijo— por un tío.

Dios mío, pensé. Todo el mundo tiene una historia.

Desiree entrelazó las manos tras la nuca y se echó hacia atrás en su silla.

—Se llama Rafael. Estuvimos juntos cinco años. La relación más larga que he tenido. Creíamos que éramos distintos a otras parejas. Creíamos que las reglas no iban con nosotros. Pensábamos que estábamos seguros.

—¿Seguros? ¿Qué quieres decir?

—En Italia —dijo— la gente es muy supersticiosa. Existe una superstición sobre barrerse los pies con una escoba.

—¿Una escoba?

—Significa que nunca te casarás. Así que Rafael y yo solíamos barrernos los pies a propósito.

Sonreí disimuladamente.

—Sí, en fin, está claro que no funcionó. Al final, nos casamos.

—Espera, ¿estás casada?

—Lo estuve. Pero ya no lo estoy. Eso fue hace mucho tiempo.

Desiree miró a lo lejos, por encima del prado que descendía desde mi terraza.

—No es lo que estás pensando —dijo—. Desde que era adolescente, siempre había querido vivir en Italia. No solo hablar italiano. Quería *ser* italiana... ¿Sabes a lo que me refiero? Quería vivir ahí para siempre.

—Sí.

—Necesitaba los papeles matrimoniales para conseguir un visado y poder quedarme. Le rogué que se casara conmigo para no tener que irme. Fue una estupidez.

Suspiró.

—Antes de casarnos estuvimos juntos cuatro años. Yo lo quería, pero cuando nos casamos, bueno, las cosas cambiaron y, antes de que acabara el año, rompimos. Ese fue nuestro final. Me fui de Italia y desde entonces no he vuelto.

Sobre los árboles, el intenso azul del cielo había palidecido hasta convertirse en un suave y blanquecino color pastel. En el este, la luna creciente, tan lívida como una cicatriz, colgaba sobre los techos de las casas.

—Tal vez deberías venirte a Verona conmigo —dije—. Tal vez podrías contestar algunas cartas conmigo, y mejorar tu karma amoroso.

—¿Lo dices en serio...? ¿Karma amoroso?

—Solo es una idea. Quizás puedas escribirle tu misma una carta a Julieta.

Junio es un mes extraño en las aulas. Un largo y mágico verano espera a la mayoría de los estudiantes. Los profesores de gimnasia dan sus clases al aire libre todos los días. Las ventanas de mi clase estaban abiertas y podía oír ahí fuera a los alumnos, corriendo por todas partes, jugando con discos voladores, casi sin vigilancia, como si estuvieran ensayando su libertad. Solo nos quedaban unos días de clases. El calendario de exámenes se puso en el tablón de anuncios, junto a la oficina principal. En los gimnasios se iban colocando largas filas de pupitres.

Justo antes de empezar la clase entraron Andy y Allison. Yo estaba de pie, junto a la puerta, y los había visto acercarse por el pasillo agarrados de la mano. Ella se soltó cuando me vio.

—¿Qué tal, señor Dixon? —dijo Andy, y entró despreocupadamente en el aula.

El resto de mis alumnos también fue entrando. Devin lo hizo, sin prisas, justo antes de que sonara la campana. Sadia ya estaba sentada en su sitio. Abrió el libro y pasó las hojas casi hasta el final.

—Muy bien —dije—. Ya casi llegamos. Solo queda una gran escena más.

—Por fin —dijo Devin.

—Romeo —empecé— va a volver a Verona, en secreto.

Todos habían hundido la cabeza en el libro, menos Sadia que seguía mirándome.

—Para desafiar a las estrellas —dijo, casi en voz baja.

—Eso es —dije—. Vuelve a Verona con veneno para suicidarse. Julieta está a punto de despertar y Romeo ha entrado en el patio de la iglesia. Lorenzo también va de camino hacia ahí; es solo una cuestión de ver quién llega antes.

—Es su destino —dijo Andy.

Parpadeó sin dejar de mirarme y me sonrió.

—Romeo entra en el panteón y dice:

¿Sepulcro? No, salón de luz...
Porque aquí yace Julieta, y su belleza convierte
esta cripta en radiante cámara de audiencias.

—¿Hay una luz dentro?

El bueno de Andy.

—No —le dije—. No hay ninguna luz. Es una metáfora. Julieta es la luz. ¿Recordáis?

Devin me miraba de una manera extraña.

—¿Señor Dixon?

—¿Sí?

—Alguien ha dicho que usted ya no estará aquí el curso que viene.

Todas las cabezas se enderezaron como por la acción de un resorte.

—¿Qué? —exclamó Allison.

—Eso es imposible —dijo Andy.

Sadia tenía los ojos muy abiertos y humedecidos.

—¿Se va?

Compré mi billete para Verona. Tendría que volar toda la noche hasta Londres, desplazarme al aeropuerto de Stansted y coger un vuelo a Milán. Desde ahí, iría en tren hasta Verona. Ya le había enviado un correo electrónico a Giovanna para preguntarle si podía volver y contestar más cartas. No sé por qué me sentía como un niño con ella, como si acabara de romperle un cristal de la cocina con mi pelota de béisbol. Pero por supuesto que dijo que sí, que estaría encantada de contar con más ayuda. Mientras tanto, Desiree me había mandado un correo a mí. Quería saber cuándo me iba a Italia exactamente. «Tan pronto como pueda», le respondí. «En cuanto acabe el curso».

El final se produjo, como suele suceder con los finales, antes de que estuviera verdaderamente preparado para ello. Quedaba solo el último día del semestre. Los alumnos llegaban con las gafas de sol en la cabeza, bermudas y chancletas. Algunas de las chicas llevaban vestidos veraniegos. Yo tenía todas las ventanas abiertas y había empezado a meter mis cosas en cajas.

Mis alumnos se acomodaron en sus sitios, con el resplandor del verano en sus rostros.

—Veamos el final definitivo —dije—. Quinto acto, tercera escena.

Sadia ya tenía el libro abierto. Todos los demás estaban todavía buscándolo.

—Romeo —empecé— ve que Julieta está muerta.

—No está muerta —protestó Allison.

—Lo sé. Solo estoy diciendo que...

—No está muerta —repitió Andy.

—Ya lo sé. Pero Romeo cree que lo está. Ha traído veneno y solo quiere yacer a su lado y morir.

Habló Devin:

—Vaya mierda de plan.

—¡Devin! —lo llamé al orden, mirándolo fijamente.

Me dieron ganas de echarle una buena bronca, pero era el último día.

—Sadia —dije—. ¿Por qué no lees tú lo que dice Romeo?

—¿Lo de Romeo? —contestó—. Pero yo soy chica.

—¿Y qué? —repliqué.

Pero la verdad es que quería oírla hacerlo con su acento escocés por última vez:

> *Ah, aquí me entregaré a la eternidad*
> *y me sacudiré de esta carne fatigada*
> *el yugo de estrellas adversas.*

—Estrellas —dijo Andy, como si hiciera falta señalarlo.

—Sacudirse el yugo significa liberarse de aquello que te aprisiona, romper las cadenas del...

—Destino —se adelantó Sadia.

—Sí, exactamente.

Y volvió a hundir la cabeza en el libro.

—«*Así, con un beso, muero*» —leí, relevando a Sadia.

Levanté la mirada del texto.

—Y eso es lo que hace —dije—. Bebe el veneno y muere.

Mis alumnos permanecieron inmóviles en sus pupitres.

—Y justo una fracción de segundo después, Julieta empieza a moverse, primero la punta de los dedos, luego los párpados.

—¿Romeo muere? —preguntó Andy.

—Sí. Muere. Cae al suelo de piedra, junto a ella. Julieta se despierta y se lo encuentra muerto. Se inclina e intenta besarlo, para ingerir cualquier resto de veneno que haya podido quedar en los labios de él. Quiere morir con Romeo.

Los alumnos estaban como estatuas.

—Se da cuenta de que él tiene una daga.

—Oh, no —susurró Allison, con una voz tan suave como el roce del borrador en la pizarra.

—Y se la clava a sí misma. En el corazón. Y todo eso, solo una fracción de segundo antes de que Fray Lorenzo entre corriendo.

—Pero es demasiado tarde —dijo Devin.

—Están los dos muertos.

Sadia me miró con los ojos llenos de lágrimas.

Leí los últimos versos:

Una paz sombría nos trae la mañana:
no muestra su rostro el dolorido sol.
Pues nunca hubo una historia de mayor desconsuelo
que la que vivieron Julieta y su Romeo.

Dejé que calara, la sensación de final.

—Y sin embargo —dije—, hay una especie de final feliz.

—Sí, claro —gruñó Devin.

Sadia tampoco parecía convencida.

—Todo el mundo lo olvida —dije—. No suele aparecer en las películas; pero hay un final esperanzador.

—Venga, señor Dixon —dijo Devin.

—¿Qué se dice al principio de la obra, al principio del todo? —pregunté.

—Oh no, señor Dixon. No volvamos al principio. Ahora no.

—«*Una pareja de amantes malhadados se quita la vida*» —leí.

Y bajando mucho el tono de voz, continué:

—«*Mas sus desgracias y funestos males enterrarán conflictos heredados*».

Treinta pares de ojos me miraban fijamente, rostros que iba a recordar.

—¿Y eso significa que...? —preguntó Devin.

—Significa que el conflicto ha terminado, el enfrentamiento entre los Capuleto y los Montesco. Ha durado siglos. Y ahora ha terminado. Ese es el asunto. Eso es lo que el destino tenía planeado desde el principio. Había sido algo trágico; pero, al final, tal vez fuera el único modo de que las familias superaran sus absurdas peleas. Había sido la única manera de conseguir la paz.

—El destino se llevó lo que era más importante para las dos familias: sus hijos —dijo Sadia.

—Sí —coincidí—. Y el señor Montesco ofrece erigir una estatua de Julieta.

Recordé la estatua de bronce en el patio de Verona. Hasta entonces no se me había ocurrido pensar en su significado, cómo encaja la estatua con el final esperanzado de la obra.

Devin miró el reloj. Iba a sonar la campana, la última campana de colegio de mi vida.

—Ya es la hora, señor Dixon.

Se puso la mochila sobre las piernas.

—Sí —dije—. Hemos terminado.

Los alumnos no saltaron de sus pupitres como esperaba. En vez de eso, se susurraban algo unos a otros. Un par de ellos me echaron miradas acompañadas de sonrisas traviesas. Entonces, la clase entera, todos a la vez, se pusieron de pie y me rodearon. Yo todavía tenía mi ejemplar de *Romeo y Julieta* en las manos.

—Hala —dije. ¿Qué es esto?

—¡Abrazo de grupo! —gritó alguien.

Y me convirtieron en el relleno de un sándwich humano. Los treinta. No sabía qué decir.

La campana sonó y mis alumnos salieron en estampida por la puerta. Eran tan jóvenes. Apenas comenzando. No tenían una verdadera percepción del final de las cosas. Se amontonaron para salir por la puerta, charlando y empujando, como si al día siguiente por la mañana fueran a estar en clase otra vez, como si siempre fueran a tener esa edad, a permanecer detenidos en una eterna juventud, con el mundo entero por delante.

Cuando ya iba saliendo, Sadia se detuvo y se giró hacia donde yo estaba.

—Gracias, señor Dixon —me dijo.

Y luego ella también se había ido.

Acto tercero

7

Cualquiera que sepa escribir

En Verona llovía. Diluviaba. Con truenos y todo. Llegué una noche oscura y terrible y cogí un taxi hasta la *pensione* que había reservado por internet. No estaba lejos de la estación del tren; de hecho, estaba en un bloque de pisos encajado justo detrás del monasterio franciscano que albergaba la tumba de Julieta.

Un viejo y chirriante ascensor me llevó hasta el tercer piso donde Emiliano, el propietario, me recibió en la puerta. No dijo gran cosa. Me entregó un par de llaves llenas de dientes en un llavero metálico tan grande como una pulsera: una para la puerta de la calle y otra para el piso. Las paredes del recibidor estaban cubiertas con pósters de conciertos de música clásica. En el suelo, junto a un paragüero, había una funda de violín.

—Puede escoger una de las habitaciones en la parte de atrás —dijo Emiliano, haciéndose a un lado para que pudiera pasar.

Había dividido las habitaciones traseras del resto del piso con una puerta plegable.

—Y, por favor, discúlpeme, estoy practicando.

La puerta de su sala de música tenía un cristal impreso, con ondulaciones, y translúcido. Lo vi entrar y cerrarla tras de sí, y luego vi cómo su figura distorsionada se sentaba junto a un arpa. El lomo de madera se curvaba por encima de su cabeza mientras las notas saltarinas iban conformando una pequeña pieza barroca, subiendo y bajando por una escala menor.

Escogí la habitación situada más al fondo y arrastré mi equipaje dentro. Sabía que lo mejor era que me tumbara en la cama, pero estaba todavía totalmente despierto, con los ritmos circadianos bastante alterados tras el largo vuelo. Me senté junto a la ventana de la habitación, que daba a una pequeña callejuela y a una pared de piedra que se estaba cayendo. Justo detrás de ese muro estaba el sepulcro de Julieta.

Vale, pensé. He escapado. ¿Y ahora qué? Ahí estaba, de vuelta en Verona, lejos de mis problemas, pero no me estaba sintiendo liberado exactamente. Estaba solo y perdido en la otra punta del mundo, y quizás había cometido un gran error. Había ido pensando que debería escribir otra carta a Julieta. Algo un poco más contundente. «Querida Julieta: ¿qué coño le acaba de pasar a mi vida?». Consideré algunas otras frases igual de exquisitas, pero sabía que la ira nunca servía de nada.

En su sala de música, cerca de la puerta de entrada, Emiliano seguía tocando. El sonido del arpa me relajaba, ese agradable y delicado tintín de notas bajo el tamborileo de la lluvia en el exterior. Me dirigí hacia el cuarto de baño, cepillo de dientes en mano, justo cuando Emiliano dejaba de tocar. Nos cruzamos en el pasillo

—*Buona sera* —dijo—. ¿No puede dormir?

—*Buona sera* —contesté—. No, la verdad es que no. Además lo estaba oyendo tocar y, bueno..., sonaba tan bien.

—Eh —dijo, encogiéndose de hombros resignadamente—. *Si può sempre migliorare.*

—¿Qué quiere decir?

—Que siempre se puede mejorar.

Sí, pensé, pero ¿cómo?

Al final me acabé quedando dormido y, por la mañana la lluvia había aflojado lo suficiente como para permitirme caminar hasta la oficina antigua, en la Via Galileo Galilei. Las gotas de lluvia caían pesadamente sobre mi paraguas, pero lo peor de la tormenta había pasado. Fui esquivando los charcos sobre los adoquines y luego crucé el puente oscuro, pasadas las vías del tren. Al llegar a la entrada del número 3 cerré el paraguas y lo sacudí. Giovanna estaba detrás del mostrador de entrada con un fajo de papeles en la mano.

—¡Has vuelto! —exclamó, con una espontánea sonrisa.

—Sí, yo...

—Has llegado en buen momento —dijo, saliendo de detrás del mostrador—. Ha habido algunos cambios. Tendrás el mismo despacho, pero...

Sus tacones sonaron por ese pasillo que conocía tan bien y yo la seguí. La oficina estaba muy mejorada. Ahora había en ella un reluciente escritorio de madera y una auténtica silla de oficina, forrada con una almohadillada tela azul. La estantería barata que había en la pared había sido sustituida por un armario de aluminio con puertas correderas.

—Hoy no me puedo quedar mucho —dije—. Apenas llegué anoche. Estoy...

—Por supuesto —dijo ella, ladeando la cabeza—. Quédate el tiempo que quieras.

Me acomodé en la nueva silla.

—¿Va a venir Anna?

Giovanna se irguió un poco más.

—Anna va a trabajar en algunas nuevas ideas ahora.

Se detuvo un momento como si no estuviera muy segura de algo.

—Estaré en el mostrador de la entrada, ¿sí?

El póster de Gustav Klimt seguía en la pared. Una vapuleada caja de cartón, más grande incluso que la del año anterior, ocupaba buena parte de la superficie del escritorio. En el exterior ladraba un perro. Alargué la mano para coger la primera carta del día. Me parecía muy extraño estar de vuelta.

Las cartas eran las mismas de siempre: ruegos, súplicas y peticiones, sobre todo de mujeres jóvenes. *¿Dónde está mi Romeo? ¿Cómo puedo encontrarlo?* Y mis respuestas eran repetitivas y mecánicas. *Ten paciencia. Llegará tu momento.*

Llevaría con ello una hora o así, cuando me encontré con esta:

Querida Julieta:
He venido a pasar el verano en la Toscana. Tuve una relación con un hombre llamado Jake que ha sido una parte importante de mi vida durante cuatro años.

Cuatro años. Exactamente lo que duran muchas relaciones. Seguí leyendo:

Al principio estábamos locamente, apasionadamente, vibrantemente enamorados. Pasábamos todo nuestro tiempo libre juntos, creando bonitos recuerdos. Luego su padre cayó enfermo. Cuanto más empeoraba su padre, más me excluía él de su vida. Entonces, el hombre que había dicho que quería vivir conmigo para siempre me engañó.

Bum. Ahí estaba.

Siguió por esa senda destructiva durante más de un año, tratándome fatal y engañándome a mis espaldas. Intervino el destino y acabé enterándome de una manera imposible, inconcebible. Rompí con él y pasé un año deseando hacerle daño hasta que me puse mala por estar amargada tanto tiempo.

Al final acabamos volviendo a estar juntos. Claro que lo hicimos, pero por maravilloso que ahora parecía ser, yo no podía olvidar lo que había pasado. Todavía tenía todo ese dolor en mi corazón y me di cuenta de que había tantas otras cosas en este mundo esperándome.

Me di cuenta de que necesitaba encontrarme a mí misma y no a mí misma en relación con él. Así que rompí con él definitivamente y nunca he sentido mayor alivio.

Sentí un dolor sordo en la base de la mandíbula. Esa carta me tocaba un poco demasiado de cerca.

Esa mujer había sentido alivio, pero, ¿dónde estaba el mío? Había escapado, vale, pero no había satisfacción ni curación en ello. ¿Cuánto tiempo sería necesario? ¿Cuándo volvería a sentirme bien? Todo era tan injusto. Me sentía solo y desgraciado. La única diferencia es que ahora me sentía solo y desgraciado muy lejos de casa.

Esa noche salí a cenar a un restaurante que me había recomendado Giovanna. Encontré la Osteria al Duca cerca de la Piazza della Erbe. Cuando me asomé por el escaparate vi que sus bancos alargados estaban ocupados por gente del lugar. El local cultivaba una apariencia rústica, con vigas vistas que atravesaban el techo y un suelo hecho con tablones de madera. Una pequeña placa en la cara interior de la puerta decía que el edificio se remontaba a la Edad Media y que, probablemente, en aquella época se usaba como establo de los dirigentes de la ciudad.

Me senté yo solo al final de una mesa larga apoyada en caballetes. Se suponía que ese tipo de mesas impedían que hubiera gente que comiera sola. Comer no es un asunto solitario en Italia. Nada de engullir la comida o la cena frente al televisor. Las comidas son momentos para la camaradería, la familia, momentos para saborear los platos y la compañía.

Así que sabía que estaba desentonando un poco al sentarme en el extremo de la mesa, sacar el portátil de mi mochila y encenderlo. Me daba igual.

Giovanna me había apuntado un par de especialidades locales que debía probar. Cuando me trajeron el menú me decanté por *bigole al torchio con ragù d'asino*. Sabía que *ragù* era una salsa con carne que se servía sobre la pasta. Las campanas de la catedral sonaron seis veces, luego eran las seis en punto, muy temprano para cenar en el sur de Europa.

Cerca de las escaleras que llevaban al segundo piso, había una señora sentada ante un minúsculo escritorio discutiendo con alguien o riñéndolo. No paraba un momento de hablar. Parecía que no necesitaba respirar. Su voz rasgaba el espacio del local como una sierra mecánica. De vez en cuando me miraba con el ceño fruncido, algún pobre diablo en su restaurante, solo y triste, tecleando en su ordenador. Levanté la mano. Ella le gritó algo más al teléfono, lo colgó y vino hacia mí.

—*Allora?* —dijo, con las manos en las caderas.

Señalé el *ragù* en la carta y ella se dirigió, pisando fuerte, a la cocina. Unos quince minutos más tarde me soltó delante el plato que había pedido.

—*Grazie* —dije, sumiso.

Ella agitó la mano y volvió a su pequeño escritorio. El plato recordaba a los espaguetis boloñesa. Y también sabía a espaguetis boloñesa. Esparcí auténtico parmesano por encima y me concentré en devorarlos. Solo después de probarlos busqué en Google *ragù d'asino*. *Asino*, aprendí, es 'burro' en italiano, y viene de un término en latín que equivalía a nuestro 'imbécil' o 'tonto del culo'. Resulta que la carne de burro es una especialidad local en Verona. Intenté no pensar en ese dicho según el cual «Eres lo que comes» ni dar por hecho que el universo estaba intentando decirme algo.

Vale, vale. Ya estaba bien de autocompasión. Tenía que organizarme. Les había dicho a mis alumnos que *Romeo y Julieta* tenía un final esperanzador. Necesitaron que ocurriera una catástrofe para darse cuenta, pero los Capuleto y los Montesco se habían dado cuenta, por fin, de lo absurdo de sus odios seculares. Yo había sufrido también mi pequeña catástrofe, ¿pero qué iluminación se suponía que me iba a ser revelada a raíz de todo ello? ¿Que el amor es como comer carne de burro? ¿Es eso? Ese tipo de actitud no me iba a llevar a ningún lado, pensé. No me libraba del vacío que estaba sintiendo, de ese vacío en las tripas, del dolor en la mandíbula. Lo único que se me ocurría era fingir que era feliz. Es una postura que goza de cierto respaldo científico y también de un par de milenios de filosofía budista. Finge que eres feliz y pronto lo serás de verdad.

Ya había leído antes sobre la plasticidad del cerebro. Sabía que es posible reestructurar el cerebro si cambiamos conscientemente los patrones de pensamiento. No es fácil, pero se puede hacer. Las primeras investigaciones se hicieron con personas que habían sufrido accidentes cerebrovasculares y que habían conseguido reconstruir o reestructurar físicamente las zonas dañadas de sus cerebros; algunas veces hasta extremos que la medicina convencional no consideraba posibles. A diferencia de cualquier otro órgano del cuerpo, el cerebro se puede reconstruir a sí mismo. Es un ejemplo literal del poder de la mente sobre la materia. Así que yo podía elegir ser feliz. Podía elegir olvidar y seguir adelante. No sería sencillo y no sería inmediato, pero decidir hacerlo sería el primer paso. El truco sería, supongo, mantener el engaño.

A la mañana siguiente decidí cruzar el puente que llevaba fuera del casco antiguo. Cuando iba por la mitad, me detuve un rato a contemplar el río, que parecía arrastrar grandes losas negras que pasaban bajo mis piernas. Nubes oscuras se desplegaban al norte, sobre los Alpes, y aunque parecía que el cielo quería abrir, el ambiente era todavía frío y gris. Aquello no tenía nada que ver con el verano anterior.

Me subí el cuello de la camisa y seguí caminando. Pasé por el cementerio y llegué a la Via Galilei. Un siniestro conjunto de almacenes y bloques de pisos feos tapizaba la calle y, cada pocos metros, me cruzaba con un árbol raquítico y larguirucho que, en un exceso de optimismo, había sido plantado junto a un bordillo de cemento que se desmoronaba. No existía una verdadera acera, solo un sendero abierto por pisadas anónimas en la hierba mojada que crecía bajo los arboluchos. Caminé por ahí pesadamente, oyendo el sonido de mi propio aliento. No pasaba ni un solo coche, no se veía ni un alma.

Llegué a la minúscula zona de aparcamiento y me dirigí directamente hacia la puerta de la oficina. Cuando la abrí, me encontré de frente, de manera totalmente inesperada, con Anna. Tenía puestas las botas y se estaba abotonando el abrigo. Levantó la vista y me miró, pero no se produjo en ella ninguna reacción. Luego, un segundo más tarde:

—¡Glenn! —gritó—. *¡Bentornato!*

Y brotó una de sus radiantes sonrisas.

Se abalanzó sobre mí y me dio un beso en cada mejilla. Yo estuve torpe en esa cosa de los besos, poniendo primero la mejilla izquierda cuando tenía que poner la derecha; pero ella solo se rió. Era estupendo verla.

—Estoy saliendo. He quedado con Manuela —dijo—. Ahora estamos preparando lo del *tour.* Le llevo unos papeles. ¿Te acuerdas de lo del *tour*?

—Me acuerdo —dije.

—Y tienes puesto el abrigo —dijo—. Tienes que venirte. Está decidido.

Giovanna estaba en el mostrador, detrás de Anna. Solo había levantado la vista, brevemente, cuando yo había abierto la puerta y luego había seguido leyendo un papel que tenía delante.

—¿No te importa? —le pregunté.

Giovanna asintió con la cabeza y volvió a su lectura, haciendo un gesto con la mano para indicarnos que nos fuéramos.

De vuelta en la Via Galileo, tuve que acelerar el paso para seguir el ritmo de Anna. Estaba chispeando y ella abrió su paraguas, una de cuyas puntas me daba en el hombro.

—Llegamos tarde —dijo—. Manuela estará esperando. Ella llega siempre a tiempo.

—¿Es muy puntual?

—Sí. Están pasando muchas cosas —dijo Anna—. Métete debajo.

Levantó un poco el paraguas y yo me pegué a ella para resguardarme de la lluvia.

—Estamos haciendo planes para el cumpleaños de Julieta. ¿Estarás aquí?

—Sí. Eso creo —dije.

—Bien. Tienes que venir. Estará bien.

Anna me dedicó otra de sus sonrisas.

—Me alegra que hayas vuelto —añadió.

Y, por primera vez desde mi llegada, yo también me alegraba de haber vuelto.

—Gracias —le dije.

—Cuenta, cuenta, ¿qué ha pasado? —dijo—. Con tu carta, con tu vida...

—Bueno —dije—, es una historia casi cómica.

Anna se detuvo y estudió la expresión de mi cara.

—Vale, puede que no tan cómica.

Estudió mi cara con redoblada curiosidad. Creo que se dio cuenta de que no quería hablar de ello. Al menos, no todavía.

—Vale —dijo—, creo que deberíamos darnos prisa.

Al final del puente entramos en una calle ancha, casi una plaza. Unas vallas acordonaban una excavación arqueológica que ya se desarrollaba por debajo del nivel de la calle, en una melancólica oscuridad subterránea. Podía adivinarse el contorno de una calzada romana y el arco del Ponte dei Leoni, la Puerta de los Leones. En otros tiempos se erigía sobre el camino que llevaba a Bolonia. Ahora ya no hay leones, y es solo un muro liso que no lleva a ningún sitio, pues la puerta misma se cegó con ladrillos hace más de mil años.

Nos apresuramos. Al fondo, en lo alto, vi las almenas con forma de cola de golondrina de la casa de Romeo.

—¿Es aquí donde hemos quedado con Manuela? —le pregunté a Anna, que me había vuelto a dejar atrás.

No contestó, pero al final de la calle apareció una mujer. Llevaba un impermeable de color verde guisante, lo cual me pareció muy sensato, y de su brazo colgaba un bolso amarillo del tamaño de una almohada. Se acercó a Anna y esta le pasó una carpeta que ella deslizó en su enorme bolso. Yo había supuesto que empezaríamos en la casa de Romeo, por lo que me había detenido ahí, justo debajo de la placa que dice ROMEO NO ES ESTE: ESTÁ EN OTRO SITIO. Pero Anna se giró y me hizo una señal con la mano para que me uniera a ellas al final de la calle.

—Glenn —dijo Anna cuando llegué—, esta es Manuela. Manuela, te presento a Glenn. Es un experto en Shakespeare.

—Bueno, no sé si diría «un experto».

—*Piacere* —dijo Manuela, inclinando ligeramente la cabeza.

—Ha visto la primera edición de *Romeo y Julieta* —dijo Anna— en..., ¿dónde me dijiste?

—En la British Library.

Manuela me examinó con mayor detenimiento. Tenía cara de buena persona. Era mayor que Anna y mucho más baja.

—Estamos pensando empezar el *tour* aquí —dijo.

Hablaba inglés con el clásico acento italiano: una *a* ascendente al final de cada palabra.

—Es la historia importante —dijo, tocando la verja de hierro forjado que se elevaba a nuestro lado.

—¿No vais a empezar en la casa de Romeo? —pregunté.

—No —dijo Manuela—. Empezaremos con la verdadera historia. Si te fijas en esto...

Daba otra vez palmaditas a la elaborada reja de hierro forjado. Cercaba un patio y la iglesia de Santa Maria Antica.

—¿Lo ves? —preguntó Manuela.

No sabía de qué estaba hablando.

—Aquí —dijo—. Esta es la insignia de la familia Scala.

Como elemento principal de los motivos decorativos de la verja los herreros habían incluido multitud de pequeñas escaleras de mano.

—¿Escaleras de mano? —me extrañé.

—Escaleras —dijo ella—. *Scala* significa 'escalera'. Y detrás de estas...

En el recinto había cuatro o cinco enormes mausoleos, con forma de templete gótico, profusamente labrados en mármol blanco de Carrara. Uno de ellos destacaba ostentosamente sobre los demás, un sepulcro de piedra, tan elegante como la aguja de una catedral, con una estatua ecuestre a tamaño real.

—Esa —dijo Manuela— es la tumba de Cangrande della Scala.

—¿Della Scala?

—Shakespeare lo llama Escalus.

—¿Príncipe Escalus?

Manuela sonrió.

—Por supuesto.

—¿Estás diciendo que el Príncipe della Scala fue una persona real?

—Sí. Esa es su tumba. Justo ahí.

—¿Qué?

—Era la autoridad en Verona en 1302, el año en el que Romeo y Julieta se enamoran. El Príncipe della Scala le contó la historia a Dante.

—Espera —dije, agitando la cabeza.

—¿Te refieres a Dante-Dante?

—Sí, Dante Alighieri escribió gran parte de su *Divina Commedia* aquí, en Verona. ¿No lo sabías?

—No.

Manuela rechistó.

—Dante escribió los nombres en su Purgatorio: Capuleto y Montesco.

—¿Me estás tomando el pelo?

—Fue en 1302. Era la época en la que las dos familias estaban enfrentadas. Eso es seguro.

—Pero... eso es increíble. ¿Me estás diciendo que es una historia real; que se enamoraron la hija de una de las familias y el hijo de la otra? ¿Aquí, en Verona?

—Sí.

Manuela levantó la muñeca y miró su reloj.

—No podemos estar cien por cien seguros, pero creemos que es una historia verdadera. Se giró hacia Anna, que había estado callada todo ese rato y tenía una expresión de desconcierto en la cara.

—*Grazie*, Anna —dijo Manuela, dando palmaditas a su gran bolso amarillo y a los papeles que había metido dentro.

—Ahora me tenéis que perdonar —añadió—. Debo ir a reunirme con mi hija. Pero, Glenn —volvió a mirarme—. No dejes de mirar en Dante. Purgatorio. Canto 6, líneas 106 a 108. Ahí lo encontrarás.

—Canto 6 —murmuré, tratando de memorizar los datos—. Uno-cero-seis a uno-cero-ocho. Sí, lo miraré.

Manuela inclinó la cabeza de nuevo.

—Entonces entenderás —dijo—. Julieta fue real.

Cuando Manuela se fue, Anna y yo nos dirigimos hacia la oficina nueva, en Vicolo Santa Cecilia. Seguimos unas huellas húmedas que subían por la escalera de mármol y atravesamos pesadamente el vestíbulo hasta entrar en la oficina de las mamparas de cristal. Estaba oscuro, y cuando Anna accionó el interruptor se oyó claramente un *pop* y un chisporroteo eléctrico.

—*Che palle* —dijo Anna para sí.

Juntó las manos un momento, en actitud de plegaria, por la frustración; luego desapareció en la penumbra solo para levantar, a los pocos segundos, una lámpara de una de las esquinas. Acercó la lámpara a la mesa de madera que había en medio de la habitación y la encendió. La lámpara daba una luz pálida y amarillenta que iluminaba la mitad del montón de cartas que estaban ahí, apiladas sobre la mesa, sin clasificar, como una ciénaga de sobres y colores.

—Estamos teniendo problemas con las luces —dijo Anna—. Con la electricidad.

—No hay problema —dije—. De todos modos, esta luz me gusta más.

—Crea el estado de ánimo adecuado —dijo ella—. Sí, da más ambiente.

La tenue luz amarilla iluminaba también las paredes de piedra, casi como la luz de una vela, y recordé que ese lugar había sido, hacía cientos de años, el taller de un orfebre. Anna escogió una silla y yo me senté junto a ella. Luego alcanzó un sobre, pero no lo abrió.

—¿Cómo te va todo? —le pregunté.

Podía ver en sus ojos que no estaba concentrada en las cartas.

—He estado mejor —admitió—. Puede que deje el Club di Giulietta.

—Anna. ¿Por qué?

—Por nada —dijo, forzando una sonrisa resignada—. Tengo que pensar en mi futuro profesional.

Tocó el ángulo de sus gafas con dos dedos y dirigió la mirada perdida al sobre que tenía todavía en la mano.

—Le he estado dedicando todo mi tiempo al club, pero es hora de que empiece...

Sacudió la cabeza.

—De que empiece mi vida.

Hizo una pausa.

—Pero, ¿y tú qué tal? —preguntó—. ¿Qué ha pasado con tu carta? ¿Me lo vas a contar ahora?

—Recibí una respuesta —contesté—. Pero para entonces ya era demasiado tarde y, no sé, realmente no le di ningún uso.

—¿Se ha ido?

—Se quedó embarazada y no era mío.

Anna levantó los ojos y me miró con toda su atención.

—Lo siento mucho.

—No pasa nada —dije, intentando animarme—. He vuelto. Voy a contestar más cartas. Voy a entenderlo y resolverlo todo.

Ella asintió con la cabeza una vez, casi para sí misma, y sacó la carta del sobre.

—Entonces, tal vez deberíamos empezar.

Yo también cogí un sobre. Lo leí, pero no me estaba enterando realmente. Tenía más cosas en la cabeza.

—Anna —dije—. ¿Puedo preguntarte algo?

La luz de la lámpara creaba un halo alrededor de su pelo.

—¿Qué dirías que has aprendido de todas estas cartas? ¿Qué se supone que obtenemos de todo esto?

Ella suspiró, levantó la carta y la apretó contra su corazón.

—Yo creo que cada vez que contestas una carta también te contestas a ti mismo.

—Supongo que sí —dije.

—Y en cada carta —continuó— puedes aprender a ser mejor persona, imaginar lo que harías en esa situación.

—Es como entrenar o ensayar —dije yo—, intentarlo y mejorar.

—Es verdad.

Anna volvió a dejar la carta sobre la mesa.

—He aprendido que la gente es igual en todo el mundo. Mis problemas son poca cosa.

Su voz sonaba suave, casi como un susurro.

—Yo tenía muchas ideas para el club, pero la situación económica no está bien en este momento. Italia..., es un momento difícil para nosotros.

Luego sonrió, primero sin mucha convicción y luego como un sol.

—Las luces —dijo, señalando la oscuridad que nos rodeaba—. Ni siquiera las luces funcionan bien.

Ya era tarde cuando llegué, finalmente, a la pensión de Emiliano. Decidí no utilizar el desvencijado ascensor. Se tardaba lo mismo subiendo a pie los tres tramos de escalera. Metí esa llave tan cómicamente grande en la cerradura y abrí la puerta con un clic. Dentro todo estaba apagado. Crucé pesadamente el suelo de madera del recibidor y me dirigí a mi habitación en la parte de atrás. Estaba totalmente despierto, todavía un poco machacado por la forma en que había salido huyendo, pero Verona estaba empezando a producir sus efectos mágicos. Por primera vez, desde mi llegada, sentía algo parecido a la tranquilidad. Saqué mi portátil para ver si había recibido correos ese día. La pantalla parpadeó hasta encenderse del todo —una constelación de estrellas en azul, el torbellino de una galaxia— e hice clic para conectarme con mi servidor de correo. En el primer lugar de la lista había un mensaje de Desiree.

«Voy a Italia», decía. «Vuelo a Milán el jueves».

Ya era martes. Pensé un momento y tecleé mi respuesta:

«Estoy en Verona. Deberías venir a visitarme. Tal vez deberías responder algunas cartas conmigo. ¿Quieres que le pregunte a Giovanna si puede ser?».

Desiree debía de estar sentada frente a su ordenador en ese momento, porque la respuesta llegó casi de inmediato.

«Sí y sí» escribió. Por un instante, me arrepentí. Casi no la conocía. Por otro lado, hablaba muy bien italiano y eso podía estar bien. Y tal vez sería divertido tener a alguien con quien viajar. Alguien que me riera los chistes.

Llegó dos días después, por la tarde. La fui a buscar a la estación del tren. Uno de los ruedines de su maleta se había roto. Se escoraba y daba tumbos detrás de ella, pero eso no le impedía avanzar con elegancia hacia donde yo estaba esperándola.

—Lo has conseguido —dije.

Inicié un intento de abrazarla, pero ella estaba distraída y no reaccionó.

—¿Estás bien? —le pregunté.

—No sé si esto ha sido una buena idea.

Miraba a lo lejos, por encima de mi hombro, buscando algo o a alguien. No era fácil que aquella estación ganara un premio a la belleza arquitectónica, pero parecía que se hubiera quedado traspuesta contemplándola.

—Me preocupaba tener algún problema en la aduana.

—Pero, ¿todo va bien?

—Sí —dijo—. Pero ahora esta estúpida maleta se ha roto.

—Tal vez podamos llevarla a que la arreglen. Déjame, yo la puedo llevar.

Me acerqué a la maleta y ella me la entregó, forzando una sonrisa.

—Todo está arreglado —le dije—. Emiliano tiene otra habitación libre y su pensión no está lejos de aquí.

—Muy bien —contestó.

Se la veía tensa, con la boca apretada y el gesto serio. Me detuve.

—¿Estás segura de que todo va bien?

Ella negó con la cabeza. Le apreté el brazo suavemente.

—Va a ser divertido —le dije—. Venga, ya lo verás. Te va a gustar este lugar.

Sus dedos jugueteaban torpemente con un colgante que pendía de su cuello.

—Tienes razón. Me alegro de haber venido. Necesitaba hacerlo.

Asintió con la cabeza y, por primera vez, miró a su alrededor.

—No puedo creer que esté otra vez en Italia.

Fuera, el cielo estaba despejado después de días de mal tiempo.

—Cojamos un taxi —sugerí.

Le di un tirón a la maleta. Esta dio tumbos y estuvo a punto de volcar y ella se rió por primera vez.

La verdad es que yo tampoco tenía clara esa situación. Desiree me gustaba bastante, pero me preocupaba que aquello resultara incómodo. En realidad, no habíamos planeado ese viaje. Las cosas, simplemente, se habían dado de esa manera.

Un taxi blanco se detuvo frente a nosotros y el conductor salió para abrir el maletero.

—*Buon giorno* —empecé, al tiempo que le pasaba la maleta de Desiree.

El taxista la acomodó en el maletero y yo saqué del bolsillo un trozo de papel con la dirección.

—Via Dei Montecchi, número 7 —le dije.

El hombre se me quedó mirando, sin entender nada.

—*Fammi vedere* —dijo Desiree, acercándose mi mano y el papel para examinarlo.

—*Quanto ci fa pagare per andare a Via dei Montecchi?* —le preguntó—. *Numero sette.*

El taxista asintió con la cabeza.

—*Dieci euro.*

—*Va bene* —dijo Desiree.

Luego se volvió hacia mí.

—Serán diez euros.

En menos de diez minutos estábamos en la pensión de Emiliano. Pagué el taxi y saqué la maleta rota de Desiree del coche mientras ella comentaba alguna otra cosa con el taxista. Luego este arrancó y se despidió de ella agitando el brazo amistosamente a medida que se alejaba del bordillo.

Después Desiree se quedó mirando el edificio. Era difícil saber lo que estaba pensando. ¿Estaba cansada? ¿O volvía a pensar que aquello era un error? Entramos en la penumbra del vestíbulo, yo tirando de su maleta.

—Podemos coger el ascensor —dije.

Nos apretamos en aquel cachivache y corrí el chirriante cierre metálico. Fue subiendo poco a poco y se produjo un silencio casi embarazoso entre nosotros.

—Odio los ascensores —dijo Desiree.

Aquello no era mucho más grande que un armario, y teníamos que pegarnos tanto el uno al otro que resultaba algo violento.

—¿Tienes claustrofobia?

—Me quedé encerrada en uno una vez. El movimiento me pone mal cuerpo —dijo ella.

Venía de coger dos aviones, un tren, un taxi, y ahora un decrépito ascensor que parecía un ataúd. Eso era más que suficiente para cualquiera.

—¿Prefieres dormir o pasar por la oficina antes de que cierren?

—Prefiero empezar cuanto antes. Quiero conocer a Giovanna.

Abrí la puerta de la pensión. A Emiliano no se le veía por ningún lado y la habitación de la entrada estaba vacía. En un lateral había una mesa larga en la que ponía las cosas del desayuno. Bajo una campana de cristal había una tarta. Debía de haberla hecho esa mañana.

—*Pan di Spagna!* —exclamó Desiree, cruzando la habitación.

Levantó la campana e inspiró profundamente.

—¡Oh, me encanta!

Una luz dorada entraba, en diagonal, por la ventana. Incidía en una de sus mejillas y en la suave línea de su mandíbula. Parecía un cuadro renacentista.

—Me alegra que hayas venido —dije.

Sus ojos, dos planetas azules, se trabaron con los míos.

—Me alegra que me lo pidieras —contestó.

Cogió un cuchillo de cocina que estaba sobre la mesa.

—¿Qué dices? ¿Nos comemos un trozo antes de salir?

—¿Está bueno?

Me acerqué.

—Esto es Italia —dijo—. Por supuesto que está bueno.

Media hora después caminábamos al lado del río. El cielo se había cubierto otra vez. Frente a nosotros, en la distancia, veíamos las agujas de la iglesia y los tejados rojizos del casco antiguo.

—Justo un poco más allá —le dije— está el anfiteatro romano. Es el tercero más grande del mundo, pero desde aquí no se puede ver.

Me pareció que, como guía turístico, dejaba mucho que desear. Ella estaba otra vez muy callada. Cruzamos el puente y giramos a la derecha. Pasamos el cementerio, las vías del tren y nos internamos en la zona de polígonos industriales de la ciudad.

—¿Dónde está este sitio exactamente? —dijo Desiree.

—Falta poco.

Aguantó a mi lado, sorteando los charcos que había dejado la lluvia del día anterior.

—Tendría que haberme traído las botas —dijo Desiree.

—¿Botas?

—Hace frío. Tengo los pies fríos. Mi madre me dijo que no trajera demasiado equipaje así que, en el último momento, dejé las botas.

Suspiró.

—Ya casi llegamos.

—No sé yo esto...

Al final de la calle pude ver la entrada del número 3.

—Es ahí mismo —dije.

—¿Estás seguro de que esto es una buena idea?

—Claro. ¿Por qué no iba a serlo?

—Porque no creo que yo sea la persona más indicada para dar consejos sentimentales.

—Yo tampoco lo era cuando empecé. Lo harás muy bien.

—Y sé muy poco sobre *Romeo y Julieta*. Esa no la estudiamos en el colegio. Dimos la de las brujas.

—*Macbeth* —dije.

Una de las paredes que flanqueaban la puerta principal había sido cubierta con un papel pintado, de falsos ladrillos, y, desperdigadas sobre este, habían pegado unas cuantas cartas viejas. Desiree examinó una de ellas y frunció el ceño.

—No sé —dijo—. Puede que no esté hecha para esto.

Abrí la puerta y, en la penumbra, pudimos ver a Giovanna de pie, detrás del mostrador. Desiree se coló detrás de mí.

—*Buon giorno* —dije.

Giovanna asintió con la cabeza.

—Giovanna —continué—, esta es Desiree, la chica de la que te hablé.

—Claro —dijo Giovanna—. Encantada de conocerte. Tenemos todo listo.

Salió de detrás del mostrador y se acercó ágilmente hacia nosotros.

—*Buona sera* —dijo Desiree—. Gracias por invitarme.

—¿Es tu primera vez en Verona? —le preguntó Giovanna.

—No. Yo viví en Italia hace mucho tiempo.

—*Allora, parli italiano?*

—*Sì* —dijo Desiree—. *Ho vissuto in Italia per otto anni.*

La cara de Giovanna se iluminó. Charlaron un rato —conmigo detrás, sonriendo torpemente— hasta que su conversación se agotó y Giovanna nos invitó a pasar a la pequeña oficina de la parte de atrás. Me deslicé dentro, y acerqué otra silla a la mesa para que Desiree y yo pudiéramos trabajar juntos.

—¿Necesitáis algo más? —preguntó Giovanna.

—No, no —contesté—. Creo que lo tenemos todo.

—*Va bene* —terminó.

Sonrió una vez más a Desiree y luego se giró para marcharse taconeando por el pasillo y volver a su lugar tras el mostrador.

—Es muy agradable —dijo Desiree.

La caja de cartón llena de cartas reposaba pesadamente sobre la mesa.

—¿De qué hablabais ahí, antes, las dos?

—Ah, solo le conté lo que había estudiado en la universidad. Ella también estudió idiomas, en Bolonia, y relaciones internacionales, exactamente igual que yo.

—A mí nunca me preguntó qué había estudiado.

—Dijo que tú me enseñarías lo que tengo que hacer con las cartas.

—Claro —dije, cogiendo una carta de la parte de arriba de la caja—. No es tan difícil.

—Hay muchísimas —dijo.

La caja repleta y desbordante parecía estar a punto de agigantarse y caer sobre nosotros.

—Tienes que ir una por una.

Saqué la carta del primer sobre.

—«Querida Julieta» —leí en alto—: «Hay un chico allá, en donde vivo. No sé si le gusto, pero estoy realmente enamorada de él. También está este otro chico, Jason, que está más interesado en mí. Siempre me está mirando, pero a mí no me gusta demasiado».

—¿Eso es todo? —preguntó Desiree.

—Muchas son así, me temo. Son jóvenes. Creen que están enamorados.

—Entonces, ¿qué se supone que tenemos que decir?

—El grueso de la respuesta es una repetición de lo que ellos han escrito. Luego dices algo esperanzador y puedes firmar «Julieta», aunque yo suelo firmar como «el secretario de Julieta».

—¿Porque eres hombre?

—Sí. Y luego metes tu respuesta en uno de esos sobres de ahí, pero no lo cierres. Alguna otra persona pondrá en él la dirección del remitente.

—Muy bien —dijo—. Pero sigo sin saber qué es lo que se supone que tengo que decirle. Quiero decir, ¿qué pasa con esta chica, esta... —miró el nombre— Andrea?

—Tienes que darle ánimo. Simplemente asegúrale que no está haciendo nada malo.

—¿Tú que le pondrías?

Cogí el bolígrafo y escribí: «Querida Andrea. Gracias por tu carta». Me detuve y empecé a darme golpecitos con el bolígrafo en los labios.

Desiree me miraba como si yo fuera idiota.

—¿Y...?

—Déjame pensar un segundo.

—¿Qué tal esto...? ¿Puedo?

Desiree cogió el bolígrafo y empezó a escribir en una hoja de papel nueva.

Querida Andrea:

Gracias por tu carta. Solo tú puedes saber qué es lo mejor para ti. Escucha a tu corazón y él te guiará

—Claro —dije—. Está muy bien.

Ella ya seguía escribiendo:

El otro chico, Jason, parece estar verdaderamente interesado en ti, tal vez por como tú eres realmente, y eso es im-

portante. Siempre tienes que pensar primero en ti misma. Tienes que preguntarte qué es lo que realmente quieres.

Tuve que admitir que era una buena respuesta. Me hizo pensar en lo que yo quería realmente. ¿Lo sabía? Quizás solo alguien que me entendiera. Alguien a quien le importara.

—Entonces, ¿qué te parece? —preguntó Desiree.

—Bastante bueno, ¿sabes? Y eso que es la primera vez.

—¿Cómo era esa cita de Shakespeare que dijiste que usabas todo el rato?

—¿«Sé fiel a ti mismo»?

—Perfecto —dijo Desiree, y la utilizó para acabar su carta de respuesta.

No nos quedamos demasiado tiempo ese primer día. Cuando nos íbamos, se había abierto un parche de cielo azul hacia el este. Por ahí se adivinaba el sol y decidimos caminar hacia el casco antiguo.

—¿No hay un foso? —preguntó Desiree cuando cruzábamos el puente—. Recuerdo haber visto un foso la otra vez que estuve aquí.

—Creo que no.

La muralla medieval de la ciudad se levantaba a nuestra izquierda. A la derecha, se abrió una gran plaza, en mitad de la cual se encontraba el anfiteatro romano, todavía a cierta distancia.

—¿Te acuerdas de eso? —le pregunté.

—La verdad es que no.

Nos fuimos acercando poco a poco al anfiteatro cruzando la plaza. En una zona vallada se encontraba uno de los enormes elementos de atrezo que se usaban en la representación de la ópera *Romeo y Julieta*. Un poco más allá, dos cabezas egipcias, máscaras del rey Tut de más de tres metros, nos miraban desde su altura.

—¿Qué es todo eso? —preguntó ella.

—Decorados para las óperas —dije—. Aquellos deben de ser para *Aida*.

—Podríamos ir algún día —dijo Desiree.

—Podríamos.

Seguimos caminando en un silencio incómodo. Luego, pasamos por una puerta romana —la Porta Borsari— que en otros tiempos fue la entrada principal a la ciudad.

—La verdad es que no recuerdo nada de esto —dijo Desiree.

—¿Estuviste aquí con... él?

—No. Vine con unos amigos. Vinimos un domingo para el *brunch*. *La Buona Domenica* es algo muy importante en Italia.

Los viejos ladrillos del Castelvecchio —el castillo viejo— aparecieron ante nosotros. Sus torres y defensas se proyectaban hacia el cielo del atardecer. Un autobús de turistas pasó a nuestro lado, con todas las cabezas vueltas hacia la fortaleza.

—Este era el castillo del Cangrande —dije.

—¿Del perro grande?

—Sí. Cangrande era el príncipe; como el Príncipe della Scala.

—¿El de *Romeo y Julieta*? —preguntó ella.

—Sí —dije—. Venga, quiero enseñarte una cosa.

La cogí del brazo y cruzamos al otro lado de la calle, donde se abría un estrecho pasadizo en los muros del castillo.

—Por aquí.

Las piedras que pisábamos estaban gastadas por los siglos. Mantuve mi mano en su antebrazo unos cuantos pasos más y luego subimos una pendiente. La parte de arriba de las murallas estaba coronada por el mismo tipo de almenas con forma de cola de golondrina que había visto en la casa de Romeo. Un músico callejero tocaba el acordeón sentado sobre un saliente de piedra. El sol se iba escondiendo tras los muros del Castelvecchio.

—¿Esto es parte del castillo? —preguntó Desiree.

—Sí, en realidad estamos sobre un puente. Si subes al adarve puedes ver el río desde ahí, entre las almenas.

—Mmm —dijo ella.

—¿Qué?

—Bueno —se explicó—, que es una buena metáfora, ¿no? Estamos cruzando un puente sin saber que es un puente.

—Ja —exclamé—. Suelo ser yo el que aburro a mis alumnos con lo de las metáforas.

Ella me miró de reojo.

—Pero esa es bastante buena —admití.

Nos detuvimos cerca del músico callejero y lo escuchamos un rato, pero se notaba que ella empezaba a estar agotada.

—¿Te estás cansando?

—¿Y tú?

—Sí, creo que ya he tenido bastante.

Dimos la vuelta y, justo antes de volver a salir a la calle, Desiree se detuvo. Por un hueco del muro se veía que, mucho más abajo, el terreno se hundía y formaba una zanja profunda.

—Eh —me dijo, agarrándome el brazo—. Ven, mira ahí abajo.

Bajo los muros de ladrillo rojo, medio escondido en la oscuridad, estaba el foso, ahora seco; que llevaba seco, seguramente, cientos de años.

—Sabía que había un foso aquí —dijo—. Lo sabía.

—¿Eso es otra metáfora? —pregunté.

—Eh, a ver si aprendemos, oiga —se metió conmigo, pero sonriendo, pasándoselo bien.

—Algunas veces —dijo—, uno ve lo que quiere ver.

Aquella noche, las farolas de hierro forjado se encendieron como estrellas. Los viejos tomaban el fresco en sus balcones y fumaban. Volvimos de cenar, en una pizzería que encontramos al pie de la muralla medieval, y Desiree se dirigió directamente a su habitación.

—Buenas noches —me dijo, sin girarse—. Te veo por la mañana.

—Buenas noches —respondí, y fui a sentarme solo en la habitación de la entrada.

Saqué mi cuaderno. Quería escribirle otra carta a Julieta. Quería hacerlo bien esta vez. Comencé:

Querida Julieta:

Aquí estoy otra vez, en Verona, con el corazón destrozado. Creo que, algunas veces, es mejor simplemente huir; poner distancia entre uno mismo y las afiladas hojas del destino. La chica a la que quise durante tantos años no me quiso. Ya no creo en el amor, Julieta. Me han herido muchas veces, estoy cansado y me he vuelto un cínico. Tengo miedo de envejecer solo. Es demasiado. Creo que soy buena persona y no sé por qué me sigue sucediendo esto a mí.

Me detuve. No sabía qué más poner y, en cualquier caso, sonaba todo muy quejica. Oí el ruido de la puerta plegable al abrirse y luego los pasos de Desiree por el pasillo. Entró y vino hacia mí con aire lánguido y su ordenador bajo el brazo.

—No puedo dormir —dijo.

—Yo tampoco.

—¿Qué haces?

—Escribir otra carta. La primera no funcionó demasiado bien.

Ella bostezó y se sentó a mi lado. Luego abrió su ordenador portátil y este cubrió con luz azulada la superficie de la mesa. Se había puesto el pijama —pantalón corto de franela y una camiseta de tirantes— y se había recogido el pelo en una coleta.

—Oye —le dije—. ¿Me puedes mirar una cosa?

Con un parpadeo, sus ojos se dirigieron hacia mí.

—¿Qué?

—Dante —dije—. La *Divina Comedia.*

—¿Para qué?

—Quiero ver una cosa. Canto 6 del Purgatorio.

Ella tecleó los datos y se abrió una página.

—Líneas 106 a 108.

—Vale —dijo.

Y empezó a buscarlas aguzando la vista.

—Aquí está.

Me acerqué para leerlo:

Vieni a veder Montecchi e Cappelletti,
Monaldi e Filippeschi, uom sanza cura
color già tristi, e questi con sospetti

—¿Me puedes traducir esto?

—«Ved aquí» —tradujo ella—, «a Montecchi y Cappelletti».

—Hala —exclamé yo—. Son ellos. Las dos familias. Los Montesco y los Capuleto.

Desiree señaló con el dedo la segunda línea.

—Hay otros dos apellidos, y luego dice «*uom sanza cura*». Eso significa 'hombres sin remedio'.

—¿Sin remedio?

—Creo que quiere decir algo así como 'sin esperanza' o 'sin posibilidad de alivio, liberación, redención'. Recuerda que esto es el Purgatorio.

Me acerqué un poco más a ella. Su pelo tenía una suave fragancia, y su hombro desnudo hacía contacto con el mío. Era tan suave y terso como el caramelo.

—La última línea dice... —escudriñó la pantalla del ordenador—: «Ya tristes, y estos con sospechosos».

—¿Sospechosos? —dije.

—Eso es solo por la rima —dijo ella—. Utiliza *sospetti* para rimar con *Cappelletti*.

—No lo pillo.

—Están en el Purgatorio —dijo ella otra vez—. Han hecho algo terrible, pero quizás algo de lo que todavía se pueden redimir.

—Su odio lleva al suicidio de sus hijos, pero esto también trajo la paz a sus dos familias enfrentadas.

—Eso tiene sentido —dijo Desiree.

—Manuela me dijo que el Príncipe della Scala le contó esa historia a Dante, que sucedió realmente en Verona poco antes de que este llegara. Eso fue trescientos años antes de Shakespeare.

—¿Tú crees que podría ser cierta? —preguntó Desiree.

—La casa de Julieta es realmente la casa de los Capuleto. La de Romeo es falsa, pero Manuela sostiene que probablemente hubo una familia Montesco que vivió fuera de las murallas.

Me detuve. Un escalofrío me recorrió la espalda.

—Via dei Montecchi —continuó ella.

Tenía la misma cara de asombro que yo.

—Estamos justamente en la Via dei Montecchi y al sur de la muralla medieval.

—Joder—exclamé.

—Puede que Romeo —dijo ella— viviera justo aquí.

8

Sal, hermoso sol

Desiree se levantó antes que yo y ya estaba sentada a la mesa del desayuno cuando me presenté, caminando pesadamente, en la habitación de la entrada. Me había quedado hasta tarde investigando un poco más sobre la historia real de Romeo y Julieta, y había encontrado algunas pistas muy interesantes. La luz de primera hora de la mañana iluminaba los listones de madera del suelo. La melena de Desiree brillaba con destellos de oro.

—*Buon giorno* —dijo—. ¿Has dormido bien?

—Bastante bien, sí. ¿Tú qué tal?

—Soñé cosas raras —contestó—. Pero bien.

Sobre una mesa auxiliar, Emiliano había colocado cereales, zumo de naranja, queso y yogur. Quedaba todavía medio *pan di Spagna*, bajo su campana de cristal. Cogí un yogur y me senté junto a Desiree.

Llevaba puesto un pequeño y bonito colgante. Me había fijado en él desde el principio: era rectangular, como un minúsculo libro ilustrado de la Edad Media, con unas finas líneas de plata en filigrana que cruzaban su cubierta.

—¿Se abre? —le pregunté.

—¿Esto? —dijo ella, tocando el colgante—. Sí.

Le dio un tironcito y la minúscula tapa se abrió de par en par. Estaba vacío.

—Es precioso —dije.

—Gracias. Me lo regaló mi madre.

—Deberías guardar algo dentro.

—Es verdad. Lo haré, cuando encuentre algo que me guste.

—Oye —dije—, estaba pensando que a lo mejor te apetece que veamos la tumba de Julieta antes de ir a la oficina. Está justo detrás de este bloque de pisos.

—¿No es un poco lúgubre?

—Un poco. Pero, en serio, está aquí mismo —dije, señalando el muro que teníamos detrás.

Después del desayuno, cogimos nuestras cosas y bajamos juntos por las escaleras. Caminamos por la acera mojada por la lluvia hasta el final del bloque y luego subimos por una callejuela hasta el antiguo monasterio.

—¿Has traído la cámara, verdad?

Desiree tenía una cámara cara, una Canon 5D Mark III, y estaba justo empezando a hacer películas. Dio una palmadita a su mochila de día. Se notaba que le pesaba en el hombro.

Cruzamos el patio con hierba de lo que había sido el claustro del monasterio. En el centro había un viejo pozo que parecía un pozo de los deseos. Un poco más allá sobrevivía un viejo roble, añejo y esquelético. Todo eso había sido una vez suelo sagrado. Durante siglos fue un monasterio, luego, un convento y luego, una abadía.

—La cripta está ahí abajo —dije.

Desiree forcejeó para sacar la cámara de su macuto y tomó una foto del pozo de los deseos. Cuando vio los escalones entrecerró los ojos.

—Esto..., no sé yo... —dijo.

—Venga. No es para tanto.

Yo bajé primero. El hueco de la escalera olía a vino rancio. Desiree bajaba pegada a mi espalda y nuestros pasos resonaban en el silencio.

En la primera celda había dos tumbas en el suelo, sin nombres ni fechas, y Desiree echó mano a su cámara otra vez.

—Está un poco demasiado oscuro aquí dentro —comentó, mientras giraba el objetivo.

Aun así, hizo una foto.

—Estuve leyendo sobre este sitio ayer por la noche —le dije, mientras ella manejaba la máquina—. Hay una referencia fechada en el siglo XVI.

—Mmm —dijo ella, mientras enfocaba.

—El sarcófago se usó arriba, en el claustro, como abrevadero.

Desiree levantó la vista del visor de la cámara.

—¿Cuál es el de ella?

—La tumba de Julieta está en la siguiente celda.

Pasé delante. La cripta estaba igual que el año anterior, probablemente igual que hacía varios siglos. Una bóveda de cañón hecha con ladrillos polvorientos, como una vieja bodega de vino en mitad de la cual, sobre el suelo, había un sarcófago de piedra lisa que recordaba a una bañera. Al fondo de la cripta, un nicho albergaba dos arcos venecianos.

—Lo que el historiador decía era que...

—¿Qué historiador?

Se volvió a pegar la cámara a la cara.

—Un historiador de 1540 o algo así. Dejó escrito que, al principio, en el sarcófago había huesos humanos pero que la gente los sacó y lo usó como abrevadero.

—Te gusta todo eso de la historia, ¿no?

—Es interesante —dije.

Ella bajó la cámara.

—Me gusta eso de ti, que siempre tienes curiosidad.

De pronto se quedó quieta y tomó otra foto. Saltó el *flash* y, por un momento, el sarcófago resplandeció entre las sombras negras y profundas que lo rodeaban.

—Entonces, ¿qué fue de los huesos de Julieta? —dijo—. ¿En serio piensas que los tiraron? Los italianos son muy respetuosos.

—Esa es, exactamente, la cuestión —le dije—. Para que fueran tratados de esa manera tuvieron que ser los huesos de una persona que hubiera cometido suicidio.

—¿Un suicidio?

—Claro. En primer lugar, el sarcófago no fue enterrado en el cementerio así que, casi con total certeza, contenía los restos de alguien que se había suicidado. El suicidio era considerado un pecado mortal, así que el cuerpo no se podía enterrar en sagrado.

Desiree soltó una palabrota en italiano e hizo un extraño gesto con la mano izquierda, algo para alejar el mal. En ese momento me dio por pensar que ella podía insultar y maldecir en tres idiomas y aquello me resultó, de alguna manera, digno de admiración.

—Además —continué—, la familia tiene que haber sido rica para pagar a los monjes y que estos hicieran la vista gorda. Ya sabes, para conseguir que enterraran a su ser querido tan cerca como fuera posible de suelo sagrado. El momento histórico coincide. Y los Capuleto eran una familia rica.

—¿Me lo estás diciendo en serio?

—En serio.

—O sea que, ¿crees que realmente puede haber sido Julieta? ¿Ahí dentro? —exclamó, señalando el sarcófago.

—No lo sé. Podría ser.

Desiree se quedó mirándome durante unos segundos. Luego puso la mano en el sarcófago.

—Está caliente —se sorprendió—. La piedra está tibia.

Yo también lo toqué.

—Extraño —dije.

—Me puedo imaginar cómo debe de haberse sentido —dijo Desiree.

—¿Eh?

—Estaba atrapada. Prefirió morir antes que vivir una vida que ella no había elegido.

—No sé si...

—Yo soy igual. Tienes que saberlo.

Me miraba fijamente a los ojos.

—Tengo que vivir mi vida a mi manera, no siguiendo las reglas de otra persona.

—Vale —dije.

Dejó que la cámara colgara de la correa que llevaba al cuello.

—¿Podemos salir ya de aquí?

—Vale —dije.

Tenía un aire serio mientras subíamos por las escaleras. En el exterior, el sol inundaba oblicuamente el antiguo claustro. Las nubes se habían disipado y un pájaro cantaba en las ramas más altas del roble. A grandes pasos alcanzamos la calle y Verona volvió a la vida a nuestro alrededor.

La oficina estaba rebosante de actividad cuando llegamos. Una serie de mujeres levantaron la vista de la mesa redonda del vestíbulo. No reconocí a ninguna de ellas. Giovanna estaba detrás del mostrador y, a su lado, una señora delgada sujetaba un fajo de papeles y se estaba dirigiendo al grupo. Agitaba los papeles y desplazaba la mirada con movimientos rápidos y precisos. Entre la gente pude ver a Anna, que nos saludó con el brazo cuando nos vio. Nos abrimos paso hasta donde estaba ella y la señora delgada hizo una mueca por la interrupción.

—*Buon giorno* —susurró Anna—. ¿Ella es Desiree?

—Sí —contesté.

—Hola —dijo Desiree.

La señora delgada nos echó una mirada asesina, pero siguió leyendo sus papeles.

—Vamos al fondo —dijo Anna—. Ahí podemos hablar.

—¿Qué es todo esto? —le susurré.

Seguimos a Anna hacia el fondo del pasillo y se detuvo en la puerta de su despacho. Me dirigió una mirada fugaz y luego le hizo un rápido chequeo a Desiree.

—Es la primera reunión —dijo.

—¿La primera reunión de qué?

Volvió a mirarme a mí.

—Puede que te haya contado lo del cumpleaños de Julieta. Estamos empezando a planificarlo.

—¿Y quién es la que habla? —pregunté.

—Es Barbara —dijo Anna—. Es la responsable de organizar la celebración este año.

Desiree murmuró algo en italiano y Anna la miró sorprendida; luego las dos se echaron a reír con aire cómplice. Intercambiaron unos cuantos susurros más mientras me miraban y seguían riéndose.

—Eh —protesté—. No es justo.

En la entrada, Barbara seguía con lo suyo hasta que algo de lo que dijo llamó la atención de Anna.

—Perdonad —dijo—. Va a repartirnos unos papeles. Tengo que volver.

—Vale —dije—. Nosotros nos pondremos con las cartas.

—No, tenéis que venir también —dijo Anna.

Me giró y me dio un pequeño empujón en dirección a la entrada. Ahora todo el mundo hablaba. Los papeles circulaban y se iban distribuyendo de mano en mano. Anna cogió uno y me pasó a mí el último que quedaba. Era una especie de programa de actividades en el que se especificaban horas e idiomas. En la parte de arriba ponía «*Compleanno di Giulietta*».

—¿Qué es esto? —le pregunté a Anna.

—En las celebraciones por el cumpleaños siempre leemos fragmentos de las cartas; en muchos idiomas distintos.

Barbara pidió que se volviera a guardar silencio y sentí cómo Desiree se pegaba a mi lado. Barbara repasó rápidamente el programa y luego dirigió su mirada hacia mí. Me habló directamente a mí, en italiano.

—Glenn —dijo Giovanna, traduciendo—, tú leerás la carta en inglés el día del cumpleaños de Julieta.

—¿Yo?

—Sí. Nos gustaría que lo hicieras —dijo.

Barbara esperaba pacientemente.

—Pero, yo no soy... —empecé a decir, pero Desiree me dio con el codo.

Todos me miraban. Desiree me apretó el brazo. Me di cuenta de que estaba entusiasmada por mí y que quería que aceptara.

—¿Qué tengo que hacer? —pregunté.

—Leerás la carta en inglés —dijo Giovanna—, en la Piazza dei Signori.

—¿En la *piazza*? ¿Pero cuánta gente va a haber ahí?

—Toda Verona —dijo Giovanna—. Toda Verona estará ahí.

—Jo, no sé...

—Glenn —me susurró Desiree—, deberías sentirte muy honrado de que te lo pidan.

—De acuerdo —dije.

Pero para entonces la atención de todo el mundo había vuelto a centrarse en Barbara. Cuando la reunión finalmente terminó, Desiree y yo nos escurrimos hacia nuestro despacho al final del pasillo.

—Debes de gustarles —dijo Desiree.

—Bueno, no sé yo.

—Claro que sí. Los impresionas.

—¿Quién lo ha dicho?

—Nadie. No hace falta. Es evidente.

Sobre el escritorio, la caja de cartón rebosaba otra vez. Alguien debía de haberla rellenado. Recolocamos las sillas y las pusimos más juntas, para que cuando nos sentáramos nuestras rodillas se tocaran.

Unos minutos más tarde Anna apareció en la puerta.

—Todo el mundo se va a comer —anunció, mientras se ponía el abrigo—. Pero yo ya me quedo en casa.

—¿Va todo bien?

—Sí, por supuesto —dijo, aunque se notaba que algo sucedía—. ¿Os veo mañana? —preguntó.

—Claro.

—Mañana por la tarde iré a la oficina nueva. Seguramente me pasaré antes a recoger las cartas del buzón. ¿Queréis que quedemos allí?

—¿En la casa de Julieta? —preguntó Desiree.

—Sí. ¿Vendréis?

—Claro —dijo Desiree.

—Y, Glenn —dijo Anna—, ahí tendré una sorpresa para ti.

—¿Una sorpresa?

—Mañana —dijo Anna, despidiéndose con un gesto de la mano—. ¿A las tres? Junto al buzón.

Desiree y yo seguimos erosionando la montaña de cartas. El vestíbulo quedó en silencio, y creo que nos quedamos solos los dos en la oficina. Media hora más tarde leí una sorprendente. «Querida Julieta», empezaba. «Me llamo Fiona. Tengo veintitrés años y en este momento estoy viajando por Europa. Hicimos una excursión de un día a Verona así que aproveché para escribirte esta nota. Nací con una enfermedad pulmonar denominada fibrosis quística y ahora mi salud está empeorando rápidamente. Esta enfermedad no tiene cura».

—Jo —exclamé en voz alta.

Desiree levantó la vista de su carta y vio cómo se me desencajaba la cara.

—¿Qué te pasa? —preguntó.

—No, nada. Es que..., bueno, nunca me había tocado una como esta.

Le di unos golpecitos a la carta que tenía delante y leí un poco más.

«Estoy enamorada de un chico llamado Danny. Tiene veinticinco años y queremos casarnos. Si existen las almas gemelas, él es la mía. No sé si nuestros padres nos dejarán casarnos y si es justo para él. Ya me cuesta mucho respirar. No creo que llegue a los cuarenta y mis últimos años no van a ser buenos. ¿Se puede simplemente aceptar que uno va a vivir una historia de amor que tendrá un final trágico? Él dice que sí, pero yo no lo sé».

—¿Qué pasa? —preguntó Desiree.

Las últimas dos líneas de la carta decían: «Todo mi amor va en estas dos hojas de papel. Tratadlas bien».

—Mierda —dije.

Noté cómo se me cerraba la garganta.

—¿Qué dice? —preguntó Desiree, cogiendo la carta.

Sus ojos recorrieron aquellas líneas y empezaron a humedecerse. Entonces, de repente, se puso de pie.

—Tengo que salir fuera —balbuceó.

Abandonó atropelladamente el despacho y desapareció. Yo me quedé sentado un momento y luego fui tras ella. Junto a la entrada, su rostro había perdido todo el color. No estaba llorando, pero casi.

Tenía la cabeza gacha y no decía nada. Luego se volvió hacia mí con la mirada perdida.

—¿Qué te pasa? —pregunté.

—Yo estuve a punto de morir —dijo ella.

—¿Qué?

—Tenía quince años...

Cogió aire y continuó:

—Me llevaron corriendo al hospital en una ambulancia.

—Dios. ¿Qué fue lo que pasó?

—Tuve una reacción alérgica muy aguda. No podía respirar.

Negó con la cabeza.

—Se me puso la piel roja como la de una langosta hervida. Menos las uñas, que las tenía azules. Entonces..., entonces...

—Tranquila. No pasa nada —le dije, dándole palmaditas en el hombro.

—Había tenido reacciones alérgicas antes, pero cada vez eran peores. Esa casi me mata, así que pensé que la siguiente...

—¿Qué te la provocó?

—Las nueces —dijo—. Las puñeteras nueces. Soy alérgica a todos los frutos secos, pero algunos son peores que otros. Algunos pueden ser letales para mí.

Volvió a coger aire y se calmó un poco.

—Después de aquello —continuó—, decidí vivir la vida como yo quería. Si iba a ser corta, no quería morirme arrepintiéndome de nada.

—Esa no es una manera tan mala de vivir —dije yo.

—Y aquí estoy —dijo ella—. Sigo viva, hecha una adulta. Y estoy perdida. Estoy perdida, Glenn. No sé lo que estoy haciendo. He vivido en muchos lugares del mundo, pero no siento que pertenezca a ninguno en particular.

En ese momento parecía completamente abatida. No había nada que pudiera decir para remediarlo.

—Ven aquí.

La envolví con mis brazos y ella se acurrucó en mi pecho.

—Sigues viva —le susurré al oído—. Y estás otra vez en Italia.

Se separó un poco de mí y me dijo:

—Aquí es donde vine primero. A Italia. Quería vivir aquí, y ya sabes cómo salió aquello.

Negó con la cabeza y continuó:

—En mi vida nada ha salido como esperaba.

—Puede que eso nos pase a todos.

—Ya lo sé, pero...

—¿Crees que vas a poder continuar hoy?

—Sí —dijo, secándose una lágrima del rabillo del ojo.

—Giovanna seguramente volverá pronto —dije—. ¿Quieres que...?

Ella asintió con la cabeza y vino conmigo de vuelta a la oficina.

La carta de Fiona seguía encima de la mesa, ligeramente torcida. Me dejé caer en mi silla.

—Tal vez será mejor que contestemos esta más tarde —dije.

Desiree se sentó con gesto inexpresivo.

—Mira —dije, cogiendo una hoja con el membrete del Club di Giulietta. Me incliné sobre el papel y escribí una frase al lado del logo de Julieta, que estaba en una esquina. Desiree me observaba. Con unas tijeras, recorté la tira que había escrito. Junto al logo, con mi mejor letra de imprenta, había puesto: «*Sé fiel a ti misma*». La enrollé, como si fuera un minúsculo documento antiguo, y se la di a Desiree.

—¿Para qué es esto? —preguntó.

—Para tu colgante —dije.

Lo abrió enseguida y lo puso dentro. Encajaba perfectamente.

Esa noche, Desiree y yo compramos entradas para la ópera. No le dije que el año anterior había ido y había sido una decepción colosal. Por otra parte, esta vez íbamos a ver *Aida*, no *Romeo y Julieta*.

El espectáculo no empezaba hasta que oscurecía, así que paseamos por la *piazza* poco antes del anochecer, bajo un cielo de un azul pálido y delicado. Una estrella solitaria flotaba sobre los tejados y, en la distancia, el coliseo se alzaba con esfuerzo, antiguo y premonitorio.

Me estoy dando cuenta de que no he hablado lo suficiente de ese monumento extraordinario. Para empezar, el anfiteatro se encuentra literalmente en el centro de Verona, en una gran plaza adoquinada. La Piazza Brà. En un extremo de la plaza se sitúa el ayuntamiento, un edificio de estilo neoclásico. El otro extremo está tapizado de cafés con terrazas, como en París, donde uno se puede sentar y ver pasar a la gente.

Pero en el medio, el anfiteatro romano se eleva sobre todo lo demás. En su día llegó a albergar treinta mil espectadores. Los bloques de caliza blanca y rosa fueron transportados desde las cercanas colinas de Valpolicella y reflejan el cielo plomizo cuando llueve, pero despiden una luz etérea y reluciente cuando brilla el sol. Hace unos mil años, el muro cortina exterior se derrumbó debido a un terremoto, así que lo que queda es la estructura central, que tiene dos pisos. Cada piso tiene setenta y dos arcos y cada arco tiene las dimensiones de la entrada de un túnel ferroviario. Por la parte de atrás, cerca de la taquilla, el único trozo de muro que queda en pie, del anillo exterior original, se eleva otro piso sobre el resto y ahí uno puede hacerse una idea de lo que era el poderío de Roma.

Desiree estaba encantada. Nos habíamos puesto elegantes para la ópera y, cuando la vi salir de su habitación de la pensión con un vestido veraniego de color amarillo y la melena reluciente cayéndole en cascada sobre los hombros, me quedé sin palabras.

—Hala —fue todo lo que pude decir.

—A ver si aprendemos, oiga —dijo ella, pero le brillaban los ojos.

Nos integramos en la elegante multitud que se iba desplazando hacia la entrada. Se me había olvidado llevar algo sobre lo que sentarnos, así que giré a Desiree hacia un puesto que vendía cojines y compramos un par de ellos. También me hice con un pequeño programa de color granate en el que se contaba el argumento de *Aida* y que incluía el libreto entero en italiano y en inglés, en páginas opuestas. Entramos por uno de esos arcos tan grandes como bocas de túnel ferroviario y subimos a nuestras localidades por unos escalones desgastados por el tiempo, casi en la fila más alta. No pude evitar pensar en todos aquellos que habían subido por esos escalones antes que nosotros; los que habían ido a ver peleas de gladiadores y escenificaciones de cacerías de animales exóticos.

Esa noche era la historia de una esclava egipcia que se enamora de un capitán del ejército. La música es de lo mejor que se ha compuesto nunca, la obra maestra de Giuseppe Verdi, y la multitud vibraba de entusiasmo. Nos sentamos casi en lo más alto, a la izquierda del escenario, y unas quince mil personas más ocupaban los asientos de las filas inferiores. Al oeste, el sol ya se había puesto en un cielo color albaricoque y, cuando ya se amorataba y oscurecía, una docena de potentes focos irrumpieron en la noche, brillantes cañones de luz que aleteaban hacia delante y hacia atrás, atravesando las nubes. Vendedores ambulantes ofrecían cerveza fría, agua y palomitas. En el otro extremo del anfiteatro, frente a nosotros, el anillo exterior de arcos romanos se elevaba sobre la multitud con la silueta magenta de sus piedras antiguas. Y a medida que la cálida noche se instalaba sobre nosotros y la multitud se serenaba, la gente que estaba delante de nosotros en las filas más bajas empezó a encender sus velitas. Los cañones de luz se apagaron y en la total oscuridad decenas de miles de velas titilaban en la oscuridad como un universo de estrellas. Desiree apoyó la cabeza en mi hombro.

Un único foco iluminó al director y lo siguió en su recorrido hasta el foso de la orquesta mientras aleteaban los faldones de su frac y ondeaba sobre sus hombros su augusta melena gris. La multitud rugió cuando se subió al podio. Entonces levantó la batuta y... dio comienzo aquella música gloriosa.

Se encendieron las luces del escenario y de repente estábamos en un lujoso palacio del antiguo Egipto. Una serie de imponentes columnas decoradas enmarcaban la sala del trono y en el centro se encontraba el gran faraón. La sección de cuerda se hizo notar y una larga fila de figuras fantasmales desfiló por el escenario. Detrás de ellas se elevaba el complejo palaciego, con una altura de cuatro o cinco pisos y personajes que subían y entraban en él. Eran soldados egipcios, todos parte de la historia, llevando lanzas que, por la potencia de la iluminación escénica, de vez en cuando lanzaban destellos.

Cantaban en italiano, por supuesto, e incluso Desiree pronto se pegó a mí para seguir el libreto en mi programa granate. En un momento dado, unas cien esclavas con túnicas transparentes ejecutaban una danza. Giraban en torno al faraón como ráfagas de viento. Desiree había sido bailarina. Contemplaba todo aquello, fascinada, y se estrechaba cada vez más contra mí a medida que refrescaba la noche, hasta que su hombro se acabó acurrucando en el mío.

Eran casi las once cuando llegamos al primer intermedio y cuando se encendieron las luces del público la gente empezó a moverse a nuestro alrededor, poniéndose de pie, riendo y dirigiéndose a las salidas.

—Quince minutos —dijo Desiree, traduciendo lo que habían dicho por los altavoces.

—Vayamos a estirar las piernas —dije.

Fue agradable levantarse y unirse a las corrientes de gente que bajaban lentamente por aquellos escalones gastados por el tiempo. No tardamos mucho en estar otra vez en la *piazza*. Pasamos al lado de los elementos de atrezo para otras óperas y llegamos a una zona de la arcada exterior que estaba iluminada. Debían utilizarla como camerino, porque había aproximadamente una docena de figurantes, todos con tocados egipcios y con los ojos perfilados con *kohl* negro, fumando cigarrillos y charlando. Uno estaba sentado en una silla de cocina, de madera, fuera de la arcada, comprobando mensajes de texto en su iPhone. Cuando pasamos junto a él, ese personaje de hace tres mil años levantó la vista y el brillo azul de la minúscula pantalla iluminó el maquillaje de su cara. La multitud se desparramaba a nuestro alrededor, juerguistas en vaqueros y señores de *smoking* y pelo plateado, del brazo de mujeres con perlas, con laca y con vestidos de noche. Zigzagueamos entre la gente, sobre el empedrado, hasta llegar a una fuente, y nos sentamos en el borde.

Abrí el pequeño programa granate.

—¿Qué pasa después? —preguntó Desiree.

—¿A que te gustaría saberlo? —bromeé, levantando el programa y manteniéndolo lejos de su alcance.

—¡Eh! —dijo ella, riéndose y arrebatándome el programa de la mano.

Leyó algunas líneas en voz alta. «*Adiós, valle de lágrimas. Breve sueño de felicidad condenado a acabar mal*».

Profirió un exagerado suspiro.

—¿Por qué tienen todas estas historias de amor finales tan tristes?

—Las historias necesitan tener drama —dije.

—Yo ya no quiero más drama.

—No, yo tampoco.

Entonces me di cuenta de que había olvidado muchas de mis penas. Ya no pensaba en Claire. Estaba ahí, en ese momento, en el presente. Y, en ese momento, no quería estar en ningún otro sitio. En absoluto.

Sonó un gong.

—Hora de volver —dijo Desiree.

Siguió la segunda escena del segundo acto, con la triunfal entrada de los soldados, cientos de ellos, y una fila de tristes prisioneros a punta de lanza, entre las columnas. Una marcha irrumpió desde el foso de la orquesta, una marcial explosión de victoria. Y entonces entraron los caballos, grandes sementales blancos, con la cabeza en alto, caracoleando, con arneses dorados que centelleaban al reflejar la potente iluminación escénica. Si tuviera que adivinar, diría que, en ese momento, había trescientos personajes en el escenario.

—Espectacular —dije.

Allá abajo, Aida hacía sus planes para escapar al desierto, para huir con su amado. En la siguiente escena, un bote navegaba por el Nilo y dio comienzo un aria. El público empezó a cantarla también, un coro de varios miles de personas atronando frente a la orquesta. Sentí un escalofrío en la espalda ante la belleza de todo aquello. Al final, Aida y su amado acabaron encarcelados en una cripta, condenados a morir —casi como Romeo y Julieta—, y un pesar silencioso descendió sobre la masa del público. Y cuando la ópera llegaba a su fin, mientras los violines enviaban sus últimas notas hacia aquellas piedras milenarias, las luces de escena fueron bajando hasta que en todo el anfiteatro se hizo, durante unos momentos, un silencio mortal. Luego, empezó a emerger un gran rugido de la multitud, una lluvia de aplausos y gritos de entusiasmo, que repetían *Bravo! Bravo! Bravo!*

La ovación se prolongó durante diez largos minutos y el director se vio obligado a recorrer dos veces la longitud del escenario, unos 46 metros desde los bastidores hasta el podio, mientras la multitud coreaba cánticos y seguía aplaudiendo. Desiree se tapó la boca con la mano, impresionada.

—Asombroso —dijo—. Completamente asombroso.

Era bien pasada la medianoche cuando salimos otra vez a la plaza. Los taxis abarrotaban la cuneta, aunque la mayoría de la gente simplemente parecía desaparecer en la noche. Algunas veces, pensé, la verdadera magia no está en lo espectacular. A veces es mucho más sutil.

Después de las masas, los timbales y los oratorios, cruzamos las puertas de las murallas medievales. Las estrellas brillaban sobre nosotros y, silenciosamente, la mano de Desiree se deslizó en la mía.

A la mañana siguiente, un rayo de sol entró por mi ventana. Me espabilé en seguida y me di cuenta de que ya era tarde.

Me vestí rápidamente y salí atropelladamente hacia la habitación de la entrada. Desiree estaba sentada a la mesa del desayuno. Hacía mucho que había terminado y tecleaba algo en su portátil.

—Buenos días, rayo de sol.

Yo quise decir algo, pero solo me salió un gruñido.

—Tenemos el día libre —dijo—. Giovanna mandó un correo para decir que no hace falta que vayamos esta mañana.

—¿Ah, sí?

—Pero, de todos modos, hemos quedado con Anna a las tres —añadió.

—Entonces, ¿qué te apetece que hagamos?

—Conocer un poco más Verona, ¿no?

—Claro.

Se puso de pie.

—¿Qué tal si te enseño la Italia que yo conozco?

No sabía muy bien a qué se refería.

—Primero —dijo—, iremos a un bar.

—¿A un bar? ¿No es un poco pronto?

—Un bar como los de aquí, donde podemos pedir capuchino y *bomboloni*.

—¿Qué es eso?

—Unos bollitos —dijo ella—, rellenos de nata. Espera y verás.

Nos dirigimos hacia el oeste, a una parte de Verona que yo no conocía. Desiree estaba muy animada. Caminaba a buen ritmo, con la cara iluminada.

—Me encanta estar aquí —dijo—. De verdad creía que no iba a volver nunca.

—¿Por Rafael?

—Sí, sobre todo. Él era una gran parte de mi vida aquí. Creíamos que éramos almas gemelas. Éramos nosotros contra el mundo.

Se medio rio ella sola.

—¿Sabías que en Italia da mala suerte casarse un martes?

—¿Así que te casaste un martes?

—Sí. No nos importó.

—De todos modos, ¿por qué te casaste?

—Ahí —dijo—. Ahí hay un café bar.

Cruzó la calle en línea recta y entramos en un pequeño local. Olía a madera antigua y a granos de café. Había algunos hombres apoyados en la barra, uno leyendo el periódico, otros dos charlando. Desiree le dijo algo al camarero de la barra y este se colocó frente a la máquina de café, un vetusto aparato con palancas y perillas, y un tubo del que salía vapor a presión haciendo ruido. Ella se apoyó en la barra, igual que los hombres.

—Necesitaba el certificado de matrimonio —retomó la conversación—. Para conservar mi visado, ya sabes. Esa fue la única razón por la que nos casamos.

Nuestros cafés llegaron en tazas que no eran más grandes que las de té. Y luego nos pusieron dos platos pequeños con servilletas sobre las cuales reposaban dos bollos gordos y redondos. Estaban rebozados en azúcar glas y venían aún calientes del horno.

Se quedó mirando a su capuchino, pero no lo cogió.

—El primer año todo cambió. Todo el mundo nos consideraba una pareja casada; excepto nosotros dos. Lo peor era que se refirieran a mí como «la mujer de Rafael». Eso lo odiaba.

Le eché un poco de azúcar a mi café y esperé a que continuara.

—Es solo..., fue la familia, supongo. En Italia, todo tiene que ver con la familia. Uno tiene que saberlo. Su familia tenía un negocio y él... Bueno, su familia no dejaba que se marchara. Al final comprendí que nunca iba a abandonar su pequeña ciudad. No podía.

—Lo siento —dije.

—Han pasado casi diez años —dijo—. Mucho tiempo. Estudié una carrera. Volví a mi plan original de conseguir un doctorado, pero... No lo sé, aquello tampoco salió bien en absoluto.

Bebí un sorbo de café. Estaba tan fuerte que se me contrajo la cara.

—Pero hay más —dijo Desiree—. Hay algo más que probablemente debería decirte.

¿Y ahora qué?

Pero apenas acababa de empezar a hablar cuando las campanas de la catedral se pusieron a sonar, y había unas cuantas. Cuando finalmente volvieron a enmudecer, retomé la conversación.

—Me ibas a contar algo.

—Ah, no —dijo ella—. No te preocupes por eso.

Cogió su capuchino y añadió:

—Dediquémonos a disfrutar del resto del día.

Después, estuvimos vagando por las calles empedradas. La alejé de la Casa di Giulietta, sabiendo que estaríamos ahí a las tres para reunirnos con Anna. A las dos de la tarde, el sol brillaba en el centro de un claro cielo azul. Todavía hacía un poco de fresco para estar a principios de septiembre, pero por lo menos había dejado de llover.

Compramos unos trozos de *pizza* para llevar en otro pequeño local. Eran cuadrados y nos los habían envuelto en un papel grueso de color marrón para que no gotearan y nos mancharan. Una calle más allá, encontramos una placita con un pórtico cubierto donde podíamos sentarnos y saborear nuestra *pizza*. En lo alto, en una ventana, había ropa tendida y, frente a los pilares, una puerta verde con un llamador de latón que tenía la forma de una pequeña cabeza humana. Detrás de nosotros, un grupo de niños se turnaba para patear el balón contra una pared.

—Todavía pienso mucho en mis alumnos —dije, mientras observaba a esos chicos—. Recuerdo un trabajo que les encargaba antes de *Romeo y Julieta*. Era una especie de cuestionario que tenían que contestar. No puntuaba para las notas.

—¿Un cuestionario sobre qué? —preguntó Desiree, retirando el papel que envolvía su *pizza* y dándole un mordisco.

—Era sobre su *locus* interno de control.

—¿Sobre qué?

—*Locus* interno de control. Se refiere a cuánto control crees que tienes sobre tu propia vida y en qué medida crees que la controlan factores externos. El destino, supongo.

Desiree examinaba su trozo de *pizza*.

—Todos los alumnos —continué— tenían que contestar ese cuestionario y luego sumar las respuestas para obtener una posición en una escala. No recuerdo bien, pero creo que iba del uno al treinta.

Ella le dio otro pequeño mordisco a su *pizza*.

—Cuanto más bajo es el número, más cree uno que tiene un control completo sobre su vida. Y, cuanto más alto, más piensa uno que son los factores externos los que controlan su vida.

—¿Tú respondiste el cuestionario?

—Sí —dije.

—¿Y?

—Saqué un nueve.

—Entonces no crees en el destino.

—No, la verdad es que no.

—Pero, un nueve... —dijo ella—. ¿Eso no significa que un poco sí crees?

—Ahí está la cosa. Este test, las instrucciones que traía, decían que un siete o un ocho era prácticamente lo óptimo. Es lo más sano, desde el punto de vista mental.

Desiree arrugó la nariz.

—¿Por qué? —preguntó.

—Por lo visto, la mayoría de los directores de las principales empresas sacan sietes y ochos. Los billonarios casi siempre son sietes.

—No estoy segura de que eso los haga mejores personas.

—No.

—¿Te vas a comer tu *pizza*? —me preguntó

Miré mi trozo. El queso se estaba quedando frío.

—Supongo —continué, intentando terminar mi argumento—, que la mera creencia de que uno puede controlar las cosas hace que uno tenga más éxito.

—Puede ser —dijo ella—. Pero algunas cosas son claramente incontrolables. No me importa lo que diga no sé quién.

Los niños habían dejado de darle patadas al balón de fútbol. Uno de ellos, de los más pequeños, nos miraba.

—Como esto —dijo Desiree.

—¿Cómo qué?

—Como nosotros.

Me mantuvo la mirada.

—Venga —añadió—. No me hagas deletreártelo.

Estudié su rostro, buscando algo más, pero era inescrutable.

—Creo que si yo respondiera a ese cuestionario —continuó—, sacaría aproximadamente un quince; porque la verdad es que no creo que tengamos tanto control como tú te piensas.

—Puede ser —dije.

—Como Claire, por ejemplo —dijo ella.

Me encogí un poco. Todavía me dolía oír ese nombre.

—¿Qué pasa con ella?

—Cuando Claire descubrió que estaba embarazada se le cerraron muchas opciones.

—He pensado en eso. Supongo que fue como en el dominó. Tuvo que hacer lo que tuvo que hacer.

—Tú eres un tío. No tienes ni idea. Fue mucho más duro para ella que para ti.

—Sí, lo sé. Eso lo entiendo.

Puse el trozo de *pizza* y su envoltorio sobre el murete en el que estábamos sentados. De repente, ya no tenía hambre.

—Lo único que digo —insistí— es que uno tiene que creer que tiene algún grado de control sobre su vida. Tienes que creer que si el destino te quita algo, tú eres capaz de superarlo. Encontrar el final feliz depende de ti.

Desiree se había terminado su trozo. Hizo una bola con el papel y miró alrededor buscando una papelera. Me quedé mirándola un momento.

—¿Qué? —dijo.

—Nada.

Pero, la verdad era que quería preguntarle por lo de antes; cuando me dijo que había algo más que tenía que contarme.

—Deben de ser casi las tres —dijo—. Tendríamos que ir hacia allá.

Desiree y yo atravesamos la Piazza delle Erbe, dejamos atrás la estatua romana y los puestos de frutas y recorrimos la Via

Cappello hasta la casa de Julieta. Conocía el atajo para entrar en el patio, pero quería que Desiree lo hiciera por el pasadizo abovedado. Ese pasadizo, que puede tener unos cinco metros de largo, es casi un túnel. Está repleto de turistas, pero aun así es una experiencia mágica salir de la oscuridad y encontrarse, al otro lado, en aquel antiguo patio.

Cuando llegamos, Desiree apuntó con su cámara hacia arriba, hacia el famoso balcón, y disparó un montón de veces seguidas. Le dije que no era auténtico, pero no le importó. Era bonito. De hecho, en ese momento me di cuenta de que si Romeo hubiera estado mirando ese balcón habría estado mirando hacia el este, efectivamente. *Es el oriente*, dice, *y Julieta, el sol.*

—Mira ahí arriba, sobre el pasadizo por el que hemos entrado. ¿Lo ves? —dije.

Desiree levantó su cámara e hizo *zoom* para acercarse al escudo de armas que estaba colocado sobre la entrada. El bajorrelieve había sido erosionado por el tiempo y apenas medía lo que un plato llano, pero era la vieja insignia de la familia Capuleto.

—Al menos eso es auténtico —dije—. Por eso se sabe que esta fue la casa de los Capuleto.

—Recuerda a un bombín —dijo Desiree.

—Es un sombrero, o un gorro, supongo, y lleva ahí arriba setecientos años.

Miré el reloj.

—Nos sobra algo de tiempo. ¿Quieres que vayamos dentro a conocer la casa?

—¿Hay menos gente que aquí?

El patio estaba a rebosar.

—Suele estar bastante vacía.

—Entonces, vamos.

Las cosas estaban prácticamente igual que el año anterior. Una señora mayor se quedó nuestros euros y yo le enseñé a Desiree la estatua original de Julieta que había en el descansillo, con el pecho derecho roto como un jarrón. Subimos, pisando fuerte en los escalones de madera, y cuando llegamos arriba entramos en el amplio salón donde, supuestamente, Romeo y Julieta se conocieron.

—Nunca tuve realmente la oportunidad de hablarles de esto a mis alumnos —dije.

—¿Por qué no?

—No lo sé. Parecía que había tanta diferencia entre lo que era real y lo que era solamente una historia.

—¿Qué se supone que significa eso?

La seguí mientras caminaba sobre el suelo de madera para acercarse a donde estaba la enorme chimenea. Frente a esta habían colocado dos sillas de respaldo alto.

—Bueno —dije—, es como la estatua de Julieta (en realidad, solo me di cuenta más tarde). Es uno de los temas fundamentales de la historia. Y a todo el mundo se le olvida.

—¿La estatua?

—El señor Montesco, el padre de Romeo, dice que va a encargar que se haga una estatua de Julieta, para homenajearla, y supongo que para demostrar que el conflicto entre las dos familias ha terminado. Ese es el final feliz.

Desiree ajustaba algo en su cámara. Se desplazó a la esquina del salón para que entrara todo en la foto. Yo la seguí.

—No es un final feliz —dijo.

—No —dije—. Supongo que no.

Suspiré de una manera muy audible.

Ella me miró por encima del visor de la cámara.

—¿Qué? —me preguntó.

—Estaba pensando...

—¿El qué?

—Tal vez eso fuera lo que Shakespeare estaba intentando decir desde el principio. Que tal vez tenemos que atravesar alguna clase de infierno antes de poder salir al otro lado. Antes de poder cambiar nuestra forma de pensar y de poder cambiarnos a nosotros mismos.

Ella bajó otra vez la cabeza para hacer una foto.

—Lo que quiero decir —continué— es que en mi caso ha sido así. Hizo falta que me ocurriera un desastre para que renunciara finalmente a un amor que nunca me iba a corresponder; para poder, finalmente, salir al otro lado.

Ella se irguió y me miró a la cara.

—Y entonces —dije—, apareciste tú.

—Así es, señor Destino.

En la suavidad de aquella luz, Desiree sonrió y volvió a inclinar la cabeza para comprobar los ajustes de su cámara.

—El balcón está justo ahí, ¿sabes? —le dije.

Un arco veneciano, justo al lado de la habitación principal, conducía a una pequeña habitación adyacente. Y ahí, una puerta daba paso al famoso balcón.

—¿Lo hacemos?

—¿Salir al balcón?

—Sí.

Aparecimos a la luz del sol y Desiree entrecerraba los ojos por el deslumbramiento. Desde el balcón podíamos ver los tejados de las casas. A nuestro lado trepaba una hiedra por el muro hasta situarse por encima de nuestras cabezas. Abajo, en el patio, alguien gritó algo y después, un coro de voces lo repitieron.

—¿Qué están diciendo?

—Quieren que nos besemos.

Me incliné hacia ella y le di un beso muy superficial en los labios.

—¿Ya nos podemos ir?

—Vale.

En cuanto entramos, se detuvo. Parecía enfadada.

—Ese no es el auténtico —repetía.

—¿El auténtico qué? —pregunté.

—No te voy a besar solo porque me han dicho que lo haga.

Me reí.

—No te rías.

—No lo hago. Lo encuentro encantador.

—Solo recuerda: ese no ha contado. No es el auténtico.

Bajamos por los escalones de madera y salimos al patio. La multitud se había renovado lo suficiente como para que nadie nos reconociera como la pareja que había estado en el balcón apenas unos minutos antes. Oí que alguien me llamaba. Anna estaba junto al buzón y nos hacía señas con el brazo. ¿Nos había visto en el balcón? Creí que no. Junto a ella estaba Soňa, sonriendo y saludando también. Tardé unos instantes en reaccionar.

—¡Soňa! —grité.

—¿Quién? —dijo Desiree.

—Es Soňa. Soňa ha vuelto.

Me abrí paso entre la multitud tirando de Desiree. Esquivamos a un último grupo de gente y llegamos al buzón.

—Soňa —dije—, ¿qué haces aquí?

Estaba igual. Pómulos altos, melena rubia teñida de castaño en las puntas, un montón de pulseras en cada muñeca.

—He venido para el cumpleaños de Julieta —dijo Soňa.

—Desiree —dije, apretándola contra mi costado—, esta es Soňa. Estuvo aquí el año pasado escribiendo cartas conmigo.

—Hola —dijo Desiree.

—Soňa ha aceptado leer una carta en la ceremonia —dijo Anna—. Si podemos encontrar alguna en checo.

—Por supuesto que podemos encontrar una en checo —dijo Soňa—. Somos dieciséis millones.

—Yo creo que deberíamos abrir el buzón ya —dispuso Anna.

Acercó la llave al candado, pero Soňa se la arrebató. El mismo número del Gordo y el Flaco.

—Esperad —dijo Desiree—. Dejadme tomar una foto.

Soňa esperó un momento y luego abrió el candado y tiró de la portezuela. Anna arrastró hacia afuera el montón de cartas y las hizo caer en una bolsa de lona. Luego, los cuatro huimos por la puerta que hay a la derecha del buzón. Los dueños de esa tienda eran los encargados de guardar la llave y Soňa se la dejó. Un segundo después estábamos de vuelta en la calle. Anna caminaba delante, columpiando la bolsa con las cartas mientras lo hacía. Desiree y Soňa iban a mi lado.

Cruzamos otra vez la Piazza delle Erbe y pude volver a comprobar hasta qué punto todo seguía igual que el año anterior. En el otro lado de la plaza, arriba, entre dos edificios, seguía el hueso de ballena colgando como una espada sobre los transeúntes.

—¿Cómo te va con los estudios? —le pregunté a Soňa.

—Ahí van —dijo—. Sigo con la licenciatura.

—¿Qué estudias? —preguntó Desiree.

—Lengua y literatura italianas —contestó Soňa.

Se pusieron una al lado de la otra y siguieron charlando y caminando delante de mí, como dos viejas amigas.

Cuando llegamos a la oficina nueva derramamos las cartas sobre la mesa de madera y empezamos a clasificarlas. Trabajábamos en silencio, cogiendo cartas de los montones, una por una, escribiendo con los bolígrafos, con las cabezas agachadas.

—Escuchad esta —dijo Soňa, rompiendo el silencio—: «Querida Julieta: Estoy segura de que mi novio sale con otras chicas. Mi amiga Angela dice que lo ha visto en el cine con otra chica».

—Ahórrate sufrimientos, hermana —dijo Desiree.

—Sí, déjalo —coincidió Soňa—. Cuanto antes.

—Pero no puedes responder eso —dije.

—Vale, vale —dijo Soňa—. ¿Qué tal «Querida Linda: Debes tener cuidado en el amor. Tienes que saber la verdad pero, sobre todo, debes proteger tu propio corazón»?

—Eso está bien —dije.

—Sí —dijo Desiree—. Muy diplomático.

—¿Cómo se te ocurren esas cosas? —le pregunté.

Soňa se puso seria.

—Pienso mucho en ello. Creo que necesitas conocerte a ti misma antes de poder enamorarte de verdad; y antes de que alguien se pueda enamorar de ti. Es como si una vez que te has enamorado de ti misma, otros pudieran seguir tu ejemplo.

—Eso es realmente genial —le dije.

Desiree se llevó la mano al colgante que pendía de su cuello.

—«*Sé fiel a ti misma*» —citó.

—«*Pues de ello se sigue*» —continué—, «*como el día a la noche, que no podrás ser falso con nadie*».

Mascullé algo mientras rebuscaba en el interior de mi mochila.

—Tal vez ahora sea un buen momento —dije— para una carta más difícil. Ayer nos encontramos con esta.

Puse la carta de Fiona, la chica con la fibrosis quística, encima de la mesa.

Desiree se puso pálida.

—No sabemos qué contestarle.

—Léela —dijo Soňa.

La leí entera en voz alta, subrayando esas tremendas dos líneas finales: «Todo mi amor va en estas dos hojas de papel. Tratadlas bien».

Cogí una de nuestras hojas en blanco y la coloqué delante de mí.

—En primer lugar, tienes que decirle que todos leímos su carta —dijo Soňa.

—Vale —dije, y empecé a escribir.

—Tal vez podrías decirle que es una de las cartas más tristes que hemos recibido —dijo Anna.

—Mejor no «la más triste». ¿No sería mejor otra palabra? —propuso Desiree.

—¿La más bonita?—dije, mirándola a ella.

—La más conmovedora —dijo Desiree.

Y con esa palabra el resto de la carta nos fue saliendo, una línea tras otra. Al final, teníamos esto:

Querida Fiona:

Hemos leído tu carta. Espero que no te importe, pero nos la hemos pasado unas a otras, todas las secretarias de Julieta. Es la carta más conmovedora que cualquiera de nosotras ha leído hasta ahora. Y, durante algún tiempo, no hemos sabido cómo contestarte. Lo que te podemos decir es lo siguiente. Tú nos recuerdas lo frágil y valioso que es el tiempo del que disponemos en este planeta. Así que atesora cada momento. Canta cada nota con todo tu corazón. Disfruta y valora todo el tiempo que pases con Danny; parece una buena persona. Nuestros corazones van contigo y deseamos que tengas muchos años de felicidad.

—¿Cómo la firmo? —pregunté.

—Yo creo que debería ir firmada por «Las secretarias de Julieta» —opinó Soňa.

—Sí —dije.

Escribí las palabras con la mejor caligrafía de que fui capaz.

—Esta es nuestra respuesta, de todos.

9

De todos los días del año

Un par de días antes del cumpleaños de Julieta nos convocaron a una reunión final en la oficina antigua. Yo tenía la esperanza de que acudiéramos todos vestidos con trajes medievales, para parecernos a los personajes de la película de Zeffirelli. Pero, en vez de eso, cuando Desiree y yo llegamos nos encontramos a Barbara haciendo guardia en la puerta principal con un portapapeles y expresión contrariada. Me entregó una carta, la carta que tendría que leer en voz alta en la plaza. Mi nombre aparecía —mal escrito— a lápiz en la parte de arriba. Barbara cogió una segunda carta y se la dio a Desiree, que se quedó mirándola un instante; estaba a punto de protestar cuando la presión de la gente que se había ido amontonando detrás de nosotros nos empujó hacia el vestíbulo. El lugar estaba lleno a reventar y las conversaciones eran muy ruidosas, como en un cóctel en su momento álgido.

—Bueno —dijo Desiree agitando la carta—, parece que yo también voy a tener que leer una.

—Solo significa que les gustas.

—Muy gracioso.

Negó con la cabeza.

—No sé —continuó—. Me da pánico hablar en público.

Yo empecé a leer mi carta. La primera frase estaba llena de errores.

—Vaya —me molesté—. Mira esto.

—La han traducido —dijo Desiree, pegándose a mí para leerla—. Y lo han hecho bastante mal. Seguramente te la pueda corregir.

—¿Qué tal la tuya? —le pregunté.

Desiree la leyó por encima.

—Lo normal. Una chica suspirando por el amor.

Miró a su alrededor.

—¿Quién es toda esta gente?

—No tengo ni idea.

Había algunos otros hombres en el vestíbulo, algo que no había visto antes, y con ellos estaba Giulio Tamassia.

—Eh —llamé la atención de Desiree—. Ahí. Ese es el padre de Giovanna. El fundó el Club di Giulietta.

Giulio, con aire dominante y una corbata roja que le cruzaba el pecho, presidía la conversación de un corrillo de hombres. Casi como si me hubiera oído, giró la cabeza y miró directamente hacia donde estábamos nosotros. Manuela permanecía de pie a su lado. Él le dijo algo al oído, luego se apartó de su grupo, bordeó la mesa y se dirigió hacia nosotros con la mirada fija en Desiree.

—*Buon giorno* —dijo Desiree cuando lo tuvimos al lado.

—*Buon giorno* —repetí, aunque a mí prácticamente me ignoró.

—*Sono Desiree* —dijo ella, extendiéndole la mano.

—*Piacere* —le respondió Giulio, mientras le estrechaba la mano con gran efusividad.

Yo me fui retirando, caminando hacia atrás, hasta que choqué con la fotocopiadora que tenía a mi espalda. Giulio apoyó la mano en el antebrazo de ella y le dijo algo que la hizo reír. Me miró una vez, con el ceño fruncido, y luego se acercó aún más a Desiree y le dijo algo al oído. Ella volvió a reírse.

Entonces Barbara entró de repente en la sala, batiendo las palmas y pidiendo silencio. Giulio se disculpó y volvió al sitio en el que estaba situado antes.

—¿De qué iba todo eso? —le susurré a Desiree.

—Me dijo que se alegraba de que estuviera aquí.

—¿Y?

—Me preguntó de dónde era. Que si tenía familia italiana.

—¿Eso es todo?

Hizo una pausa y luego continuó.

—También preguntó por ti.

—¿Qué quería saber?

—Preguntó si realmente dabas clases sobre Shakespeare.

—¿Y qué le dijiste?

—Que sí, que habías dado clases durante casi veinte años. Creo que estaba impresionado.

—No lo parecía.

Barbara dio otra vez un par de palmadas y la concurrencia volvió a prestarle atención. Entonces empezó a leer en voz alta los nombres de los que iban a leer una carta que tenía apuntados en su portapapeles. Y, uno por uno, todos se fueron levantando para ser reconocidos. Leyó mi nombre y luego el de Desiree y los dos levantamos la mano con energía. Pero había mucha más gente en la habitación, al margen de los que íbamos a leer. Nunca había visto la oficina tan llena.

Anna apareció por detrás.

—*Buon giorno* —nos dijo—. ¿Tenéis vuestras cartas?

—Sí, gracias.

Cerca de Giulio había otro hombre, un tipo grueso, vestido como si acabara de llegar del Oktoberfest. Acariciaba su cuidada barba y tiraba de sus tirantes de una manera casi cómica. Estaba claramente intentando captar mi atención.

—Anna, ¿quién es ese tío? No deja de mirarme.

—Él va a ser tu actor —dijo Anna.

—¿Mi qué?

—Y, Desiree, tu actriz será Edvige.

Anna señaló a una mujer impecablemente vestida con un fular de seda alrededor del cuello y esta nos sonrió.

—Pero, ¿qué quieres decir con lo de «actores»? — pregunté.

—Ah —dijo—. Leerás la carta en tu idioma y luego tu actor leerá la traducción en italiano.

—¿Podremos ir vestidos de época?

—¿De época? —dijo Anna—. No, eso no está previsto.

Barbara estaba a punto de empezar otra vez. Justo cuando iba a leer algo en su portapapeles, Giulio apareció por detrás y le dijo algo al oído. Entonces ella le cedió su lugar y Giulio se adelantó. En la habitación se hizo silencio inmediatamente. Me dirigió unas palabras directamente a mí, clavándome la mirada. Era todo en italiano, por supuesto, así que no entendí una palabra. Cuando terminó, todo el mundo se me quedó mirando. Se había hecho un silencio absoluto.

Giovanna tomó la palabra.

—Glenn —dijo—, mi padre dice que deberías leer algo de Shakespeare en la *piazza*.

No era una pregunta.

—¿Yo?

—Sí. Piensa que es una buena idea.

Giulio esperaba. Parecía un abuelo que acaba de dar un consejo importante y quiere asegurarse de que se va a tomar en cuenta.

—Vale, supongo.

Giulio hizo un movimiento de cabeza como diciendo *¿Lo veis? No era tan difícil* y antes de que pudiera pronunciar otra palabra, Barbara empezó a hablar y pasamos al siguiente tema. Desiree me puso la mano en el brazo. Lo apretó una vez.

—Shakespeare —susurró—. Vas a leer pasajes de Shakespeare.

Barbara explicó el resto del programa. La hija de Manuela bailaría una pieza clásica. Habría músicos y artistas y la celebración del cumpleaños duraría toda la tarde.

Cuando la reunión finalmente terminó, todo el mundo salió con prisas hacia el aparcamiento, algunos a fumar, otros a charlar, y otros a huir en sus coches o bicicletas. Manuela se me acercó rápidamente acompañada por otro de los hombres que había visto en la reunión. Lo había visto de pie junto a la puerta de entrada, un calvo con una libreta en una mano. Se había mantenido al margen cuando Barbara daba sus instrucciones.

—Glenn —dijo Manuela—, te presento al señor Jenkins.

—Hola —dije.

—Jolyon Jenkins —dijo—, de la BBC.

Se adelantó un poco para darme la mano. Llevaba un chaleco beis con muchos bolsillos, como esos que usan los que van de pesca o los corresponsales de guerra.

—Soy de Radio Four —precisó—. Vamos a grabar un programa con ocasión del cumpleaños de Julieta.

—¿En serio?

Me acordé de los coreanos del Korean Broadcasting Service. Parecía que había pasado mucho tiempo. Manuela dijo:

—Voy a llevar al señor Jenkins a hacer el *tour* de la ciudad esta tarde.

El asintió cortésmente.

—Y estoy encantado y muy agradecido por su amabilidad —dijo.

—Pero pensé —añadió Manuela—, que antes ustedes dos debían conocerse. Glenn es un experto en *Romeo y Julieta*.

—Bueno, no soy realmente un experto.

—En ese caso —añadió el periodista, ignorando mis palabras—, me gustaría mucho poder entrevistarlo en algún momento que a usted le parezca oportuno.

—¿Para la BBC?

—Si no es mucha molestia y no tiene inconveniente, sí.

—Sí, sí. Perdón. Es que me cuesta hacerme a la idea.

—Debemos irnos. Tenemos muchas cosas que ver —dijo Manuela—. ¿Y tú? ¿Qué planes tienes para hoy?

—No estoy seguro —dije—. ¿Alguna idea?

—¿Has estado en San Zeno?

—¿Qué es San Zeno?

Manuela sonrió.

—Es la catedral, al otro lado del río. Hay quien dice que ahí se casaron Romeo y Julieta, en la cripta. Quizás deberías conocerla.

La Basilica di San Zeno Maggiore es de las catedrales más antiguas que se pueden encontrar en Europa. La cripta contiene los restos momificados de San Zeno, el patrón de Verona, que vivió aquí hace casi diecisiete siglos. La propia catedral tiene más de mil años y está construida con piedras en colores pastel. En la fachada, sobre la entrada principal, tiene un enorme rosetón conocido como la Rueda de la Fortuna.

Cuando Desiree y yo llegamos, se acababa de celebrar una boda y los invitados empezaban a salir y a ocupar los escalones de la entrada. Podría haber sido una boda en cualquier sitio: tíos de los novios con trajes formales, damas de honor con vestidos de tafetán, niños jugando sin importarles la ocasión. La salida de los recién casados fue celebrada con una lluvia de confeti y el sonido y las luces de los *flashes*. ¿Eran conscientes de que se acababan de casar en el mismo lugar en el que podrían haberlo hecho Romeo y Julieta? ¿Sabían cómo había terminado aquella historia? De camino a la catedral, Desiree y yo habíamos ido agarrados de la mano, pero cuando vio a los novios se soltó de inmediato. Y eso que ni siquiera era martes.

Esquivamos los grupos de gente y accedimos a la catedral por otra entrada. Dentro, ramos de rosas blancas y delicados gladiolos de color violeta estaban siendo guardados en cajas. Un señor mayor barría los pétalos caídos y otros restos, mascullando algo por la cantidad de trabajo que tenía. Luego desapareció por unas escaleras con su escoba y su recogedor y un silencio fantasmal se instaló en la gran catedral vacía.

—¿Quieres tu cámara? —le pregunté a Desiree.

La llevaba en mi mochila de día. Pesaba lo suyo la condenada.

—Puede que después —respondió.

Caminamos por el lateral de la nave, a la izquierda de largos bancos de madera. Pilares de mármol, robustos y con franjas horizontales de color blanco tiza y malva suave, ascendían casi hasta el techo. Y ahí, entre los soportes de madera, estaban las estrellas. Estrellas de seis puntas, exactamente iguales que las que había en la casa de Julieta —cientos de ellas, de colores plata y amarillo mostaza—, que tapizaban el techo. Esas estrellas eran anteriores a Shakespeare; anteriores a Dante, incluso.

—De ahí vienen las ideas —dije, forzando el cuello para mirarlas—. Todo eso de los amantes con mala estrella.

Desiree parecía estar en alerta, extrañamente silenciosa. Después de un rato, me preguntó:

—¿De verdad crees que se casaron aquí?

—Se supone que la boda tuvo lugar en la cripta. Ya sabes, para mantenerla en secreto.

Seguimos caminando por el pasillo, oyendo el eco de nuestros pasos, mientras nos dirigíamos al ábside de la catedral. Tras el altar de piedra había una obra maestra del renacimiento, de Andrea Mantegna, un tríptico en cuyo panel central aparece la Virgen con el Niño, entronizada. La antigua pintura había adquirido una pátina oscura que era casi brillante. A un lado del ábside, en un nicho semicircular, una estatua de san Zenón nos sonreía desde lo alto. Junto a ella, unos escalones bajaban a una cámara subterránea.

—Esa tiene que ser —dije.

Desiree palideció.

—Mira —le dije—, bajo y le echo un vistazo. Tú, si quieres, espérame aquí.

—No —dijo ella—. Si tú bajas, yo bajo.

Empecé a descender por la escalera con Desiree aferrada a mi brazo, un escalón por detrás. En realidad, la cripta estaba bien iluminada. La mayor parte del espacio lo ocupaba una especie de jaula dorada y detrás de la reja descansaba el sarcófago de madera del santo, bajo una luz cenital. Parecía un acuario chapado en oro.

Un molde del santo, a tamaño real, reposaba tras un cristal en el sarcófago. Parecía un maniquí con un baño de plata y ropajes de terciopelo rojo. La augusta y valiosa cabeza estaba ceñida por una mitra de obispo que le habría dado un aire muy solemne de no ser por el hecho de que la punta de la misma recordaba a una servilleta doblada que se hubiera caído de la mesa. Se supone que el molde de plata contiene los huesos del santo. Y había leído que el día de su fiesta la gente lo había sacado para pasearlo por la ciudad. Eso no se lo había contado a Desiree, que bastante asustada estaba ya.

—Así que ese es, ¿no? —preguntó.

—Si —dije—. Ese es.

Se pegó más a mí. Podía sentir su aliento en el cuello.

—Esto da bastante grima —dijo.

El lugar no tenía nada que ver con el de la película. Recordaba haber explicado en clase la escena de la boda, el peligro que implicaba para todos: Romeo y Julieta se besan, por supuesto, pero Fray Lorenzo no quiere verlos y se aparta, diciendo: «*El gozo violento tiene un final violento y muere en su éxtasis, como el fuego*».

Desiree suspiró.

—No me quiero volver a casar nunca —dijo.

—Aquí no, desde luego.

—Ni aquí ni en ninguna parte.

—Vale, bueno, eso es utilizar tu *locus* interno de control.

—¿Te estás burlando de mí?

—No, yo solo...

—Te espero arriba, ¿vale?

—Muy bien. Toma, llévate tu cámara.

Me la arrebató de la mano y subió los escalones muy deprisa.

Yo esperé un momento y luego fui tras ella, subiendo los escalones con pisadas que hacían un ruido sordo. Una vez arriba, la encontré junto a una puerta lateral que daba a un claustro. La puerta estaba abierta y se veía el verde de su jardín. Desiree estaba mirando algo que había en la pared.

—¿Desiree?

—Lo siento —dijo—. Todo el mundo quiere siempre que sea de esta o aquella manera, pero no puedo. Solo puedo ser como soy.

—Lo sé —dije—. Para mí no es un problema.

Todavía llevaba en la mano la tapa del objetivo de su cámara y alargué la mano para dársela.

—Espera —me dijo—. Déjame hacerle una foto a esta cosa.

—¿Qué cosa?

—Mira —dijo.

Arriba, entre dos pilares, sobre una especie de estante, había una extraña escultura de bronce. Frente a esta, sobre un atril, estaba la descripción: LAMPADA VOTIVA, decía. Y, debajo, ponía: IL MIRACOLO DELL'AMORE. Hasta yo podía entender eso: el milagro del amor.

—¿Qué se supone que es? —pregunté.

La base tenía forma de plátano y sobre esta, cimbreando en un alambre, había un círculo del que salían cosas puntiagudas cubiertas con lentejuelas.

—Es una lámpara votiva, para quemar aceite sagrado —dijo ella.

—¿Y eso? —pregunté, refiriéndome a la parte de arriba que cimbreaba en un alambre—. ¿Se supone que es una estrella?

—Es el sol. En la placa dice que la forma de la lámpara representa a la luna y al sol que sale por encima de ella. Al parecer, es un símbolo franciscano.

—Fray Lorenzo era franciscano —dije.

—Es una metáfora, ¿no? —preguntó Desiree.

—Pues sí —dije—. Julieta es el sol y Rosalina es la luna.

Era como si Shakespeare, en persona, hubiera estado en esa catedral; admirando las estrellas del techo y esa extraña lámpara votiva, con el sol superando a la luna, el antiguo amor palideciendo en comparación con el verdadero amor que lo ha eclipsado.

—¿Tú crees que intenta decirnos algo?

—A ver si espabilamos, señor —dijo ella, y luego se rió.

Tomó una última foto y me pasó la cámara. Yo le puse la tapa y la guardé en mi mochila. Luego tiró de mí hacia la puerta, bajamos los escalones y ya estábamos fuera, a la luz del sol.

—Ibas a contarme algo —le dije—. Ayer. Te detuviste, pero ibas a contarme algo.

—Oh —dijo.

Volvíamos caminando por las calles de Verona —al otro lado del río— donde viven los mecánicos y los panaderos, donde ferreterías y papelerías tapizan los bajos de las fachadas.

—Cuando me fui de Italia —empezó—, viajé por todo el mundo.

—Ajá.

—Hice *surf* por todo el mundo.

—¿*Surf*? ¿El que se hace en las olas, ese *surf*?

—Sí —dijo—. Y la verdad es que eso es todo lo que realmente quiero hacer; solo surfear.

—¿Era eso? ¿Eso es lo que me querías contar?

Se estaba esforzando por explicarme algo. Me daba cuenta

—En el mar, al amanecer —dijo—, justo cuando el sol está saliendo, ahí es cuando me siento más yo misma.

—Me encanta el agua —dije—. Prácticamente vivía en el agua cuando era niño.

—¿De verdad?

Se le iluminó la cara.

—No sabía que eras surfista. Ni me lo imaginaba.

—Hacía *surf* con Rafael —dijo—, aquí en Italia. Después viajé por todas partes: Sri Lanka, Fiyi, Hawái, Australia.

—¿Cómo? ¿Tú sola?

—Sí.

—Qué valiente.

—Hay una línea muy fina que separa la valentía de la estupidez. Entonces competía. Estaba muy metida.

—Hala.

—Así que, todo el año pasado, ¿te acuerdas que estuve en México, no?

—Sí.

—Estaba entrenando para otra competición. Y me lesioné.

—Vaya, qué putada, Desiree. ¿Y ya estás bien?

—No, la verdad es que no. Me hice una lesión bastante grave. Y entonces fue cuando acabé volviendo a Canadá —dijo—. Aquello fue tocar fondo para mí. Todo lo que intentaba... —se encogió de hombros—. Parecía que mi vida se había acabado.

Se me quedó mirando fijamente.

—Fue entonces cuando fui a tu casa a recoger el libro que te había prestado —continuó—. Estaba de vuelta en el punto de partida.

—No tenía ni idea.

—Y desde que me dijiste en tu terraza que te ibas a Verona, no pude dejar de pensar en Italia otra vez. Pensaba en ello todos los días.

—Y ahora, aquí estás.

—Sí. Aquí estoy.

Estábamos llegando al puente del Castelvecchio, con sus ladrillos color óxido y esos tres arcos que cruzaban la pereza del río. Busqué su mano y la guardé en la mía, y durante un tramo caminamos en silencio.

—Es algo parecido al destino —dijo—. Tienes que admitirlo.

—¿El qué?

—Que yo me lesionara. Que tuviera que volver a Canadá, justo cuando todo aquello de Claire te había pasado a ti. Todas las piezas encajaron para que ahora estemos aquí... juntos.

—No admito nada.

—Venga —me riñó—. Lo digo en serio.

Llegamos al principio del puente y empezamos a cruzarlo. Estaba pensando en lo que ella había dicho.

—La mayor parte de las investigaciones sobre el amor —dije— hablan de hormonas, sustancias químicas, biología...

—Eso no es muy romántico.

—No, no lo es. Pero es cierto: estamos diseñados para responder a esos impulsos biológicos. Algunos patrones están muy asentados y son muy difíciles de romper.

—Absolutamente nada romántico.

—Espera, no he terminado. Yo creo que —especialmente en la juventud— somos esclavos de esos impulsos. Es un destino biológico. Eso sí que es una especie de destino, si tú quieres.

—Sí, puede ser.

—Pero luego nos hacemos mayores y ya no somos tan...

—¿Tan idiotas?

Me apretó la mano.

—Ya sabes a lo que me refiero. Ya no tenemos que hacer lo que las hormonas nos ordenen. Podemos elegir. Podemos desafiar a las estrellas.

—Yo no elegí lesionarme.

Se detuvo y me miró con el ceño fruncido.

—Eso no tenía por qué pasarme —continuó.

—No —dije.

—No es un final muy feliz —dijo.

—Tal vez —dije—, tal vez porque ese no sea el final.

Continuábamos cruzando el puente, caminando entre los muros con almenas en forma de cola de golondrina.

—Supongo que se podría decir —seguí— que sí elegiste venir a Verona. Igual que lo hice yo.

—Supongo que sí —dijo ella.

—Eh —dije—, deberíamos trepar al adarve, el corredor que hay detrás de estas almenas. Hay una vista muy buena del casco antiguo desde ahí arriba.

Subimos con cuidado por unos escalones bastante deteriorados hasta un hueco entre las almenas desde el que se veía el río. La brisa acariciaba el cabello de Desiree. Su rostro era tan hermoso como el de la Venus en el famoso cuadro de Botticelli. Nos sentamos en unas piedras desde las que se veían, más allá del río, las torres y las agujas de la Verona antigua. Cuando abrí mi mochila, pensando que ella podía necesitar su cámara, vio mi cuaderno.

—¿Ya has terminado tu carta? —preguntó.

—Eh, no. La verdad es que no.

—¿La puedo leer?

—No —le dije.

—Venga. Déjame leerla.

—Mmm...

—Venga.

—Bueno...

—Saqué el cuaderno y busqué la página en la que estaba la carta.

—Solo tengo el primer párrafo.

Se lo pasé y me quedé mirándola mientras sus ojos recorrían las líneas.

Ya no creo en el amor, Julieta. Me han herido muchas veces, estoy cansado y me he vuelto un cínico. Tengo miedo de envejecer solo.

Desiree ya conocía toda la historia. Se la había contado aquel día en mi terraza. Pero hasta aquello parecía que había pasado hacía mucho tiempo. Cuando acabó de leer se quedó mirando el papel.

—Es bonito —dijo.

—Es lamentable —dije yo—. Lo que no entiendo es por qué tuve que pasar por todo eso, ¿sabes?, antes de recuperar un mínimo de sensatez.

—Ya —dijo ella—. ¿Por qué tendremos que tocar fondo para volver a salir a flote?

Me devolvió el cuaderno.

—¿Vas a acabar de escribirla? —preguntó.

—No lo sé.

—Yo creo que deberías enviarla, así como está.

—¿No te molesta?

—¿Por qué me tendría que molestar?

—Porque es sobre Claire.

—¿Estás seguro?

—Yo no... Quiero decir... ¿Qué? ¿A qué te refieres?

Me miró muy seria.

—Glenn, yo tampoco quiero envejecer sola.

—Pero dijiste que no te querías volver a casar.

—Y no quiero. Pero eso es otra cosa. Eso no es lo que estoy diciendo.

—Vale, tienes razón.

Nos quedamos contemplando el mundo durante un rato. La luz del atardecer era suave, casi como de seda.

—Entonces —dije—, ¿crees que vas a poder volver a hacer *surf*?

—Tal vez —dijo—. Me estoy recuperando, poco a poco.

No estaba seguro de si se refería al *surf* o a algo más.

—Yo creo que sí, que lo harás —dije—. Creo que puedes hacer cualquier cosa que te propongas.

Entonces se volvió hacia mí. Su sonrisa era como el sol. Se inclinó hacia mí y me besó. Fue un beso cálido, delicado y muy, muy dulce. Un beso que nunca olvidaré.

—Eh —dije después—, ¿este beso cuenta?

—Sí —me contestó—. Este sí cuenta.

Esa noche, al pie de las imponentes murallas medievales de la ciudad, Desiree y yo cenamos en la elegante pizzeria Leon d'Oro. Los camareros entraban y salían afanosamente de la cocina de la casa señorial que teníamos detrás. Hacía muy buena temperatura. Desiree estaba sentada frente a mí, y las suaves luces del jardín iluminaban su rostro delicadamente. Las estrellas habían aparecido sobre las antiguas murallas. Podía ver el cinturón de Orión, inclinado hacia el este.

Habíamos caminado todo el día. Me había traído la pequeña mochila de día y la tenía a los pies. Entre los dos, sobre la mesa, había una botella de valpolicella Classico Allegrini. Ya habíamos pedido nuestras *pizzas;* una *margherita* para ella, una *capricciosa* para mí.

—Este lugar es verdaderamente fantástico —dije.

A Desiree le brillaban los ojos.

—Me encanta —dijo.

Tomé un sorbo de aquel vino de color rojo rubí.

Llegó el camarero con nuestras *pizzas*. La *mozzarella* parecía muy ligera y las alcachofas desprendían una aroma rico y de huerta. Desiree partió un trozo, lo dobló sobre sí mismo y se lo llevó a la boca. Pero entonces, pareció pensar en algo que hizo que lo volviera a dejar en el plato.

—Gracias —dijo—.

—¿Por qué?

—Me gusto más cuando estoy contigo, eso es todo.

—Lo mismo digo —respondí—. Me encanta estar contigo.

Se quedó mirando el plato un segundo.

—Necesito preguntarte algo —dijo.

—Vale.

—Necesito preguntarte: ¿qué viene ahora?

—Yo creía que íbamos a viajar por Italia un poco.

—Sí, pero... No es eso. Sí, lo haremos. Tengo algunos amigos a los que me gustaría ver. Quiero decir, después de eso.

Me mantuvo la mirada. Estaba preciosa y pensé que sí, que quería pasar mucho más tiempo con ella.

Su mano buscó su colgante.

—Necesito volver al mar —dijo—, igual que necesitaba volver a Italia. ¿Sabes a lo que me refiero?

Hizo una pausa y añadió:

—Tengo la esperanza de que, a lo mejor, quieras venir conmigo.

—¿Irme contigo a un paraíso tropical?

Sonreí y le dije:

—Sí, creo que podré soportarlo.

Ella se rió.

—Ay, cómo me gustas —dijo.

Después de cenar, volvimos a la pensión de Emiliano bajo un cielo lleno de estrellas. Íbamos de la mano, y esa noche —supongo que no hace falta que lo diga— cambiamos nuestras cosas a la misma habitación. Esta vez sí conseguí encontrarme con alguien en las Puertas del Paraíso y, a la mañana siguiente, desperté con ella a mi lado, sintiéndome feliz y en perfecta armonía con el universo.

La mañana del 730º cumpleaños de Julieta, Desiree necesitó más tiempo para arreglarse para el gran día, así que salí solo y caminé hasta llegar a la Piazza delle Erbe. Los puestos de frutas ya estaban abiertos y la fuente salpicaba agua. Un poco más allá, tomé un callejón que llevaba a la Piazza dei Signori. La plaza está rodeada por algunos de los edificios más antiguos y hermosos de Verona y, en el centro de su adoquinado, sobre un pedestal de mármol blanco, se levanta la estatua del mismísimo Dante Alighieri. El palacio de la familia Scala ocupa un lado de la plaza y yo sabía que en alguna de las habitaciones que había detrás de la decorada fachada, un Príncipe della Scala muy real le había contado a Dante la historia de amor y pérdida que había tenido lugar en la ciudad.

Cuando llegué a la plaza, vi a Jolyon y a Manuela acercarse desde el otro lado. Jolyon llevaba un magnetófono colgando del hombro, con la mano derecha sujetaba un micrófono que tenía puesto un peludo paravientos y en la cabeza se había colocado un par de auriculares sobre una gorra con visera. Escuchaba algo atentamente mientras movía el micrófono en distintas direcciones. Manuela caminaba a su lado explicando cosas, señalando con las manos los magníficos edificios de alrededor.

—*Buon giorno* —me saludó cuando me vio.

—Hola —dije—. Quería ver el sitio donde leeremos las cartas. Esto es precioso.

—Ah —dijo Manuela—, pero no va a ser aquí exactamente.

—¿No? Yo creía que...

—Hay una plaza más pequeña, todavía más encantadora.

Se detuvo. Jolyon bajó el micrófono.

—Vengan —arrancó de nuevo—. Por favor, síganme.

Recorrimos tras ella un estrecho callejón entre dos edificios. El callejón giraba a la izquierda y a través de él llegamos a una plaza mucho más pequeña. Arriba, sobre nuestras cabezas, se elevaba una torre campanario medieval.

—Esta es la Torre dei Lamberti —dijo Manuela.

Doblamos el cuello para mirar hacia lo alto. La torre era como una chimenea cuadrada hecha de ladrillos de color rojo pálido. En la punta, muy arriba, un pequeño y brillante campanario blanco clavaba su remate en el cielo azul.

—La Torre dei Lamberti se empezó a construir en 1140. Es la más alta de Verona —dijo Manuela.

—Grandiosa —dijo Jolyon.

—Ahora, por favor —dijo Manuela—, vamos a ver la escalinata que lleva a la entrada de la torre.

Los dos la seguimos.

Si el cielo tuviera una escalinata, estaría inspirada en esa. Una balaustrada de un rosa suave, con unos arbotantes de caliza que brillaban como el interior de una concha marina, subía en paralelo al edificio. Los escalones ascendían con bastante pendiente hasta un descansillo, luego giraban noventa grados y, en un segundo tramo, llegaban a la entrada de la torre. Los arcos se apoyaban en columnas estriadas y, en los tímpanos que se formaban encima de estas, había bajorrelieves, tallados en la piedra, de caras que miran hacia abajo como campesinos de un cuadro de Brueghel.

—¡Hala! —exclamé.

—Es aquí donde vamos a leer las cartas. Esta se llama la Scalla della Ragione: la Escalinata de la Razón.

Desiree y yo habíamos quedado en la casa de Julieta, pero cuando llegué la masa de turistas llenaba ya el túnel que lleva al patio. Vi a Desiree buscándome en el río de gente. Llevaba una blusa blanca de estilo agitanado y una larga falda campesina en un gris de tonos azules. Su pelo despedía brillos dorados y, al verla así, a mí me dio un pequeño vuelco el corazón.

Me abrí paso entre el gentío para llegar hasta ella.

—Jo, estás guapísima.

—Gracias —dijo, sobre el ruido de la multitud—. ¿Qué es todo esto?

—Está comenzando.

—Acabo de ver pasar a Anna —dijo—. Ya está dentro.

—Entonces démonos prisa. Por el taller de costura.

—¿Pero tú quién eres? ¿James Bond?

Se agarró a mi mano e irrumpimos en la tienda-taller de costura y pasamos junto a los exhibidores con cojines con forma de corazón y paños de cocina con iniciales bordadas. Una señora mayor, con el pelo recogido en un moño bien apretado, cosía al fondo con una máquina. Ni siquiera levantó la vista cuando cruzamos a toda prisa. La puerta trasera nos permitió salir al rincón del patio en el que estaba el buzón; sobre los adoquines, la gente había formado un semicírculo bajo el balcón de Julieta.

Anna estaba de pie, medio metro más hacia la entrada de la casa, hablando con un micrófono en la mano. Estaba leyendo en un papel unas palabras de bienvenida a los allí presentes. Casi en la primera fila del semicírculo estaba Jolyon, con esa gorra que le protegía la calva y los enormes auriculares que le hacían parecer un insecto. Soňa se las había arreglado para ponerse también al frente y colocarse junto a Anna.

Y, bajo el balcón, en el espacio que había dejado libre la gente, estaba Romeo. O, al menos, un chico vestido de Romeo. Llevaba una camisa de color morado, con mangas blancas e infladas, y una capa de terciopelo rojo descuidadamente colgando del hombro. Sus bombachos también se hinchaban a la altura de los muslos pero luego se ceñían para meterse dentro de unas botas de cuero a la altura de la rodilla. Debía de tener unos dieciocho años y era guapo y con la mandíbula cuadrada, el tipo de guapo italiano, con el pelo engominado para fijar una onda desafiante sobre su frente.

Desiree y yo nos quedamos junto a la puerta trasera de la tienda-taller. Anna puso en marcha un enorme radiocasete y una ola de música de orquesta invadió el patio mientras la gente pedía silencio. Nuestro joven Romeo caminaba hacia adelante y hacia atrás sobre los adoquines desnudos, mirando, con aire pensativo, hacia arriba, al balcón.

—Aquí viene —dije.

Julieta salió al balcón, en lo alto, y se inclinó sobre el borde con aire melancólico, igual que en el logotipo de los sobres. Era joven y guapa, y llevaba un vestido en tonos pálidos del color del cielo, con unas mangas que ondeaban con sus movimientos. Una trenza de cabello oscuro le rodeaba la cabeza a modo de tiara.

—Oh Romeo, Romeo —lo llamaba, y la multitud se quedó como paralizada—. *Perchè sei tu Romeo.*

—Está en italiano —dije—. Y se han saltado cosas.

—¡Glenn, shhh!

Los actores interpretaban la escena hasta el momento en el que se supone que Romeo trepa hasta el balcón y la besa. Creo que eso no lo habían ensayado, porque los dos se detuvieron esperando que el otro hiciera algo. Entonces Romeo, improvisando, desplegó su capa y se abrió paso entre la multitud hasta llegar a la puerta principal de la casa de Julieta y desapareció tras ella. Anna empezó a aplaudir y el gentío la siguió. Ese parecía ser el final del primer acto organizado de la mañana, aunque nada de eso figuraba en el programa de Barbara.

—¿Sabes? —le dije a Desiree—. No me lo puedo imaginar.

—¿Imaginarte el qué?

—Cómo era todo aquí hace setecientos años.

—Bueno, esta era su casa, seguramente. Eso lo sabemos.

—Sí, pero en la obra se dice que Romeo escaló el muro y accedió al jardín. No veo ningún jardín.

—Lo estás tomando de un modo demasiado literal —dijo Desiree.

Anna empezó a pedir a la gente que saliera por el pasadizo. Nos vio y nos saludó con la mano antes de desaparecer ella misma por él, seguida por otro montón de espectadores que se apretujaba para caber.

—Nadie puede saber qué sucedió aquí, realmente —dijo Desiree.

—Es verdad.

—Si hubo un Romeo y una Julieta —dijo—, un Romeo y una Julieta de verdad, quiero decir, solo ellos supieron lo que realmente sucedió.

—Puede que no hubiera balcón.

—Puede que no, pero eso mejora la historia.

Tenía razón, claro.

—Supongo —dije— que lo que quiero es convencerme de que los elementos principales de la historia sí son ciertos: que aquí existió un amor verdadero, tan intenso que consiguió terminar con siglos de odio y enemistad.

Los dos contemplamos el patio durante unos instantes. Casi se había vaciado de gente y la antigua casona se levantaba frente a nosotros. Los ladrillos rojizos se veían pálidos y erosionados por el tiempo y, en una ventana, a la derecha del balcón, una cara oscurecida por el cristal nos miraba desde arriba. Luego desapareció entre las sombras y yo respiré hondo.

—¿Qué? —preguntó Desiree.

—Nada —contesté—. Tal vez deberíamos dirigirnos hacia la plaza. Ya no falta mucho para que empiece el espectáculo.

La lectura de las cartas iba a empezar a las tres en punto. Desiree y yo cruzamos tranquilamente la Piazza delle Erbe hasta dejar atrás la estatua romana y la fuente. Luego giramos a la derecha y pasamos junto a los puestos del mercado, entre dos edificios. De un pasadizo que los unía por arriba colgaba la famosa costilla de ballena.

—¿A dónde vamos? —preguntó Desiree.

—A la Piazza dei Signori. Por aquí —dije—. Ahí es donde vamos a leer las cartas.

Recorrimos el callejón hasta llegar a la plaza. Subiendo en paralelo con la muralla, a la derecha nos encontramos con la Scala della Ragione. La Torre dei Lamberti destacaba sobre todo lo demás y pude entender por qué habían elegido las tres en punto. El sol estaba detrás de la torre y en ese momento las sombras eran frescas y profundas.

Vimos a Barbara detrás de una mesa plegable. Estaba ordenando montones de postales. Nos sonrió de una manera casi melancólica. En ese momento todo podía funcionar, o no; y ya no había nada que ella pudiera hacer. Habían colocado un podio de contrachapado y lo habían pintado para que se pareciera al balcón de Julieta. También habían preparado un micrófono. Todo parecía listo para empezar. A la sombra del arco más alto de la escalinata, los actores hablaban entre ellos; aunque el que me correspondía a mí, el tipo del Oktoberfest, se acariciaba la barba mientras caminaba arriba y abajo repasando su texto. Miré mi reloj. Eran las dos y media. La gente empezaba a congregarse en la plaza. Manuela apareció por el callejón con Jolyon. Este llevaba todavía en la mano el enorme micrófono peludo, pero los auriculares los tenía alrededor del cuello.

—¿Dónde está tu carta? —preguntó Desiree.

—¿Mi carta?

—La que vas a leer. ¿No habías dicho que tenías que editarla un poco?

La saqué del bolsillo de atrás y se la pasé a Desiree. Junto a la mesa en la que había estado Barbara había una silla libre. Desiree se sentó y extendió la carta delante de ella. Buscó un bolígrafo. Jolyon se me acercó.

—¿Todo listo? —preguntó.

—Eso espero.

—¿Sabe? Me pasaron algunas cartas para que las contestara.

Esperé a que continuara.

—Demonios, no es nada fácil —dijo.

—Lo sé.

—Le dije a Anna que de ningún modo debía nadie seguir mis consejos sobre relaciones.

—Algo bastante parecido sentía yo cuando empecé.

—Perdone —dijo, buscando el magnetófono en su bolso—, ¿sería tremendamente molesto para usted si le hiciera ahora unas cuantas preguntas para Radio Four?

Se colocó los auriculares en las orejas y me echó una mirada de advertencia, como para que me preparara. Metió la mano en su bolso, accionó una tecla y se encendió una lucecita roja antes de que tuviera tiempo de decir que no.

—El día del cumpleaños de Julieta —empezó—, he conocido a Glenn Dixon, que parece ser el único hombre que contesta cartas.

Se volvió para mirarme a la cara, con el micrófono de por medio.

—¿Cree usted que contesta las cartas de manera distinta por el hecho de ser hombre? —continuó.

—Oh —dije, sorprendido por no haber visto venir esa pregunta—. Yo creo que todos sentimos más o menos las mismas cosas cuando se trata del amor. La mayoría de las cartas son de mujeres jóvenes, es verdad, pero las que he leído de las escritas por hombres, no eran muy distintas.

—Pero, ¿no se siente obligado a dar consejos? ¿No se supone que es esa una tendencia que tenemos los hombres?

—Algunas veces —dije—, comento con mis compañeras secretarias cuál debe ser la respuesta. Algunas veces lo que realmente quieres contestarle a la gente es que se pongan las pilas, que espabilen; pero, claro, no puedes decirles eso. Eso no es lo que quieren oír.

—¿Y qué es lo que quieren oír?

Jolyon se llevó una mano a los auriculares.

—En muchos casos, solo quieren contar sus historias, que alguien los escuche. Escriben porque quieren seguir creyendo en el amor, ¿sabe? Quieren creer en Julieta.

—Tiendo a imaginar que todos queremos creer en el amor verdadero.

—Una de las secretarias me dijo una vez que cada vez que respondemos una carta, en realidad nos estamos respondiendo a nosotros mismos.

Jolyon arqueó las cejas.

—¿Y qué es lo que se dice a sí mismo?

—Quizás —dije—, que uno puede elegir ser feliz. Que, tal vez, lo que necesitas es quererte primero a ti mismo. Para que luego, supongo, otros puedan seguir tu ejemplo.

Hice una pausa y seguí.

—Eso me lo dijo otra secretaria.

Oí que me llamaban. Jolyon hizo una mueca y apagó el magnetófono.

—Creo que lo buscan —dijo.

Ahora me gustaría tener más tiempo para responder pero, de verdad, haría falta escribir un libro entero para dar respuesta a las cuestiones del amor. ¿En qué puede consistir ese inaprensible y escurridizo remedio para el corazón partido? Bueno, dicen que, cuando una puerta se cierra, se abre una ventana; pero yo no creo que eso sea exactamente así. El secreto está en abrirse uno mismo, abrirse uno mismo a posibilidades completamente nuevas. Durante miles de años la gente creyó que era el sol el que daba vueltas alrededor de la tierra; porque eso es lo que parecía. El sol salía por el este y luego cruzaba el cielo describiendo un arco. Solo que no era cierto. El sol no se mueve. Y hace falta ese tipo de giro copernicano para ver lo que es verdaderamente real. Somos nosotros los que estamos sujetos a la fuerza gravitacional del amor. Pero también depende de nosotros saber cómo manejarla, saber cuándo saltar y cuándo volar.

—¡Glenn!

Barbara me hacía señas con la mano desde el falso balcón. Ya tenía a los otros en fila detrás de ella, como si fueran a ser elegidos para un equipo el día que tocaba deporte. Desiree estaba en el medio. Ella también me hacía señas para que me diera prisa.

Giovanna y su padre estaban a un lado, de pie, bajo la escalinata. Giulio no llevaba corbata, solo un chaleco azul marino sobre una camisa de vestir. Me saludó con un movimiento de cabeza cuando me vio pasar corriendo. Me lo tomé como un gesto de ánimo.

Llegué hasta donde estaba Desiree.

—Es chico, chica, chico, chica —dijo—. Tú eres el primero.

—¿El primero? ¿Por qué yo?

—Porque eres chico. ¡Venga!

Me dio un ligero empujón hacia el principio de la fila.

—Espera —dijo—. Tu carta.

Me pasó el papel con sus correcciones escritas a toda prisa.

—Lo siento —dijo—. Lo he hecho lo mejor que he podido.

Sonrió y me apretó el brazo.

—*In bocca al lupo* —dijo.

—¿Qué significa eso?

—Literalmente, 'en la boca del lobo'.

—¿Qué?

—Significa «buena suerte» —aclaró, echándose a reír.

Los actores se habían reunido bajo el descansillo. Junto a la escalinata, la hija de Manuela, la bailarina, hacía calentamiento: un pie con zapatilla de *ballet* apoyado en un escalón y un brazo describiendo lentamente un delicado arco, lleno de elegancia. Pasé corriendo por su lado y ocupé mi lugar en la fila, justo delante de Soňa.

—Eh, ¿dónde están tus gafas? —le pregunté.

—No me gusta llevarlas en público —dijo—. Dicen que sin ellas me parezco a Katniss; ya sabes, la de *Los juegos del hambre*.

—Es verdad. Te pareces.

Eso la hizo sonreír. Me la podía imaginar con un arco y una flecha, como una especie de mortífera cupida *ninja*.

Anna hizo un recorrido rápido por la fila para desearnos suerte a todos.

—Anda, mira —dijo Soňa—. Está Veronica.

Veronica había llegado por el callejón. Nos saludó agitando la mano. Cerca de ella, todavía disfrazados, estaban los dos jóvenes actores que habían interpretado a Romeo y Julieta.

—Un buen circo —dije—. Cuántas cosas están pasando.

—Es el cumpleaños de Julieta. Claro que pasan muchas cosas.

Barbara se aproximó al micrófono. Habló con decisión, con mucha seguridad, y luego se volvió para comprobar si yo seguía detrás de ella. Se inclinó hacia el micrófono y dijo:

—*Inglese*.

Y se retiró.

El podio vacío me estaba esperando. Avancé torpemente, me coloqué en él y el micrófono emitió un terrible chillido de retroalimentación. Miré mi carta. Desiree había hecho un montón de correcciones. Tendría que haberlas repasado antes, pero no había tenido tiempo.

—«Querida Julieta» —comencé.

Mi voz resonó en toda la plaza; mi voz que, a la vez, ya no era más mi voz.

—«Soy un hombre de treinta y cuatro años, de Helsinki —leí—, y estoy enamorado de mi novia».

Desiree había corregido la ortografía porque el finlandés había escrito «noveía».

—«Mi amor es tan fuerte como una montaña».

Joder, ¿quién escribe esta mierda? ¿Sonará mejor en finés?

—«Me gusta verla sonreír» —seguí leyendo—. «Es la mujer más guapa del mundo. Sus ojos hacen que me derrita como mantequilla. Cuando me acaricia es como si me acariciaran el pecho un millar de plumas. Por favor, deja que esto dure para siempre».

Di la vuelta al papel para ver si había algo más, pero eso era todo. Hice un gesto con la cabeza a mi actor, el que parecía llegado del Oktoberfest, que se acercó y empezó con la versión en italiano. Su voz retumbaba a través de la plaza. Acabó y se retiró del micrófono, con aire satisfecho. Me puse al final de la fila. Cuando pasé por su lado, Desiree me sonrió.

—Genial —dijo.

—Checo —anunció Barbara por el micrófono.

Soňa dio un paso al frente.

—*Drahá Julie* —comenzó.

Cuando terminó, Stefano ocupó su lugar. Era un chico joven que parecía nervioso, le temblaban las manos. Leyó la carta en ruso y su voz fue cobrando fuerza a medida que avanzaba.

Finalmente, fue el turno de Desiree. De un par de zancadas se colocó ante el micrófono. Barbara la miraba como una madre orgullosa.

—*Dear Juliet* —empezó a leer en inglés.

Su blusa agitanada era de un blanco radiante. Igual que la correa de su reloj y la pulsera en su muñeca derecha. Estaba luminiscente:

—«Tengo veintiséis años y una suerte terrible con el amor. Después de cuatro años, el que había sido mi novio desde el instituto canceló nuestra boda y desapareció sin darme ninguna explicación».

Desiree hizo una pausa y luego continuó.

—«Habría hecho cualquier cosa por él. Pasé muchas noches llorando hasta quedarme dormida, preguntándome si era una chica defectuosa o algo. Después de aquello, decidí cambiar mi vida y concentrarme en mí misma. Me mudé a una casa nueva, me compré un coche nuevo y entré a trabajar en el ayuntamiento. Me fui de vacaciones y aproveché el tiempo para descubrir quién soy yo, realmente. Ahora me siento feliz e independiente, pero sigo queriendo encontrar el amor. La verdad es, Julieta, que necesito tanto encontrar el amor verdadero que me duele el corazón».

Levantó la vista, y sus ojos buscaron entre la multitud hasta que encontraron los míos.

—«Así que, Julieta —terminó Desiree—, si tienes alguna influencia en el universo, recomiéndame, por favor, porque mi esperanza disminuye y el corazón me duele. Un beso, April».

Desiree dio la vuelta corriendo para venir a sentarse junto a mí. Busqué su mano y la rodeé con la mía. Siguieron más cartas. En alemán, en francés; luego Manuela leyó la carta en japonés. En todas palpitaban los mismos sueños y deseos. El amor, pensé, es algo verdaderamente universal: sus esperanzas, sus gozos, sus penas. Después de lo de las cartas, Desiree y yo nos mezclamos con la concurrencia, que ya tenía cuatro o cinco personas de profundidad. Quería saber en qué estaba trabajando Gloria, la amiga artista de Anna, así que fuimos bordeando al público hasta llegar al arranque de la gran escalinata. Gloria estaba delante de un caballete, de espaldas a la gente, pero lo que estaba pintando era algo totalmente negro.

—No lo entiendo —le dije a Desiree.

—Espera y verás —me contestó.

Gloria sostenía una lata en una mano. Mojaba en ella un pincel y luego aplicaba ese líquido a la superficie negra; pero no se veía nada excepto un brillo, como de agua, algo húmedo, claro y lustroso. Dio unas cuantas pinceladas más y luego se agachó para buscar algo que había en una caja, a sus pies. Cogió dos puñados de un fino polvo rojo, haciendo hueco en las manos como si fuera nieve, y luego lo arrojó sobre el lienzo. De la nube de polvo surgió, como por arte de magia, una imagen: la de la estatua de Julieta, con la cabeza inclinada recatadamente, una mano en el pecho y la otra recogiéndose el vestido.

—¡Hala! —dije—. Es Julieta.

—Sí que lo es —dijo Desiree—. Sí que lo es.

Lucrezia, la hija de Manuela, bailó a continuación. Hizo una coreografía con una carta. La sostenía con el brazo extendido y fingía leerla. Desiree se pegó a mí.

—Es muy buena —dijo.

Barbara se abrió paso hasta donde estábamos nosotros. Dijo algo en un italiano *staccato*.

—Eres el siguiente, Glenn —dijo Desiree—. Eres el número final.

—¿La lectura de Shakespeare?

—*Yes* —dijo Barbara—. Shakespeare, Shakespeare.

La hija de Manuela terminó su actuación cayendo lentamente sobre el empedrado. Luego se puso de pie y un estruendoso aplauso inundó el espacio de la plaza. Desde el otro extremo de la misma, el Romeo de la capa roja me miraba. La joven actriz que hacía de Julieta estaba a su lado.

—Venga —dijo Desiree—. Te toca a ti.

Subí al podio. La multitud enmudeció. Romeo me hizo un gesto que se me antojó algo crispado. «¿Qué se supone que tengo que hacer?», parecía preguntarme.

—«Pero, alto» —empecé—. «¿Qué luz alumbra esa ventana?»

Julieta subió por la escalinata, que tenía detrás de mí, y al llegar arriba se asomó por encima de la balaustrada.

—«Es el oriente, y Julieta, el sol. Sal, hermoso sol, y acaba con la envidiosa luna».

Vi a Desiree. Apretaba su colgante con una mano y tenía los ojos fijos en mí. Romeo había extendido el brazo, como fingiendo que era él el que decía el texto, y yo me acordé de mis alumnos, de Sadia, especialmente, a quien le encantaba esa escena. Recordé a Devin, dando patadas a la pata de su mesa, pero escuchando, siempre escuchando.

—«¡Qué presuntuoso!» —continué—. «No me habla a mí».

Romeo permanecía al pie de la escalinata. Arriba, en la balaustrada, Julieta suspiró y apoyó en la mano su blanca mejilla. La multitud estaba en trance. ¿Podía yo, realmente, hacer justicia a ese texto? Respiré hondo y seguí adelante.

—«Dos de las estrellas más hermosas del cielo tenían que ausentarse y han rogado a sus ojos que brillen en su puesto hasta que vuelvan».

Las palabras de Shakespeare salían de mi boca con una magia que solo Shakespeare era capaz de conseguir. Había leído esas mismas líneas en el viejo *quarto*. Un rey loco las había subrayado por parecerle algo especial.

—«El fulgor de su mejilla les haría avergonzarse, como la luz del día a una lámpara; y sus ojos lucirían en el cielo tan brillantes que, al no haber noche, las aves cantarían».

—¡Ay de mí! —dijo Julieta desde arriba.

—«¡Ah, sigue hablando, ángel radiante!»

Detrás de mí, Romeo se apresuró a subir por la escalinata hacia su Julieta.

—«Pues, en tu altura» —continué—, «a la noche le das tanto esplendor como el alado mensajero de los cielos ante los ojos en blanco y extasiados de mortales que alzan la mirada».

Dejé que esas últimas palabras flotaran en el aire. En lo alto de la escalinata, Romeo había llegado hasta su Julieta y se abrazaban. Durante unos instantes, todo se detuvo. Hice una pequeña reverencia y lo que al principio fue un aplauso aislado empezó a crecer y a extenderse como una onda por la plaza hasta que acabó convirtiéndose en una estruendosa ovación. Oí unos cuantos bravos e hice otra reverencia, justo antes de que Barbara irrumpiera de nuevo para arrebatarme el micrófono.

Y después, nada más. Barbara pronunció unas palabras de despedida, Romeo y Julieta desaparecieron y el cumpleaños de Julieta había terminado.

Cuando la plaza se vació, Barbara se acercó al hueco que hay bajo la escalinata y volvió con dos botellas de vino tinto. Giovanna la siguió con dos más de vino blanco. Giulio las fue abriendo con el sacacorchos y las fue pasando. Llenamos nuestros vasos de plástico, sirviéndonos unos a otros, las secretarias, los actores y los voluntarios. Barbara estaba exultante. Levantamos nuestros vasos para brindar por ella. Giulio se acercó a donde estábamos Desiree y yo. Se colocó detrás de nosotros, apoyó la mano en el hombro de ella y le dijo algo. Luego, sentí que su otra mano se apoyaba en mi hombro. La mantuvo ahí durante unos instantes, aunque en ningún momento me miró. Lo que dijo fue algo breve y en italiano. De todos modos, entendí que estaba contento por cómo había salido todo y su mano en mi hombro fue el mejor cumplido que pude recibir ese día.

A Giovanna nunca la había visto tan relajada. Nuestras miradas se encontraron y se acercó a nosotros.

—¿Ahora os marcharéis de Verona? —nos preguntó.

—Sí, eso creo. Mañana, probablemente —dije.

—Entonces quiero daros las gracias a los dos por el tiempo que habéis pasado aquí. Habéis sido de gran ayuda.

—Gracias —le dije—. Ha sido un placer para nosotros.

—Y a ti... —le dijo a Desiree.

Se pusieron a hablar en italiano como si se conocieran de toda la vida. Di un paso atrás y tropecé con alguien. Era Anna, que se había acercado y estaba esperando para hablar conmigo.

—¿Os marcháis? —preguntó.

—Seguramente mañana —dije—. Queremos conocer más sitios en Italia.

—Es un país muy bonito.

—¿Y tú qué vas a hacer ahora? —le pregunté.

—No lo sé. Me gustaría trabajar para una ONL.

—Ah —dije—. Vas a salvar el mundo.

—Seguramente —dijo, sonriendo—. No me disgustaría.

Alguien la llamó y desapareció con una sonrisa. Al volverme me encontré con Jolyon. Se había puesto a mi lado y estaba guardando su micrófono.

—¿Consiguió todo lo que quería? —le pregunté.

—Más que suficiente —dijo—. Me gustaría emitirlo el día de San Valentín.

—Todavía falta.

—Sí, pero eso no es poco habitual. Lleva algún tiempo editar estas cosas.

Desiree apareció con su cámara.

—¿Les gustaría que les tomara una foto, a los dos juntos? —preguntó Jolyon.

—Sí, por favor —dijo ella, pasándole la cámara.

—¿Qué tal si suben ahí arriba?

Señaló con un gesto la parte más alta de la escalinata, con su balaustrada.

—¿Te parece bien? —le pregunté a Desiree, pero ella ya estaba tirando de mí hacia el lugar señalado.

Me sentí extraño subiendo esos escalones, como si solo a príncipes y poetas les estuviera permitido.

Subimos más y más, hasta llegar al segundo y último descansillo, que se proyectaba sobre la plaza como una especie de balcón con balaustrada. Detrás teníamos las puertas de roble que dan acceso a la torre y que están enmarcadas por un arco formado por dos columnas de mármol blanco. En la parte superior, en el tímpano, un antiguo fresco, denominado *Alegoría de Verona,* era visible todavía. Una musa, tal vez un ángel, con túnica romana, estaba sentada con un libro abierto en su regazo, como si acabara de leerlo. Nos acercamos a la balaustrada y nos asomamos a la plaza. Abajo, en la distancia, Jolyon nos hacía señas para que nos colocáramos un poco más a la izquierda. Rodeé con el brazo a Desiree. Ante nosotros teníamos los brillantes tejados de la antigua Verona, reflejando los últimos rayos del sol del atardecer.

Jolyon levantó la cámara y disparó unas cuantas veces. Desiree le dio las gracias moviendo solo los labios. Él asintió con la cabeza y luego se puso a hablar con algunos de los escasos turistas que aún quedaban en la plaza. Desiree y yo permanecimos un momento en silencio; luego, ella se volvió hacia mí como si hubiera recordado algo de repente.

—¿Ya has enviado tu carta?

—No —dije—. Y no creo que lo haga.

El cielo azul se reflejaba en sus ojos.

—¿Por qué? —preguntó.

—Porque... —le dije, atrayéndola hacia mí—... ya tengo mi respuesta.

Epílogo

La epifanía del amor

Corría descalzo por la playa, una larga y blanca franja de arena que se extendía delante de mí. Las olas hacían espuma y lamían la arena a mis pies, pero yo insistía, esquivándolas cuando venían muy crecidas y dando grandes zancadas sobre su cresta de plata. No fui muy lejos, solo hasta una punta rocosa donde un perro daba saltos por la orilla con un palo en la boca. Era la única criatura viva que había visto, a excepción de las algas. Me di la vuelta y observé cómo mis huellas iban desapareciendo en la arena. Había dejado una toalla y una botella de agua a la sombra de una palmera, pero cuando volví el sol ya las había encontrado.

Hacía más de un año que habíamos estado en Verona. Me senté en un árbol caído a la orilla del agua y observé a un pelícano tirarse en picado sobre el lomo de las olas. El mar era de un verde esmeralda. Rompía muy cerca de la orilla, golpeando y bañando la arena con su burbujeante espuma.

Desiree estaba de pie en el agua. Seguramente había cabalgado la última ola casi hasta la arena y se había tumbado para remar los últimos metros. Se soltó la cuerda elástica del tobillo y se puso la tabla bajo el brazo. Su melena mojada caía sobre su espalda. Me saludó con el brazo.

—Te he visto muy bien —grité.

Ahuecó la mano sobre la oreja para darme a entender que no me oía con el ruido de las olas y vino hacia mí a grandes zancadas.

—¡He visto una tortuga! —dijo cuando llegó—. Sacó la cabeza fuera y me miró directamente a los ojos.

—Genial —dije.

Dejó su tabla a la sombra, con las quillas hacia arriba, y le dio un pequeño escalofrío. Le puse mi toalla sobre los hombros.

—Me encanta este sitio —dijo.

—Fíjate. En Canadá están en pleno invierno —dije yo—. Los chicos ya están en el colegio.

Todavía podía recordarlo con tanta claridad, el zumbido de los fluorescentes, el roce de las páginas cuando mis alumnos abrían los libros.

—¿Lo echas de menos? —preguntó—. ¿Echas de menos la enseñanza?

—Ven —le dije—. Vamos a sentarnos al sol.

Nos acercamos un poco más al borde del agua y ella extendió la toalla sobre la arena.

—La verdad es que no echo de menos dar clase —dije—. Toda la planificación, la corrección de exámenes. Eso no lo extraño. Pero sí echo mucho de menos a mis alumnos. Me pregunto cómo les estará yendo.

—Aportaste algo bueno a sus vidas. Lo sabes, ¿no?

—Eso espero.

Mis antiguos alumnos ya estaban fuera, en el mundo real, en ese momento. Sadia estaba seguramente en un aula universitaria, sentada en primera fila. Devin, donde quiera que estuviera, estaría dando problemas. Allison estaría estudiando Derecho y, tal vez, aún seguiría con Andy. El inglés de Minh ya sería, seguramente, bastante bueno. Y en cuanto a Marc, bueno, esperaba que hubiera encontrado su camino. A lo largo de los años, probablemente tres mil estudiantes habían pasado por mi clase y me preguntaba que habría sido de todos ellos.

Habíamos sabido por Giovanna que el Club di Giulietta había abierto otra oficina nueva en Verona. Creo que Giulio había decidido cerrar la oficina antigua de la Via Galilei. Aquel local había cumplido su función. Miles de cartas y miles de historias habían cruzado sus puertas. Las secretarias las habían respondido todas con paciencia, dedicación y procurando dar buenos consejos. Giovanna me mandó un correo electrónico cuando se enteró de que estaba escribiendo un libro sobre el tiempo que había pasado como secretario de Julieta. «Me alegro de tu buena suerte» me decía, y luego preguntaba cuándo íbamos a ir a visitarlos Desiree y yo.

En primavera, Soňa voló varios miles de kilómetros para venir a vernos a Canadá. La llevamos a las montañas y en

Banff se compró, como recuerdo, una figurita del búho de las nieves. Anna volvió a la universidad para hacer un máster en captación de fondos para proyectos sociales. Me sentí orgulloso de ella. Manuela seguía llevando grupos por el casco antiguo de Verona, hablando a la gente sobre la conexión entre Dante y *Romeo y Julieta*. En la casa de Julieta, los turistas habrían seguido puliendo el pecho derecho de su estatua y consiguiendo una cáscara dorada todavía más fina; aunque su expresión, distante y recatada, y solo un poco triste, no habría cambiado.

—Llamando a Glenn desde la Tierra—dijo Desiree, acurrucándose junto a mí—. ¿Dónde está vuesa merced?

—Estaba pensando en Verona —dije—. Algunas veces no puedo creer todo lo que ha pasado. Quiero decir, mira esto. Todo ha salido a la perfección.

—Así es, señor Destino.

Me dio un beso en la mejilla.

—Lo digo en serio. No puedo evitar preguntarme qué se supone que tenía que aprender de todo esto.

—¿Y qué supones que has aprendido?

—Que no quiero sufrir por amor nunca más. Que no quiero volver a sentir celos, desesperanza o tristeza. Y... —la miré a los ojos—... que quiero estar contigo. Eres lo mejor que me ha pasado en la vida, Desiree.

Ella sonrió y se inclinó hacia mí.

—¿Y tú? —le pregunté—. ¿Tú qué has aprendido?

—¿Yo?

Hizo una pausa.

—Bueno, es como si alguien hubiera barrido el polvo que cubría mi camino y ahora estuviera claro. Ahora sé por dónde caminar —metió la cabeza en mi pecho—. Y que caminaré contigo.

—Esa es una respuesta bastante buena.

A lo lejos, en el horizonte, un barco se alejaba. Estaba a demasiada distancia como para saber si se trataba de un crucero o de un buque de carga. Era solo un punto en el océano que se dirigía a países remotos.

Justo en ese momento supe que no quería estar en ningún otro lugar del mundo. No había dolor en mi corazón. No había incertidumbre. Estaba yo. Estaba Desiree. Y eso era todo lo que necesitaba. Ya no soy joven. Lo sé. Pero ahora también sé quién soy. Ya no vivo a merced de las mareas de mi juventud. Y sé que soy feliz.

De entre los cientos de libros y artículos que he leído sobre el amor, recuerdo un detalle. Era simplemente una idea al margen, bastante poco relacionada con el grueso de los datos que ofrecía el estudio. La mayor parte de las historias de amor, decía, no son en absoluto historias de amor; en realidad, son historias de la fase de cortejo y seducción, de esos días mágicos del principio. Hay mucho menos escrito sobre los largos años que vienen después, sobre envejecer juntos, sobre el amor que dura y dura y sigue durando. ¿Y acaso no es en eso en lo que consiste el amor?

Hace cuatrocientos años, Shakespeare escribió algo muy parecido:

No es el amor juguete del Tiempo, aunque rosados labios
o mejillas alcance la guadaña implacable.
El amor no se altera en horas o semanas fugaces,
sino que resiste y se afianza incluso al borde del abismo.
Si es un error lo que digo, y en mí puede probarse,
decid que nunca he escrito, ni amó jamás el hombre.

Agradecimientos

Llegó un determinado momento en el que supe que yo ya no estaba escribiendo este libro. Este libro me estaba escribiendo a mí. Nadie podría haberse sorprendido más cuando apareció Desiree en mitad del proceso. Desiree, eres el amor que había estado esperando toda mi vida. Gracias, gracias. Mi chica surfista, eres lo mejor que me ha pasado nunca.

En cuanto a las secretarias de Julieta, tenéis mi respeto y mi gratitud, de corazón. Sois un grupo de personas de lo más especial, siempre acogedoras y compasivas. Quiero dar las gracias, de manera particular, a Giovanna Tamassia y a su padre, Giulio, que son realmente la esencia del Club di Giulietta. Vuestra devoción a las cartas es algo ejemplar y nos sirve de modelo e inspiración. Anna, Soňa y Veronica, sois mis amigas de por vida y os doy las gracias por vuestro buen humor, vuestra compañía y vuestro compañerismo. Hay otras personas a las que no he tenido la oportunidad de mencionar en las páginas de este libro con las que también me siento agradecido. Todos vosotros hicisteis de mis días en Italia algo extraordinario. Quiero también decir a mis lectores que, si alguna vez van a Verona, Manuela Uber es una guía de la ciudad de primera clase, con una profundidad de conocimientos que va mucho más allá de la información presentada en este libro.

Todas las cartas que he citado, parcial o totalmente, son auténticas, aunque he cambiado todos los nombres y localizaciones. Quiero honrar a todos aquellos que escriben a Julieta —unos diez mil al año, actualmente— y espero que todos encontréis, como lo hice yo, las respuestas que estáis buscando.

Es verdad que di clases durante veintiún años y estoy seguro de que enseñé *Romeo y Julieta* cada uno de ellos. Los alumnos que aparecen en estas páginas son combinaciones inspiradas en los miles de estudiantes a los que di clase durante todos esos años. A todas mis Sadias, Andys, Devins y sus demás compañeros: no sois vosotros los que salís aquí. Vosotros y vuestros muchos compañeros de clase podéis haberos portado mal, haberme desafiado y, ciertamente, haberme hecho reír; pero os aseguro que aquí no estáis ninguno de vosotros. Aunque también puedo decir que he procurado recrear mis clases de la manera más auténtica posible, y que ha sido un placer revivirlas mientras escribía.

A Claire le deseo que sea realmente feliz en la vida que ha elegido. Sé que será una madre maravillosa.

La versión final de este libro no habría sido posible sin la ayuda y la visión de mi agente literaria, Hilary McMahon.

Trabajó conmigo durante bastante más de un año en la estructura del mismo. De hecho, no dejaba de llamarme, cuando estaba trabajando en el primer borrador, para enterarse de las últimas novedades sobre lo que estaba pasando; los dos vivimos con constante incredulidad la forma en que se fueron desarrollando los acontecimientos.

Así mismo, quiero reconocer la gran sensibilidad de mi editora canadiense, Nita Pronovost, y la de Abby Zidle, mi editora estadounidense, ambas de Simon and Schuster. Revisamos el borrador tantas veces que perdí la cuenta, pero cada vez mejoraba un poco más. Todo el equipo de Simon and Schuster ha sido excepcional. Hubo una ilusión contagiosa con este proyecto desde muy al principio, y eso me dio fuerzas para resistir las muchas horas y los innumerables borradores.

Por último, me gustaría agradecer a la Alberta Foundation for the Arts su apoyo financiero y a mis amigos y colegas escritores de la Writers' Union of Canada, el Writers' Guild of Alberta, y el Creative Nonfiction Collective su generoso apoyo. Parafraseando a Shakespeare: he asistido a un gran banquete de palabras y he robado las sobras.